COLLECTION H. D.

___

ESTAMPES

ET

DESSINS

CONDITIONS DE LA VENTE

Elle sera faite au comptant.

Les acquéreurs payeront *cinq pour cent* en sus des enchères, applicables aux frais.

MM. DANLOS ET DELISLE et J. BOUILLON, chargés de la direction de la vente, se réservent la faculté de rassembler ou de diviser les lots.

ORDRE DES VACATIONS

CATALOGUE

DES

ESTAMPES

DE

L'ÉCOLE FRANÇAISE DU XVIIIᵉ SIÈCLE

IMPRIMÉES EN NOIR ET EN COULEUR

PIÈCES HISTORIQUES ET SCÈNES DE MŒURS

SUITES DE COSTUMES

PORTRAITS

ŒUVRES DE CHARLET, GAVARNI, LAMI, MONNIER, LES VERNET

DESSINS

COMPOSANT

LA COLLECTION DE M. H. D.

DONT LA VENTE AURA LIEU

HOTEL DES COMMISSAIRES-PRISEURS

SALLE Nº 3

Du Lundi 14 au Mercredi 23 Avril 1890

A deux heures très précises.

Mᵉ MAURICE DELESTRE, COMMISSAIRE-PRISEUR, RUE DROUOT, 27

ASSISTÉ DE

MM. DANLOS et DELISLE	**M. JULES BOUILLON**
Marchands d'Estampes	Md. d'Estampes de la Bibliothèque Nationale
5, QUAI MALAQUAIS, 5	3, RUE DES SAINTS-PÈRES, 3

EXPOSITION PUBLIQUE

Le Dimanche 13 Avril, de deux heures à cinq heures

PARIS, 1890

DÉSIGNATION

ÉCOLE FRANÇAISE DU XVIIIᴱ SIÈCLE

PIÈCES IMPRIMÉES EN NOIR ET EN COULEUR

PORTRAITS

SUITES DE COSTUMES

AGATHE (d'après)

28 – 1. *A View in Smithfield, on a friday afternoon*, gravé à l'aqua-tinte par Levis.

Belle épreuve. Rare.

ALIX (P.-M.)

16 – 2. Bossuet, — La Bruyère. Deux portraits in-fol.

Superbes épreuves en couleur avant toutes lettres.

26 – 3. Madame de Sévigné, d'après Nanteuil. In-fol.

Superbe épreuve en couleur. Rare.

39 – 4. Jean de La Fontaine, d'après Rigaud. In-fol.

Superbe épreuve en couleur avant toutes lettres.

5. Boileau, d'après Rigaud. In-fol.

Superbe épreuve en couleur avant toutes lettres.

6. Racine, d'après Garneray. In-fol.

Superbe épreuve en couleur avant toutes lettres.

ALIX (P.-M.)

Roblin

7. Corneille, — Molière. Deux portraits, in-fol., d'après Mignard. *Hou ut*

Très belles épreuves en couleur.

8. Descartes, — La Fontaine. Deux portraits, in-fol., d'après Garneray et Rigaud.

Très belles épreuves en couleur.

9. Montaigne, — Descartes, — Montesquieu. Trois portraits, in-fol., d'après Dumoutier et Garneray.

Très belles épreuves en couleur.

10. Buffon, — Linnée. Deux portraits in-fol.

Superbes épreuves en couleur avant la lettre.

11. Diderot, — Fontenelle. Deux portraits in-fol.

Superbes épreuves en couleur avant toutes lettres. *Hou. ut*

Gerard

12. Jean-Jacques Rousseau. In-fol.

Superbe épreuve en couleur avant toutes lettres.

13. Jean-Jacques Rousseau, — Voltaire. Deux portraits, in-fol., d'après Garneray.

Très belles épreuves en couleur.

14. Lamoignon de Malesherbes, — Michel Lepelletier. Deux portraits in-fol.

Chapilly

Très belles épreuves en couleur.

15. Honoré Gabriel de Mirabeau, d'après L... In-fol.

Très belle épreuve en couleur. Rare.

16. Bailly, — Marat, — Lavoisier. Trois portraits, in-fol., d'après David et Garneray.

Belles épreuves en couleur.

17. Marie-Anne-Charlotte Corday. In-fol.

Très belle épreuve en couleur. *Hou gt*

ALIX (P.-M.)

18. Joseph Barra, d'après Garneray, en costume de hussard. Médaillon ovale reposant sur un cartouche où est représentée la scène de sa mort. In-4.

Superbe épreuve en couleur.

19. Joseph Agricol Viala, d'après Sablet, en buste dans une bordure formée par un serpent qui se mord la queue, elle repose sur un cartouche représentant la mort du jeune héros au moment où il s'apprête à couper le câble d'un bac. In-4.

Superbe épreuve en couleur.

20. Charles-François Dumouriez, général en chef des armées de la République française, in-4.

Superbe épreuve en couleur. Rare.

21. Les consuls Cambacérès, Bonaparte et Lebrun, réunis sur une même feuille, d'après Van Gorp. Médaillon oblong reposant sur un cartouche renfermant une très jolie vignette dont l'eau-forte est de Duplessis-Bertaux ; elle représente Barthélemy, président du Sénat conservateur, présentant au premier consul l'acte constitutif qui fixe le consulat à vie. In-fol.

Superbe et très rare épreuve en couleur. Toute marge.

22. Le général Bonaparte, d'après Appiani. In-fol.

Très belle épreuve en couleur.

23. Napoléon Bonaparte, premier consul, d'après Appiani. In-fol. ovale.

Très belle épreuve en couleur.

24. Pie VII, souverain pontife, d'après J.-B. Wicar, In-fol.

Très belle épreuve en couleur.

25. S. A. I. le prince Eugène Napoléon, d'après le tableau de S. M. l'impératrice et reine, In-fol.

Superbe épreuve en couleur. Très rare.

ALIX (P.-M.)

26. Le général Berthier, d'après Le Gros. In-fol.
   Très belle épreuve en couleur.

27. Louis XVIII, roi de France. In-fol.
   Superbe épreuve en couleur avant toutes lettres.

28. Dubois, célèbre chirurgien. In-4.
   Superbe épreuve en couleur avant toutes lettres.

29. Molière (J.-B. Poquelin de), en buste dans une bordure
   ovale reposant sur un cartouche où est représentée la
   scène VII du quatrième acte de Tartuffe, d'après Garneray. In-fol.
   Superbe épreuve en couleur. Marge.

30. Voltaire (Michel-Arouet de), en buste dans une bordure
   ovale reposant sur un cartouche, orné de figures allégoriques, d'après Garneray. In-fol.
   Superbe épreuve en couleur. Marge.

31. Baptiste aîné, en buste, représenté dans son costume de
   Robert, chef de brigands; en dessous, une vignette
   représentant la scène IX du quatrième acte de la pièce
   du même nom.
   Superbe épreuve en couleur. Marge.

32. P.-L. Dubus de Préville dans une bordure, reposant sur
   un cartouche orné de trois médaillons où il est représenté dans trois de ses principaux rôles. In-fol.
   Superbe épreuve en couleur. Marge.

33. Maillard (Mademoiselle), du Théâtre des Arts, dans une
   bordure ovale reposant sur un bas-relief avec figure
   d'Apollon, d'après Garneray. In-fol.
   Superbe épreuve en couleur. Marge.

ALIX (P.-M.)

28 — 34. Michu, du théâtre de l'Opéra-Comique, en buste, dans une bordure ovale reposant sur un cartouche contenant deux médaillons ovales où sont représentées deux petites scènes très finement lavées de *Blaise et Babet* et de *Paul et Virginie*. In-fol.

Superbe épreuve en couleur. Marge.

Gosselin

80 — 35. Madame Saint-Aubin, de l'Opéra-Comique, d'après Garneray, en buste, en son costume de paysanne, dans *Amboise ou Voilà ma journée*. Médaillon ovale reposant sur un cartouche où est représentée la scène IV de la même pièce.

Superbe épreuve en couleur. Marge.

Deprés

ALIX ET COQUERET

45 — 36. Kléber, — Moreau. Deux portraits en pied, gr. in-fol., gravés à la manière noire, d'après Boilly et Hilaire Le Dru. *Beau. ch.*

Très belles épreuves.

J. B

ANONYMES

10 — 37. Cortège des Pensionnaires du roy de France en son Académie des artistes en 1737. Très grande composition animée d'une multitude de figures.

Trait très soigneusement colorié.

38. Portraits de la famille ?

Très rare épreuve à l'état d'eau-forte.

Audru

11 — 39. Frontispice pour un ouvrage d'architecture.

Très rare épreuve à l'état d'eau-forte.

Lacroix

30 — 40. J.-F. Janinet, célèbre physicien et auteur du globe du Luxembourg, né à Paris en 1752. In-8.

Deux très belles épreuves, tirées en bistre, dont l'une est avant la mention : *Celebre physicien*, etc. Rares.

Rollin

ANONYMES

41. Six charmants dessus de boîte, sujets mythologiques dans des encadrements ornés.

Très belles épreuves avec les sujets tirés en bistre.

42. Deux pièces, époque Louis XVI, sujets dans des encadrements ornés, destinées à être montés en éventails.

Epreuves coloriées du temps.

43. Marie-Antoinette, — Louis XVI, en bustes dans des bordures ovales reposant sur des cartouches ou sont représentés les adieux du roi et de la reine à leur famille. Deux portraits in-4 faisant pendants.

Très belles épreuves en couleur. Marges.

44. Louis XVI et Marie-Antoinette visitant une crèche. Très jolie petite pièce en largeur.

Très rare épreuve avant la lettre.

45. Suite de douze charmantes petites vignettes pour un almanach de poche publié lors de la naissance du Dauphin.

Très belles épreuves tirées sur la même feuille.

46. Charlotte Corday, dessinée d'après nature; elle est vue de face dans un médaillon ovale.

Très belle épreuve en couleur. Très rare.

47. Madame Sans-culotte.

Belle épreuve en couleur.

48. Bastringue. Pièce curieuse, de l'époque du Directoire, gravée à la manière du lavis.

Très belle épreuve tirée en bistre.

49. L'Indisposition d'une jolie femme (Madame Récamier) à l'issue du bal. Jolie pièce gravée à la manière du lavis.

Très belle épreuve. Rare.

ANONYMES

50. *Courville* (Madame de). In-4 de forme ovale.
Superbe épreuve. Toute marge.

51. *Crebillon* fils, in-12, avec vers en bas de de Piis.
Très belle épreuve. Rare.

52. *Du Barry* (Madame la comtesse). In-8.
Très belle épreuve.

53. Louis Seize, roi des Français, in-8. Deux épreuves de coloris différent.
Très belles épreuves. Toutes marges.

54. *Rohan* (le cardinal de), — *Cagliostro* (le comte de), — *Cagliostro* (la comtesse de), — *La Motte* (le comte de), — La Femme de chambre de Madame la comtesse de la Motte, — *Le Guet Designy Dolisva* (Mademoiselle), — Courville (Madame de). Neuf portraits in-12, de personnages ayant figuré dans le procès du collier.
Belles épreuves.

55. Portrait de Benjamin West, célèbre peintre. In-4.
Très belle épreuve avant toutes lettres.

ANSELIN (J.-L.)

56. Madame la marquise de Pompadour, en Belle Jardinière, d'après C. Vanloo. In-4.
Superbe épreuve avant la lettre. Très rare.

ARDELL (J.-MARC.)

57. Louis-Jules-Barbon Mazarini-Mancini, duc de Nivernais, d'après J. Ramsay. In-fol.
Très belle épreuve.

58. J. Punt, peintre et graveur, gravé à la manière noire, d'après G. Van der Mijn. In-fol.
Très belle épreuve.

AUBERT

31-

59. Louis Quinze, roy de France et de Navarre, — Louis, Dauphin de France. Deux portraits équestres d'après N. Le Sueur.

Très belles épreuves avec toutes leurs marges.

AUBRY et ALLOU (d'après)

7-

Crouté

60. L'Abus de la crédulité, — La Reconnaissance de Fonrose, — L'Optique. Trois pièces gravées par de Launay et Dossier.

Très belles épreuves.

AUDRAN (B.)

30

D-D

61. *Louis XV*. Petit buste dans un médaillon, au milieu de figures allégoriques, d'après Coypel.

Très belle épreuve. Marge.

AVELINE (P.)

62. *Paris-Duverney* (Joseph), intendant de l'École royale militaire (1757), d'après Vanloo, in-8.

Belle épreuve. Marge.

BALÉCHOU (J.-J.)

14-

Girard

63. Anne-Charlotte Gautier de Loiserolle, femme Aved, — la Sœur de Madame Aved tenant un rouet sur ses genoux. Deux portraits, in-fol., gravés d'après Aved.

Très belles épreuves.

6-

G. Meyer

64. Henry, comte de Bruhl, d'après L. de Silvestre. In-fol.

Très belle épreuve.

65. Prosper Jolyot de Crébillon, d'après Aved. In-fol.

Très belle épreuve.

BALÉCHOU (J.-J.)

66. Jean de Julienne tenant le portrait de son ami Watteau, d'après de Troy. In-fol.

10-

> Très belle épreuve.

67. De la Popelinière, — Ch. Rollin. Deux portraits in-fol.

4-

> Très belles épreuves.

BALLONS (pièces sur les)

68. Portrait de Charles aux Tuileries, le 1er décembre 1783, — Globe aérostatique de MM. Charles et Robert au moment de leur départ, le 1er décembre 1783, — A l'honneur de MM. Charles et Robert (1er décembre 1783). Trois pièces par et d'après Miger et Duperreux.

25-

69. Vue et perspective du jardin de M. Réveillon, fabricant de papier... où se sont faites les expériences de la machine aérostatique de MM. Montgolfier frères, dans le courant de l'été (1783). Dessiné d'après nature par Desrais.

> Très belle épreuve.

70. Expérience de la machine aérostatique de MM. de Montgolfier..., répétée à Paris le 27 aoust 1783, au Champ de Mars... *Se vend à Paris chez Lenoir.*

6-

> Très belle épreuve avec marge. Rare.

71. Expérience aérostatique faite à Versailles le 19 septembre 1783, — Seconds voyages aériens ou expérience de MM. Charles et Robert le 1er décembre 1783, vue prise du pont Royal, — Deuxième expérience de la machine aérostatique du docteur Jonathan. Trois pièces d'après Moreau et autres artistes.

19-

> Très belles épreuves.

BALLONS (pièces sur les)

20   72. Le Moment d'hilarité universelle ou le triomphe de   *Lacroix*
MM. Charles et Robert au jardin des Thuileries le
1er décembre 1783. Gravé par H.-G. Bertaux, d'après
J. W...

Très belle épreuve avec marge.

9.   73. Expérience faite à Versailles le 19 septembre 1789, —   *Drouti*
Premier voyage aérien fait dans le jardin de la Muette,
— Second voyage aérien fait dans le jardin des Tuileries le 1er décembre 1783, — Troisième voyage aérien
fait à Lyon le 19 janvier 1784. Six petites pièces
gravées par N. de Launay et autres artistes.

Très belles épreuves.

18   74. Première expérience et départ de Lyon, le 19 janvier 1784,   *Lacroix*
de la machine aérostatique nommée Le Flesselle. Quatre
pièces dessinées ou gravées par A. de Saint-Aubin et
Roubier.

15.   75. Tour de Calais, nouvelle machine aérostatique cons-   *id*
truite par M. Romain, — Mort de Romain et de Pilatre
du Rozier à Vimereux, — Poisson aérostatique enlevé
à Plazentia le 10 mars 1784, — Montgolfière lancée à
Tivoli le 15 thermidor an VIII, etc. Cinq pièces.

19 × —   76. Appareil du globe aérostatique de M. Blanchard entre   *Lacroix*
Calais et Boulogne, parti de Londres le 7 janvier 1785
à une heure et demie. Gravé par Bonvalet d'après
Desrais. *Hou. a*

Très belle épreuve en bistre.

40-   77. Vue de la place de la Concorde, le 12 frimaire an XIII,   *Champier*
au moment de l'ascension de cinq ballons qui s'élevè-
rent majestueusement à une certaine hauteur où ils
détonèrent. Gravé par Marchand d'après Lecœur.

Très belle épreuve en couleur. Toute marge.

BANCE (à Paris, chez)

78. M. le marquis de La Fayette, maréchal des camps, général de la milice parisienne, représenté en pied, le bras appuyé sur un fût de colonne. Petit in-fol.

Très belle épreuve en couleur. Très rare.

BARBIÉ (J.)

79. *Voltaire* (F.-M.-A. de), — *Rousseau* (J.-J.). Deux portraits, in-8, faisant pendants.

Belles épreuves.

80. *Wolff* (le général), d'après Reynolds. Épreuves avant toute lettre, — *Mont-Calm* (L.-J., marquis de), d'après J.-B. Massé. Deux portraits in-8.

Très belles épreuves.

BARTOLOZZI (F.)

81. Marie-Christine, archiduchesse d'Autriche, gouvernante des Pays-Bas, d'après le chevalier Roslin. In-fol.

Très belle et rare épreuve imprimée en bistre. Grande marge.

82. *Nivernois* (Marie-Thérèse de Brancas, duchesse de). In-4 en bistre.

Très belle épreuve.

83. *The Right Hon. William Pitt*, d'après Gainsborough. In-fol.

Très belle épreuve tirée en bistre.

BARTOLOZZI (genre de)

84. Marie-Antoinette, archiduchesse d'Autriche, sœur de l'empereur, reine de France. In-4.

Superbe épreuve légèrement lavée de couleur.

BASSET (à Paris, chez)

2~

85. *Precourt* (le comte de), — *Bassanges* (Monsieur), — *Marcilly* (Monsieur), — La Motte (le comte de), — *La Tour* (Mademoiselle de), etc. Six portraits, in-4 et in-8, de personnages ayant figuré dans le procès du collier.

Très belles épreuves.

BAUDOUIN (d'après P.-A.)

16-

86. Allégorie représentant la princesse de Navarre au moment où elle accorde sa main au duc de Foix. Cette vignette est le frontispice du volume intitulé : *La princesse de Navarre, comédie-ballet feste donné par le roy en son château de Versailles, etc.* (E. B. 1).

Très belle et rare épreuve, avant toutes lettres, non entièrement terminée.

2.

87. La même estampe.

Très belle épreuve.

18

88. Les Amants surpris, par P. Choffard (3).

Très belle épreuve. Grande marge.

24ƒ-

89. L'Amour à l'épreuve, par Beauvarlet (5).

Très belle et rare épreuve avant le changement et avec le titre seul sans aucune autre lettre. Toute marge.

22

90. Les Amours champêtres, par P.-P. Choffard (7).

Très belle épreuve avec une grande marge.

2ƒo

91. Le Carquois épuisé, par N. de Launay (11).

Epreuve à l'état d'eau-forte. Dans cet état le carquois n'existe pas et l'on voit à sa place une touffe de roses. Excessivement rare.

19 o X

92. La même estampe.

Superbe épreuve avec une très grande marge.

27-

93. Le Catéchisme, — le Confessionnal. Deux pièces, faisant pendants, gravées par P.-E. Moitte (12 et 15).

Très belles épreuves.

BAUDOUIN (d'après P.-A.)

180 94. Le Chemin de la fortune, par Voyez l'aîné (14).
Superbe et rare épreuve avant la lettre.

510 ✕95. Le Danger du tête-à-tête, par Simonet (18).
Superbe et très rare épreuve avant toutes lettres et avant que l'encadrement ait été orné. Toute marge.

420 96. L'Enlèvement nocturne, par N. Ponce (20).
Superbe et rare épreuve avant la lettre.

42 97. La même estampe.
Très belle épreuve.

145 98. L'Épouse indiscrète, par N. de Launay (21).
Superbe et très rare épreuve d'un état non décrit, intermédiaire entre le premier et le second, elle est avant toutes lettres mais non entièrement terminée.

155 99. La même estampe.
Très belle épreuve avant la dédicace.

59 100. La même estampe.
Très belle épreuve avec une grande marge.

250 101. Le Fruit de l'amour secret, par Voyez le jeune (23).
Très belle et rare épreuve avant toutes lettres, mais avec les armes.

57 102. La même estampe.
Très belle épreuve avec toute sa marge.

75 ✕ 103. Le Jardinier galant, par Helman (23).
Très belle épreuve avec une grande marge.

145 ✕104. Le Léger vêtement, par Chevillet (28).
Très belle et rare épreuve avant toutes lettres, seulement les noms des artistes.

820 105. Le Lever, — La Toilette. Deux pièces faisant pendants, gravées par Massard et N. Ponce (29 et 48).
Superbes épreuves avec la première adresse, celle de Mme Baudouin qui, plus tard, fut remplacée par celle de Basan. Toutes marges.

BAUDOUIN (d'après P.-A.)

106. Marton, par Ponce (31).

2.95
Superbe et très rare épreuve avant toutes lettres, seulement les noms des artistes tracés à la pointe.

107. Le Modèle honnête, gravé à l'eau-forte par Moreau le jeune et terminé par J.-B. Simonet (34).

320
Très belle et très rare épreuve à l'eau-forte pure.

108. La même estampe.

660
Superbe et très rare épreuve avant toutes lettres et avant les armes. Très grande marge.

109. Le Matin, — Le Midi, — Le Soir, — La Nuit, — Suite de quatre pièces, gravées par de Ghendt (32, 33, 35 et 46).

600
Très belles et rares épreuves avant toutes lettres et avec la tablette indiquée par un simple trait; l'épreuve du Soir est avant la draperie.

110. La même suite.

200
Anciennes et très belles épreuves.

111. Rose et Colas, par Simonet (42).

110
Très belle et rare épreuve d'un état non décrit, intermédiaire entre le deuxième et le troisième, elle est avec le titre et les initiales dans le cartouche mais avant la mention : « Gravé d'après le tableau original » etc., et l'adresse de Basan et Poignant.

112. La Sentinelle en défaut, par N. de Launay (44).

24
Très belle épreuve avec marge.

113. Les Soins tardifs, par N. de Launay (45).

150
Très belle et rare épreuve avant la lettre et avant les changements faits par la suite dans la bordure.

114. La même estampe.

82
Très belle épreuve avec toute sa marge.

115. La Soirée des Tuileries, par Simonet (47).

500
Magnifique et très rare épreuve avant toutes lettres et avant l'encadrement. Toute marge.

BAUDOUIN ET REGNAULT (d'après)

Lacroix

116. Le Bain, — Le Lever. Deux pièces, faisant pendants, gravées par Regnault. *Bau. ott.*

> Très belles épreuves en couleur. La pièce du Bain est avec la première adresse, celle de Regnault.

BEAUBLÉ Fils (à Paris, chez)

ville

117. Les Modes passées, présentes et futures.

> Très belle épreuve, coloriée, d'une jolie pièce très curieuse pour les costumes.

Meyer

118. La même estampe.

> Très belle épreuve en noir.

BEAUVARLET (J.-F.)

Deprès

119. Madame la comtesse Du Barry, d'après Drouais. Petit in-fol. *Del. Gut Cur. ott*

> Superbe épreuve avant la lettre.

120. *Relongue* (Jean-Charles de), d'après Surugue. In-8.

> Très belle épreuve, marge.

BÉNARD (d'après)

121. Repas de Chasse (de Madame Du Barry?), par Moitte.

> Très belle épreuve avec marge.

122. La Reconnaissance du berger, par Danzel.

> Très belle épreuve avec marge.

BENAZECH (par et d'après)

Meyer

123. Le Couronnement de la rosière, — le Prix de l'agriculture. Deux pièces faisant pendants.

> Superbes épreuves en couleur. Toutes marges.

Girard

124. La Liberté du braconnier, par Ingouf.

> Très belle épreuve avant la lettre.

BENOIST

125. La Musique, — la Conversation, — l'Escarpolette, etc.
Quatre petites pièces, de forme ronde, représentant des
vues de parcs avec petits personnages en costumes
Louis XV.

Très belles épreuves. Deux pièces sont doubles, avec différences dans
les travaux. Six pièces.

126. Vues de parcs avec personnages se promenant ou se
reposant. Quatre pièces, dont une double, avec différences.

Très belles épreuves.

BERNARD (d'après)

127. Louis XVI, — Marie Antoinette. Deux portraits grand
in-fol., faisant pendants, gravés à main levée en imitation de dessin à la plume, d'après les originaux.

Très belles épreuves tirées en bistre, les figures très finement lavées
de couleur. Très rares.

128. Madame Dugazon, gravé en imitation de dessin à la
plume. In-fol.

Très belle épreuve, la figure et la poitrine très légèrement lavées
de couleur. Rare.

BERTAUX

129. Impromptu du chevalier de Boufflers à l'occasion de la
fête d'un Nicolas, — l'Origine de Nicolas. Deux
pièces sur le même sujet, la seconde publiée chez
Martinet.

Belles épreuves.

BERTIN (d'après N.)

130. La Gayeté de Silène, par N. de Launay.
Très rare épreuve à l'état d'eau-forte. Toute marge.

BERTIN (d'après N.)

13. ✗ 131. La même estampe. *Hou. gt*
Très belle épreuve avec une grande marge.

BINET (d'après)

25- 132. La Solitude agréable, — La Nourrice élégante. Deux
pièces, faisant pendants, gravées par Duguet.
Très belles épreuves.

BOILLY (d'après L.)

19- 133. Marche incroyable, par Bonnefoy.
Belle épreuve.

39 ✗134. Le Café de la Régence. *Bau.*
Curieuse lithographie coloriée.

BOILY

19- 135. *Grimod de la Reynière* (A.-B.-L.), auteur de l'*Almanach des gourmands.* Le même personnage, copie en
contre-partie du précédent. Deux pièces in-12.
Belles épreuves.

BOISSIEU (d'après J.-J. de)

23-✗136. Vue de Lyon en 1786, par Belley. *Am. ih*
Très belle épreuve sur chine avant toutes lettres, seulement les noms
des artistes tracés à la pointe. Toute marge.

BOLOMEY

6- 137. Portrait d'Homme, en buste, dans un médaillon posé
sur une tablette. In-8.
Très belle épreuve avant la lettre.

BONNET (L.-M.)

138. Louis XV, roi de France et de Navarre. In-fol.
Très belle épreuve en bistre.

139

2

BONNET (L.-M.)

139. *Louis XV*, roi de France, in-8, d'après Vanloo.

Très belle épreuve.

140. Madame la comtesse Du Barry, gravé à la manière du crayon, d'après Drouais. Grand in-fol.

Très belle épreuve tirée à la sanguine.

141. Portrait de Madame de Pompadour, gravé à plusieurs crayons en imitation de pastel, d'après F. Boucher. In-fol.

Très belle épreuve sans marge.

142. Portrait de Mademoiselle Coypel, gravé à plusieurs crayons en imitation de pastel, d'après F. Boucher. In-fol.

Superbe épreuve d'une très grande fraîcheur, marge. Très rare de cette qualité.

143. Portraits du comte et de la comtesse de Provence. Deux portraits, in-4, faisant pendants, gravés à plusieurs crayons.

Très belles épreuves. Rares.

144. Portraits de Mademoiselle Vanloo et de son frère. Deux pièces, in-fol., gravées à la manière du crayon, d'après C. Vanloo.

144 bis. Très belles épreuves tirées sur papier bleu. Toutes marges.

145. Portrait d'Homme, en buste, vu de profil dans un médaillon ovale reposant sur une tablette où on lit : *Mortel sans soins, ami sans fard, etc.*

Très belle épreuve en couleur.

146. *The amiable Society,* — *The amiable family.* Deux pièces faisant pendants, gravées d'après Humbert ; elles représentent la reine Marie-Antoinette et le roi Louis XVI, accompagnés de leurs enfants ; Madame Élisabeth et la duchesse de Polignac, assistant à une représentation de l'Opéra.

Superbes épreuves en couleur. Sans marges.

146 bis.

BONNET (L.-M.)

8f   147. Le Bon logis, — A Beau cacher. Deux pièces, faisant
pendants, gravées d'après Le Clerc.

> Très belles épreuves à la sanguine.

30.   148. Le Jeu de dames, — Le Jeu de dominos. Deux pièces,
faisant pendants, gravées d'après Le Clerc.

> Très belles épreuves à la sanguine.

BOREL (d'après A.)

73.   149. Le Charlatan, par Léveillé.

> Très belle épreuve en couleur.

40   150. L'Innocence en danger (scène de la *Paysanne per-
vertie*), par Huot.

> Superbe épreuve avant la dédicace. Toute marge.

4f.   151. Il était temps! par Hémery.

> Superbe épreuve avant la lettre. Toute marge.

19.   152. Vous avez la clef, mais il a trouvé la serrure, par Anselin.

> Très belle épreuve avant la dédicace.

21   153. La faute est faite, permettez qu'il la répare, par Anselin.

> Très belle épreuve avant la dédicace. Marge.

10 ×   154. L'intrépide Messaget. M. Pilatre de Rozier, premier
navigateur aérien. Petit médaillon ovale représentant
un jeune homme assis à terre regardant la chute d'un
ballon, gravé par de Launay. *Val.*

> Très belle épreuve. Rare.

67.   155. Suite complète de neuf gravures in-18, par de Launay
et Delignon, pour *Tom Jones.*

> Superbes épreuves avant la lettre. Toutes marges.

BOREL? (d'après)

156. Intérieur d'un café (café Procope ?)

Epreuve dans un état d'eau-forte assez avancé. Excessivement rare.

Lacroix

BOSIO (d'près D.)

157. Le Bal de société.

Très rare épreuve à l'état d'eau-forte. Grande marge.

Lacroix

158. La Poule.

Très belle épreuve coloriée.

D. D

Roblin

159. Le Lever des ouvrières en linge, — le Coucher des ouvrières en linge. Deux pièces faisant pendants.

Très belles épreuves coloriées. Marges.

BOUCHER (d'après F.)

160. La Lumière du monde (la Nativité), par Fessard.

Très rare épreuve avant toutes lettres et avant les armes non entièrement terminée.

Lacroix

161. Les Amours enchaînés par les Grâces, par Beauvarlet.

Superbe et très rare épreuve avant toutes lettres non entièrement terminée. Grande marge. *Del. A*

162. L'Amour instruit par Mercure, — Vénus donnant du nectar à l'Amour. Deux pièces, faisant pendants, gravées par Basan.

Très belles épreuves avec de grandes marges.

Joly

163. Les Bacchantes endormies, par R. Gaillard.

Très belle épreuve avec toute sa marge.

D. D

Meyer

164. L'Enlèvement d'Europe. Grande pièce en largeur gravée par Cl. Duflos.

Très belle épreuve avec une grande marge.

Lacroix

165. Érigone vaincue, — Retour de chasse de Diane. Deux pièces, faisant pendants, gravées par Cl. Duflos.

Très belles épreuves avec de grandes marges.

BOUCHER (d'après F.)

16 166. Les Grâces au bain, par H. Ryland.
Très belle épreuve avec une grande marge.

10. 167. Jupiter et Léda, par Ryland.
Très belle épreuve avec une très grande marge.

26. 168. Jupiter et Caliste, par R. Gaillard.
Très belle épreuve avant la lettre.

11. 169. La même estampe.
Très belle épreuve avec une très grande marge.

69. 170. La Mort d'Adonis, par C. Le Vasseur.
Superbe épreuve avant la dédicace. Très grande marge.

13. 171. La même estampe.
Très belle épreuve avec une très grande marge.

14 172. Les Nymphes au bain, par Ryland. *Val. ih*
Superbe et très rare épreuve avant toutes lettres. Grande marge.

10. 173. Pan et Syrinx, par Martenasie.
Très belle épreuve avec une très grande marge.

30. 174. Sylvie délivrée par Aminte, par R. Gaillard.
Très belle épreuve avant la lettre.

17. 175. La même estampe.
Très belle épreuve avec toute sa marge.

176. Vénus et l'Amour, — Vénus caressé par l'Amour.
Deux pièces, faisant pendants, gravées à plusieurs
crayons par L. Bonnet.
Très belles épreuves.

79. 177. Vénus et les Amours, par Gaillard. ——
40. Très belle et rare épreuve avant la lettre.

10. 178. Vénus sortant du bain, par Michel.
Très belle épreuve.

BOUCHER (d'après F.)

65 179. Vénus se préparant au jugement de Pâris, par de Lorraine.

Très belle et rare épreuve avant toutes lettres.

23 180. La même estampe.

Très belle épreuve avec une grande marge.

181. Vénus donnant du nectar à l'Amour, par Basan.

Très belle épreuve avec toute sa marge.

70 182. Vénus sur les eaux, par Lempereur,

Superbe et rare épreuve avant toutes lettres. Grande marge.

26 183. *Vénus sur les eaux, par Moitte.*

Très rare épreuve à l'état d'eau-forte.

80 184. Vertumne et Pomone, par A. de Saint-Aubin.

Superbe et très rare épreuve avant toutes lettres.

28 185. La Mort d'Adonis, — le Trébuchet, — Sylvie fuit le
loup qu'elle a blessé, — Psyché, — Cartouche. Cinq
pièces.

Très belles épreuves.

12 186. La Mort d'Adonis, — Départ de Jacob, — les Bergers
à la fontaine, — les Fruits du ménage. Quatre pièces.

Très belles épreuves.

20 187. Le Trait dangereux, par Poliénith.

Très belle épreuve avec une grande marge.

17 188. Amusements enfantins.

Très belle épreuve avant toutes lettres. Très rare.

39 189. La Bergère prévoyante, par Aliamet.

Très belle et rare épreuve avant la dédicace. Marge.

50 190. La Belle cuisinière, par Aveline.

Très belle et rare épreuve non entièrement terminée et avant beaucoup de retouches.

BOUCHER (d'après F.)

191. La Belle villageoise, — la Belle cuisinière. Deux pièces faisant pendants, gravées par Soubeyran et Aveline.

Très belles épreuves avec toutes leurs marges.

192. La Bonne aventure, — la Fontaine de l'amour. Deux pièces, faisant pendants, gravées par P. Aveline.

Très belles épreuves avec de grandes marges.

193. Le Départ du courrier, — l'Arrivée du courrier. Deux pièces, faisant pendants, gravées par Beauvarlet.

Superbes épreuves avant toutes lettres. Marges.

194. Les mêmes estampes.

Très belles épreuves.

195. La Chasse (les oiseleurs), gravé sous la direction de Beauvarlet.

Très belle et rare épreuve dans un état d'eau-forte assez avancé.

196. La Rêveuse, publié chez Beauvarlet.

Superbe et rare épreuve avant toutes lettres.

197. La même estampe.

Très belle épreuve avec marge.

198. Le Sommeil interrompu, par Beauvais.

Très rare épreuve à l'état d'eau-forte. Marge.

199. La même estampe.

199 bis. Superbe épreuve avant toutes lettres.

200. Foire de campagne, par C.-N. Cochin.

Deux très belles épreuves dont l'une est dans un état d'eau-forte assez avancé.

201. La Musique pastorale, — les Amusements de la campagne. Deux pièces, faisant pendants, gravées par Daullé.

Très belles épreuves avec toutes leurs marges.

BOUCHER (d'après. F.)

202. Les Charmes de la vie champêtre, par Daullé.
  Très belle épreuve. *Ch.*

203. La Coquette,— l'Oiseau chéri. Deux pièces, faisant pendants, gravées par Daullé.
  Très belles épreuves avec marges.

204. Les mêmes compositions, gravées par Huquier le fils.
  Très belles épreuves. Rares.

205. La Vendangeuse, — la Souffleuse de savon, — le
  Marchand d'oiseaux, — la Marchande d'œufs. Suite de
  quatre pièces gravées par Daullé.
  Très belles épreuves.

206. Les mêmes compositions agrandies et gravées à la
  manière noire par Ward. Quatre pièces.
  Très belles épreuves avec de très grandes marges.

207. La Baigneuse surprise, par J. Daullé.
  Très belle épreuve avec une très grande marge.

208. L'Attention dangereuse, par Dennel.
  Très belle épreuve avec marge.

209. Les Confidences pastorales, — la Toilette pastorale.
  Deux pièces, faisant pendants, gravées par Ch.
  Duflos.
  Très belles épreuves avec toutes leurs marges.

210. Les Amours pastorales. Suite de quatres pièces gravées par Duflos.
  Très belles épreuves avec toutes leurs marges.

211. L'Agréable leçon, par R. Gaillard.
  Superbe épreuve avec toute sa marge.

212. Les Amants surpris, par R. Gaillard.
  Très belle épreuve avec une très grande marge.

BOUCHER (d'après F.)

27. 213. Les Bergers récompensés, par R. Gaillard.
Très belle épreuve avec une grande marge.

100. 214. La Fécondité, par Gaillard.
Très rare épreuve à l'état d'eau-forte.

32. 215. La même estampe.
Très belle épreuve avec toute sa marge.

2. 216. Le Goûter de l'automne, par R. Gaillard.
Très belle et rare épreuve avant toutes lettres manquant un peu de conservation.

48 217. Le Messager discret, par Gaillard.
Belle épreuve avant toutes lettres.

20 218. Le Moineau apprivoisé, par R. Gaillard.
Très belle et rare épreuve avant toutes lettres, seulement les noms des artistes tracés à la pointe.

12 X 219. La même estampe.
Très belle épreuve.

19. 220. Le Panier mysterieux, par R. Gaillard
Très belle épreuve avec une très grande marge.

50. 221. Le Villageois à la pêche, par R. Gaillard.
Très belle épreuve avant toutes lettres.

50. 222. De trois choses, en ferez-vous une? — Elle mord à la grappe. Deux pièces faisant pendants.
222 bis Très belles épreuves avec de très grandes marges.

20. 223. Le Pasteur galant, par Huquier.
Très rare épreuve à l'état d'eau-forte.

10. 224. Pensent-ils au raisin? par Ph. Le Bas.
Très rare épreuve à l'état d'eau-forte.

51 225. Pensent-ils à ce mouton? par Mᵐᵉ Jourdan.
Superbe et très rare épreuve avant toutes lettres, non entièrement terminée.

BOUCHER (d'après F.)

21. 226. La même estampe.
Très belle épreuve avec toute sa marge.

D. D

8f. 227. Les Deux confidentes, par J. Ouvrier.
Superbe et très rare épreuve à l'état d'eau-forte.

Lacroix

26. 228. La même estampe.
Très belle épreuve avec une grande marge.

D. D

11. 229. La Belle dormeuse, par Ryland.
Très belle épreuve avec marge.

33. 230. La Poésie pastorale, — lyrique, — épique, — satirique. Suite de quatre pièces gravées par Cl. Duflos.
Très belles épreuves avec toutes leurs marges.

41 231. Second livre de sujets de pastorale par F. Boucher, peintre du roy. Suite de six pièces gravées par Huquier.
Très belles épreuves avec de très grandes marges.

Rapilly

36 232. Retour de chasse, — la Toilette pastorale, — Érigone vaincue, — la Fileuse, etc. Six petites pièces gravées en réduction.
Très belles épreuves avec marges.

Lacroix

25. 233. La Petite fermière, — le Poète, — le Berger, — le Souffleur. — le Pêcheur. Cinq pièces gravées par Ch. Duflos.
Très belles épreuves avec marges.

Sudre

27. 234. Pastorales, — Sujets mythologiques. — Paysages. Treize pièces,
Très belles épreuves.

Sudre

2050 235. Les Charmes du printemps, — les Plaisirs de l'été, — les Délices de l'automne, — les Amusements de l'hyver. Suite de quatre pièces en largeur gravées par Daullé. *Avr. gutt*
Superbes épreuves avant toutes lettres avec marges. Excessivement rares de cette qualité.

Defrais

BOUCHER (d'après F.)

180

236. Les mêmes estampes.

Très belles épreuves avec de très grandes marges.

55-

237. Les Heures du jour. Suite de quatre pièces gravées par Petit.

Très belles épreuves avec toutes leurs marges.

12 5-

238. La Dormeuse, — la Voluptueuse. Deux pièces, faisant pendants, gravées par J.-B. Michel et Polienith.

Très belles épreuves. Rares.

Lacroix

10 5-

239. Le Sommeil, — le Réveil. Deux pièces, faisant pendants, gravées par Huquier fils.

Très belles épreuves avec marges. Rares.

D-D

40-

240. Le Déjeuner, par Lépicié.

Très belle épreuve avec toute sa marge.

Lacroix

60

241. La Marchande de modes, par Gaillard. ———

Très belle épreuve avec une grande marge.

id

16-

242. Première et seconde vue des environs de Beauvais, par Ph. Le Bas.

Très belles épreuves avec de grandes marges.

243. Vue des environs d'Orléans, — Divers payages. Dix-sept pièces.

Très belles épreuves avec marges.

30

244. Vue du pont des Lavandières dans le clos Payen, — Vue d'une tour, prise de Blois, — Colombier, — Abreuvoir d'oiseau. Cinq paysages, gravés par Chedel et autres.

Très belles épreuves avec marges.

Rapilly

245. Le Pont rustique, — le Pêcheur, — le Dévot hermite dans un désert. Quatre pièces gravées par Chedel, la dernière pièce est d'après Pierre.

Très belles épreuves avec toutes leurs marges.

BOUCHER (d'après F.)

20-   246. L'Amour désarmé, par Fessard.
Très belle épreuve.

                                      La croix

110   247. L'Amour nageur, — l'Amour vendangeur, — l'Amour oiseleur, — l'Amour moissonneur. Suite de quatre pièces gravées par Aveline, Fessard et Lépicié.
Très belles épreuves, les deux dernières sont à l'état d'eau-forte.

                                      i'J

55- ✕ 248. Les Saisons représentées par des amours. Suite de quatre pièces ovales gravées par Daullé.
Très belles épreuves avec toutes leurs marges. *Del. A*

                                      Meyer
                                      Lacroix

46-   249. Les Éléments représentés par des amours. Suite de quatre pièces gravées par Ch. Duflos.
Très belles épreuves avec de très grandes marges.

16-   250. Livre des Arts, par F. Boucher, peintre du Roi. Suite de six pièces, sujets d'Amours, gravées par La Rue.
Très belles épreuves.

                                      Audran

18   251. Second livre de groupes d'enfants, par F. Boucher, peintre du Roy. *A Paris, chez Huquier.* Suite de six pièces dont nous ne possédons que cinq (manque le numéro 3).
Très belles épreuves avec toutes leurs marges.

                                      Audran

31- ✳ 252. Quatrième livre de groupes d'enfants, par F. Boucher, peintre du Roy, gravé par Aveline. Suite de six pièces. *Beur.*
Très belles épreuves.

                                      J.-B.

8-   253. Livre d'académies dessinées d'après le naturel par François Boucher, peintre du Roy, gravées par de la Rue. Suite de douze pièces dont nous ne possédons que onze (manque le numéro 9).
Très belles épreuves avec toutes leurs marges. Rares.

                                      D. D.

BOUCHER (d'après F.)

254. Cartouche surmonté des armes de Mme de Pompadour. entourées par un groupe d'amours. Grande pièce en hauteur gravée par Relang.

Très belle épreuve.

255. Titre de livre. Grand cartouche formé par une draperie surmontée d'un médaillon rond soutenu par trois amours ; au bas de la composition les attributs de l'art militaire.

Très belle épreuve avant toutes lettres.

256. Titre de livre. Grand cartouche au bas duquel on voit une Minerve et les attributs des sciences.

Très rare épreuve avant toutes lettres.

257. Léda, arabesque gravée par Duflos.

Superbe et très rare épreuve avant le titre et avec la première adresse, celle de la Ve Chereau qui, plus tard, fut remplacée par celle de Larmessin.

258. Hommage champêtre, — Triomphe de Priape, — Rocaille, — Léda. Suite de quatre arabesques gravées par Cl. Duflos.

Très belles épreuves avec marges. Très rares à trouver réunies.

259. Pastorale, arabesque gravée par Huquier.

Très belle épreuve. Rare. fm.

260. Pastorale, — Léda. Deux arabesques gravées par Cochin fils et Duflos.

Très belles épreuves.

261. Livre d'écrans, par F. Boucher. Suite de douze pièces publiées, à Paris, chez Huquier.

Très belles épreuves. Très rares.

262. Livre de bordures d'écran à la chinoise inventées et gravées par Huquier. Suite de douze pièces.

Très belles épreuves. Très rares.

BOUCHER (d'après F.)

370 ✳ 263. Bureaux de la Poste en 1760. Deux très jolies et très
curieuses petites pièces ayant formes d'écrans. ✐-✐
Très belles épreuves. Excessivement rares. *Beur*

160 ✕ 264. Livre de cartouches inventés par François Boucher,
peintre du Roi. *A Paris, chez Huquier.* Suite de
douze pièces. ✐-✐
Très belles épreuves avec de grandes marges.

20 265. Cartouche (n° 12 de la suite).
Très rare épreuve à l'état d'eau-forte.

70 266. Chinoiseries. Suite de douze pièces gravées par Huquier.
Très belles épreuves. Rares.

30 267. Chinoiseries, — Pastorales. Cinq grands cartouches
gravés par Huquier.
Très belles épreuves. Rares.

90 268. Diplôme des Francs-Maçons de Bordeaux, par Choffard.
Très rare épreuve à l'état d'eau-forte.

87 ✕ 269. Les Cris de Paris, par F. Boucher. Suite de douze pièces
publiées chez Huquier. ✐
Très belles épreuves avec marges. Rares.

11 270. Ninette (Portrait de Madame Favart, dans le rôle de).
Superbe épreuve avec marge.

271. Madame Favart en montreuse d'ours. Très jolie petite
pièce gravée par Le Bas.
Très belle épreuve.

22 272. Frontispice du tome second des Œuvres de Favart,
gravé par Le Bas.
Deux épreuves, dont une avant la lettre, non entièrement terminée.

BOUCHER (d'après F.)

273. Portrait de Woldemar de Lowendal, maréchal de France, par de Larmessin. In-folio.

Très belle épreuve avec toute sa marge.

Lacroix

12-

BOURGEOIS (d'après)

274. La Fête de la bonne mère, telle qu'elle a été donnée à Louise Perignon, par ses enfants, dans son jardin d'Auteuil, le 27 août, de l'an 1800, au milieu de leurs parents et amis. Deux compositions différentes, faisant pendants. *Val. Gill*

Très belles épreuves. Marges.

J. Meyer

22.

BOVINET

275. *Dubarry* (la comtesse). In-8.

Très belle épreuve. Marge.

Girard

5-

BRETHERTON (J.)

276. *Bunbury* (Lady Sarah), maîtresse de Lauzun. In-8.

Très belle épreuve avec marge. Rare.

6-

BRICEAU (Angélique)

277. H. G. Victor Riquetti Mirabeau. In-folio.

Superbe épreuve en couleur. Rare.

Greppe

19-

BROOKSHAW (R.)

278. Louis XVI, roi de France, — Marie-Antoinette, reine de France. Deux portraits in-folio, faisant pendants, gravés à la manière noire.

Très belles épreuves.

D. D.

12o

279. Marie-Joséphine-Louise de Savoye, comtesse de Provence, gravé à la manière noire d'après Drouais. Grand in-folio.

Superbe épreuve. Les armes sont coloriées.

Delâtre

100

BROOKSHAW (R.)

280. *Provence* (la comtesse de), tenant une rose. Petit buste dans un médaillon ovale, in-32, gravé en 1774.

Très belle épreuve. Rare.

281. Portrait d'une jeune femme, représentée à mi-corps, tenant un éventail, dans un médaillon ovale, in-32, gravé en 1774.

Très belle épreuve. Rare.

282. Portrait d'une jeune Anglaise, représentée en buste, dans un médaillon ovale, in-32, gravé en 1774.

Très belle épreuve. Rare.

BUNBURY (d'après H.)

283. *View on the Pont-Neuf, at Paris,* 1770. Pièce humoristique.

Très belle épreuve.

CAMPION (C.)

284. Charles-Henri, comte d'Estaing, d'après Fresltien. In-folio.

Très belle épreuve en couleur.

CANOT (d'après P.)

285. Le gâteau des Rois, — le Souhait de bonne année au grand-papa. Deux pièces, faisant pendants, gravées par Le Bas.

Très belles épreuves.

286. Le Maître de danse, — le gâteau des Rois, — le Souhait de bonne année du grand-papa. Trois pièces gravées par Ph. Le Bas.

Très belles épreuves avec toutes leurs marges.

CARDON (Ant.)

287. Louis Schiavonetti, célèbre graveur. Grand in-4.

Très belle épreuve lettres grises.

288. *Delille* (M. l'abbé), d'après J.-L. Monnier, in-4, en couleur.

Très belle épreuve. Marge.

CARICATURES

289. Quel est le plus ridicule? Rapprochement et contraste des costumes de 1789 à 1806.

Très belle épreuve coloriée.

290. Bobèche et Galimafré au boulevard du Temple, — Bobèche sur la Parade au boulevard du Temple, — la Parade du boulevard du Temple.

Trois pièces coloriées. Rares.

291. La Promenade au jardin du Luxembourg.

Très belle épreuve coloriée.

292. Les Musards de la rue du Coq, par Bergeret.

Très belle épreuve coloriée.

293. Le Café des Aveugles.

Très belle épreuve coloriée.

294. La galerie du Palais-Royal, — Pavillon de la Paix, — Allons, Messieurs, pour Versailles, Saint-Cloud, etc., — le Grimacier de Tivoli, — Café du Jardin de Tivoli.

Cinq pièces coloriées, sur Paris, intéressantes et rares.

295. Le Bal de Vincennes, — le Bal de Sceaux, — la Promenade de la Plaine des Sablons, — Restaurant du Bœuf à la Mode, — la Mère Radis au vis-à-vis de Bobèche, — Exercices du chien Munito.

Sept pièces coloriées.

CARICATURES

296. Liberté de la Presse. Pièce satirique curieuse.

Très belle et rare épreuve coloriée.

297. Médailles grotesques. Huit pièces à deux sur la feuille.

Très belles épreuves coloriées.

298. Le Bain à la papa, — le Bain des Grâces et des Maigres, — Le Verglas, — Le Double piège. Pièces sur les Calicots, etc.

Dix-sept pièces coloriées.

299. Les Dilletanti à l'opéra Buffa, — Costumes de Lonchamps, — le Troubadour du boulevard de Gand, — le Kaleidoscope, — le Café en plein air des Amateurs, au Pont-Neuf, — le Vélocipédiste, etc.

Lithographies coloriées. Treize pièces.

CARMONTELLE (L.-C. DE)

300. Le duc d'Orléans assis et le duc de Chartres debout, derrière le fauteuil de son père, dans une salle de billard, 1759.

Très belle épreuve. Très rare.

CARMONTELLE (d'après L-C. DE)

301. Monseigneur le duc d'Orléans, à cheval, avec un cor en bandoulière, par Delafosse. In-fol.

Très belle épreuve avec marge. Très rare.

302. Léopold Mozart jouant du violon, sa fille Marianne Mozart, âgée de onze ans, chantant et J.-G. Wolfgang Mozart, âgé de sept ans, au clavecin. Gravé par Delafosse. Petit in-fol.

Très belle épreuve. Rare.

303. C.-F., comte de Waldner, en pied, par Delafosse. Petit in-fol.

Très belle épreuve.

CARMONTELLE (d'après L.-C. DE)

304. M. Trudaine de Montigny. Petit in-fol.

> Très belle épreuve.

305. L'abbé de Neufville, assis, et M. Gérard, brocanteur, debout. Petit in-fol.

> Très belle épreuve.

306. Louis Petit de Bachaumont, par Houel. Petit in-fol.

> Très belle épreuve.

307. La Malheureuse famille Calas, par Delafosse.

> Très belle épreuve. Toute marge.

CARRACHE (d'après A.)

308. Gallerie que l'eccelent Annibal Carrache a peinte à Rome, dans le palais Farnèse. *Se vend à Paris, chez Jacques Chereau, rue Saint-Jacques, au Grand Saint Remy.* Suite de vingt-trois pièces, y compris le titre. *Beur.*

> Très belles épreuves avec de grandes marges.

CATHELIN (L.-J.)

309. Messire Jean-Paris de Montmartel, marquis de Brunoy, etc., en pied, assis dans un cabinet somptueusement meublé, d'après M.-Q. de la Tour. Grand in-fol.

> Très belle épreuve.

310. Baléchou, célèbre graveur, d'après J. Arnavon. In-fol.

> Superbe et rare épreuve avant toutes lettres. Marge.

311. Le même portrait.

> Deux épreuves très belles dont l'une a toute sa marge.

312. *Bertin* (H.-L.-J.-B.), d'après Roslin. In-4.

> Très belle épreuve. Marge.

CATHELIN (L.-J.)

313. Pierre Jeliote, célèbre chanteur, d'après L. Tocqué. In-fol.

Très belle épreuve avec toute sa marge.

314. *Rollin*, d'après Coypel. In-8.

Très belle épreuve avant la lettre.

CAYLUS

315. Ah ! ah ! galant vous raisonné en ignorant, pièce satirique sur un critique d'art. In-4.

Belle épreuve.

CAYLUS (d'après le comte DE)

316. Le Jeu de comète.

Très belle épreuve d'une très jolie petite pièce gravée à l'eau-forte.

CAZENAVE

317. Portraits de Louis XVI et de Marie-Antoinette. Deux grandes pièces, in-fol., gravées au pointillé d'après Le Barbier.

Très belles épreuves. Le portrait du roi est avec la lettre grise et celui de la reine est avant toutes lettres.

CHALLE (d'après M.-A.)

318. Le Panier renversé, par Buisson.

Superbe et rare épreuve avant toutes lettres. Toute marge.

319. *The officious waiting woman*, par Chaponnier.

Superbe épreuve avant la lettre.

320. Chaire de la paroisse de Saint-Roch, par Fessard, 1761.

Très belle épreuve avec marge. Rare.

321. Finissez, par Marchand.

Très belle épreuve. Marge.

CHALLE (d'après M.-A.)

322. Le Portrait chéri.

> Très belle épreuve en couleur.

323. La Saucisse.

> Très belle épreuve en couleur.

CHAPUY (J.-B.)

324. *Sully* (Maximilien de Béthune, duc de), maréchal de France, d'après de la Tour. In-4, en couleur.

> Superbe épreuve. Marge.

325. *Voltaire* (M.-F.-A. de), d'après Benzeche. In-4, en couleur.

> Très belle épreuve.

CHAPUY (J.-B.)?

326. Portraits de personnages ayant figuré dans le procès du Collier : *Rohan* (le cardinal de),— *Bette d'Étienville*, — *Cagliostro* (le comte de), — *Cagliostro* (la comtesse de), — *Oliva* (Mademoiselle le Guet d'), — *Rétaut de Villette*, — *La Motte* (la comtesse de)

> Sept portraits in-8, gravés à la manière du lavis et imprimés en bistre.

CHARDIN (d'après J.-B.-Siméon)

327. Les Amusements de la vie privée, par Surugue (1).

> Très belle épreuve avec toute sa marge.

328. L'Antiquaire, — le Peintre. Deux pièces, faisant pendants, gravées par P.-L. Surugue (2 et 42).

> Très belles épreuves avec marges. Rares.

329. L'Aveugle, par Surugue (4).

> Très belle épreuve. Grande marge.

330. Le Bénédicité, par Lépicié (5).

> Superbe épreuve avant toutes lettres et avant quelques légers travaux. Très rare.

CHARDIN (d'après J.-B.-Siméon)

331. La même estampe.

Très belle épreuve.

7.-

332. La Blanchisseuse, — la Fontaine. Deux pièces, faisant pendants, gravées par C.-N. Cochin (6 et 21).

Très belles épreuves avec la première adresse, celle de Cochin qui, plus tard, fut remplacée par celle de Basan. Grandes marges.

69.-

333. La Bonne éducation, par Le Bas (7).

Superbe épreuve. Toute marge. *B.*

80 ✕

334. Le Château de cartes, par Lépicié (11).

Superbe épreuve. Toute marge.

40-

335. Dame cachetant une lettre, par Fessard (12).

Superbe épreuve avec la première adresse, celle de Fessard qui, plus tard, fut remplacée par celle de Joullain. Très rare.

90

336. Dame prenant son thé, par Fillœul (13).

Très belle épreuve avec marge.

337. Le Dessinateur, par Flipart (14).

Très belle épreuve avec une très grande marge.

39

338. La même composition gravée par Cécile Magimel et ayant pour titre : *Le Principe des arts. A Paris, chez Surugue, graveur du Roy, rue des Noyers, A. P. D. R.*

Très belle épreuve. Très rare.

9-

339. L'Écureuse, — le Garçon cabaretier. Deux pièces, faisant pendants, gravées par C.-N. Cochin (16 et 23).

Très belles épreuves avec la mention : *Du cabinet de M. le comte de Vence,* laquelle a été effacée dans les épreuves suivantes.

29-

340. L'Étude du dessin, par Ph. Le Bas (18).

Superbe et très rare épreuve avant toutes lettres et avant les armes.

165-

341. Le Faiseur de châteaux de cartes, par Fillœul (20).

Très belle épreuve avec toute sa marge.

40

CHARDIN (d'après J.-B.-Siméon)

342. La Gouvernante, par Lépicié (24).
Très belle épreuve avec toute sa marge.

343. L'Instant de la méditation, par L. Surugue. C'est, dit-on le portrait de Mme Lenoir (26).
Très belle épreuve.

344. Le Jeu de l'oye, par P. L. Surugue (27).
Superbe épreuve avec une très grande marge.

345. *La même estampe.*
Très belle épreuve.

346. Jeune fille à la raquette, par Lépicié (29).
Ancienne et très belle épreuve avec marge. Cette pièce, dont il existe un grand nombre d'épreuves postérieures, est très rare en ancienne épreuve.

347. La Maîtresse d'école, par Lépicié (34).
Très belle et rare épreuve avec la date de 1740 à la suite du nom de Lépicié et avec la première adresse, celle de Surugue.

348. La Mère laborieuse, par Lépicié (35).
Très belle épreuve de la planche originale. Grande marge.

349. Le Négligé ou Toilette du matin, par Le Bas (38).
Très belle épreuve avec une très grande marge.

350. L'Économe, par Ph. Le Bas (39).
Très belle épreuve avec toute sa marge.

351. Les Osselets, par Fillœul (39 *bis*)
Très belle épreuve.

352. L'Ouvrière en tapisserie, par J.-J. Flipart (40).
Très belle épreuve avec une très grande marge.

353. La Petite fille aux cerises, par C.-N. Cochin (43).
Très belle épreuve.

354. La Pourvoïeuse, par Lépicié (45).
Très belle épreuve du premier tirage, avant que la lettre dans la marge inférieure ait été reprise. Toute marge.

CHARDIN (d'après J.-B.-Siméon)

24 355. La Pourvoïeuse, par Lépicié (45).
Très belle épreuve avec toute sa marge.

15- 356. La Ratisseuse, *à Paris, chez D. Noyer* (46 ⁶).
Très belle épreuve avec une grande marge.

80-X 357. La Serinette, par L. Cars (47).
Superbe épreuve avec marge.

40 358. Le Soufleur, par Lépicié (48).
Superbe épreuve avec une très grande marge.

52 359. Le Toton, par Lépicié (50).
Superbe et rare épreuve du premier tirage, avec la date de 1742 à la suite du nom de Lépicié et avec la première adresse, celle de l'auteur. Toute marge.

68 360. Les Tours de cartes, par L. Surugue (51).
Superbe épreuve avec toute sa marge.

60 361. La même estampe.
Très belle épreuve avec quatre portées de musique ajoutées au bas de la gravure. Rare.

20 362. L'Enfant gâté, par Charpentier (3 des pièces douteuses).
Très belle épreuve.

363. La Souricière, par Charpentier (9).
Très belle épreuves avec une très grande marge.

CHARLIER (d'après)

10f.-X 364. Un Tendre engagement va plus loin qu'on ne pense, — Achève ton ouvrage, n'oublie pas la dernière. Deux pièces, faisant pendants, gravées par Elluin.
Très belles et rares épreuve avant la lettre. Grandes marges.

CHENU

22- 365. *Favart* (Madame), actrice, d'après Garand. In-8.
366. Très belle épreuve. Margé.

CHEREAU (F.)

366. Louise-Charlotte de Foix, comtesse de Sabran, d'après Vanloo. Petit in-fol.
Très belle épreuve.

11 367. Marie, princesse de Pologne, reine de France et de Navarre, en pied, d'après M. Vanloo. In-fol.
Belle épreuve.

CHEREAU (à Paris, chez J.)

70 368. Dix-huit boutons réunis sur une même feuille, ils représentent des bustes de jeunes hommes et de jeunes femmes très intéressants et très curieux comme coiffures.
Très belle épreuve coloriée. Marge.

CHEREAU (à Paris, chez la Veuve)

15 369. Victor-François, duc de Broglie, à cheval. In-fol.
Très belle épreuve.

CHEVALIER (J.-A.)

20- 370. Nouveau cahier de soldats. Suite de six pièces.
Belles épreuves.

CHEVILLET, LE BAS, etc.

371. La Santé portée, — le Joueur de cornemuse, — le Peintre, etc. Douze pièces d'après Terburg, Téniers et autres.
Très belles épreuves.

CHEVILLET

5 X 372. Descamps (J.-B.), d'après lui-même. In-8.
Très belle épreuve.

CHOFFARD (P.-P.)

373. *Choffard* (P.-P.), en buste, dans un médaillon entouré d'une guirlande de fleurs. Fleuron pour le second volume des *Contes* de La Fontaine, édition dite des fermiers généraux (23).

Superbe et très rare épreuve avant la lettre. Tirage hors texte. Toute marge.

374. *Le duc de Chartres*, depuis Philippe-Égalité, dans une grande composition en largeur destinée à servir de diplôme de franc-maçonnerie. Dessiné par Monnet, peintre du roi M.˙. de la loge des Neuf-Sœurs.

Superbe épreuve.

375. *Mariette* (l'Histoire, le Génie du dessin, le Dieu du goût et l'Étude, rassemblés au pied du buste de M.), d'après Cochin. In-8 (42).

Superbe épreuve avant la lettre. Toute marge.

376. Adresse de Langlumé jeune.

Superbe et rare épreuve avant la lettre.

377. Pièce commémorative d'un mariage, 1780 (119).

Superbe épreuve du premier état. Toute marge.

378. La même estampe.

Superbe épreuve du premier état. Marge.

379. Petites vues de batailles ; en-têtes de pages pour *Préjugés militaires*, par un officier autrichien (le prince de Ligne), 1780. Neuf pièces.

Superbes épreuves tirées hors texte. Grandes marges.

380. Catalogue du cabinet de M. Neyman, titre (372).

Très belle épreuve, marge.

CLINT (G.)

381. Portrait en pied du duc de Wellington, d'après Hopner. Grand in-fol.

Belle épreuve en couleur.

CLOVER

382. Portrait du général Washington, en pied, près de son cheval, d'après Stuart. Grand in-fol.

Très belle et rare épreuve en couleur.

COCHIN (par et d'après C.-N.)

383. La Petite Charrière en couches, par Saint-Non.

383 bis Très belle épreuve.

384. Convalescence de Louis XIV, — Minerve annonce la paix à la ville de Paris, — Inauguration de la place Louis XV. Trois pièces allégoriques tirées du *Voyage pittoresque en France* gravées par Née et Chenu, d'après les tableaux de Halle et de Largillière.

Très rares épreuves à l'état d'eau-forte.

385. La Soirée, par Gallimard.

Epreuve et contre-épreuve à l'état d'eau-forte.

386. Le Chanteur de cantiques, — la Charmante Catin. Deux pièces, faisant pendants, gravées par Madeleine Cochin.

Très belles épreuves.

387. Hommage des arts, diplôme du prix d'émulation en 1793. Gravé par B.-L. Prevost.

Très belle épreuve d'une planche où se trouvait primitivement le portrait de la reine Marie-Antoinette, lequel, dans cette épreuve, a été remplacé par une figure de la Victoire portant le drapeau de la Liberté. Rare.

388. Titre du plan de la ville de Reims, par J. Massard, 1769.

Superbe épreuve avant toutes lettres, seulement les noms des artistes à la pointe.

389. Tombeau du maréchal de Saxe, d'après Pigalle, dessiné et gravé à l'eau-forte par Cochin, terminé par Dupuis.

Deux épreuves dont l'une, très rare, est à l'état d'eau-forte.

COCHIN (d'après C.-N.)

13-

390. Le Plaisir des bonnes gens, gravé à la sanguine par Mme Lingée, 1784.

Très belle épreuve.

391. Sujets de l'histoire romaine, dessinés par Cochin, d'après divers maîtres français et italiens, et gravés par Masquelier, Malapeau, Née et Fessard. Six pièces.

Belles épreuves. Toutes marges.

392. L'École de dessin, par B.-L. Prevost. En-tête pour un livre in-fol.

Très belle épreuve.

355-

393. Sujets tirés des *Contes* de La Fontaine, dont le détail suit :

1° Le Diable de Papefi- guière ;
2° Le Villageois qui cher- che son veau ;
3° Second tour des trois Commères ;
4° La Mandragore ;
5° La Chose impossible ;
6° Le Gascon puni ;
7° Le petit Chien ;
8° La Cruche ;
9° La Clochette ;
10° Le Baiser donné ;
11° Le Baiser rendu ;
12° Le Faiseur d'oreilles et le Raccommodeur de moules ;
13° Frère Luce ;
14° Frère Luce congédiant Agnès ;
15° Les Oyes de frère Philippe ;
16° La Servante justifiée ;
17° Le Cuvier ;
18° Le Cas de conscience ;
19° Suite du Cas de cons- cience ;
20° L'Horoscope ;
21° La Devineresse ;
22° Maze de Lamporecchio ;
23° Le Savetier ;
24° Nicaise ;
25° Les Rémois ;
26° Le Pâté d'anguille ;
27° Suite du Pâté d'anguille.

Suite de vingt-sept estampes in-4, avec vers en bas, publiées par Selis, en 1735.

Superbes épreuves du premier état, avant que les compositions aient été cintrées par le haut, avec grandes marges, reliées en un volume in-4 cart.

On lit dans le Catalogue de l'œuvre de Ch.-N. Cochin fils, par Jombert année 1735, n° 22 :

« Plusieurs sujets des *Contes* de La Fontaine dessinés par Ch.-Nic. Cochin le fils, en 1735, et gravés par divers graveurs pour un Marchand vitrier nommé Selis, avec huit vers au bas de chaque estampe. On connaît entre autres celles-ci... (Suit la nomenclature de dix pièces.)

« Hauteur de l'estampe, sans les vers qui sont au bas, 5 pouces; largeur, 4 pouces. »

Jombert ne connaissait donc que dix pièces de cette suite très rare. Il y en a ici vingt-sept, que l'on peut considérer comme formant la suite la plus complète connue.

COCHIN (d'après C.-N.)

394. *Boissy* (Louis de), de l'Académie française. In-8.

Trois épreuves d'états différents, eau-forte, avant la lettre, terminée et avec la lettre.

395. *La Motte Piquet* (Guillaume de), gravé par Aug. de Saint-Aubin. In-4.

Belle épreuve, marge.

396. *Moreau* (J.-M.), le jeune, gravé par Aug. de Saint-Aubin. In-8. *Bar.*

Superbe épreuve, toute marge.

COCHIN, DESRAIS, EISEN, etc. (d'après)

397. Vignettes in-8 et in-12. En-têtes et fleurons, pour d'Arnaud, *Télémaque*, J.-J. Rousseau, le *Dépit* et le *Voyage*, etc. Huit pièces.

Très rares épreuves avant la lettre et eaux-fortes.

COLIBERT

398. Jean-Marie Roland, ministre de l'intérieur, dessiné d'après nature. In-fol.

Très belle et rare épreuve en couleur. Marge.

COLINET

17.- 399. Portrait de Madame la comtesse Amélie de Boufflers, représentée assise sous un arbre. In-fol.

Très belle épreuve en couleur. Rare.

COLSON (d'après F.-G.)

21 400. Le Repos, par N. Dupuis.

Très belle épreuve avec une grande marge.

Meyer

CONDÉ (P.)

9.- 401. *Grant* (Charles), vicomte de Vaux, d'après Cosway, in-8. Deux portrais différents, dont un double. Trois pièces.

Très belles épreuves.

COSTUMES

402. GALERIE DES MODES ET COSTUMES FRANCAIS, ouvrage commencé en l'année 1778, dessinés d'après nature par Leclerc, Desrais, Martin, Simonet, Watteau fils et de Saint-Aubin, gravés par Dupin, Voysard, Patas, Leroy, Pélicier, Bacquoy et Lebeau. *A Paris chez les sieurs Esnauts et Rapilly.*

Greppe

377o

Cet exemplaire est ainsi composé : frontispice gravé, Introduction (4 pages), texte explicatif (40 pages), Privilège général et 192 planches, formant la première partie de l'ouvrage.

La seconde partie, du n° 193 à 406, a été publiée sans texte. En tête de cette seconde partie sont ajoutés : le frontispice gravé en épreuve avant la lettre; les planches 289, 290, 293, 295, 305, 307, 308, 309, 310, 315, 330 et 342 en épreuves avant la lettre, à l'état d'eau-forte. Dans cet ouvrage, on remarque Louis XVI, la reine Marie-Antoinette, etc., en grands costumes de cour. On a aussi ajouté à cete collection les dessins originaux des numéros 38, 224 et 310, et un sujet non gravé.

Il manque 6 planches dans la première partie et 52 dans la seconde. Un certain nombre sont remontées et plusieurs sont coloriées.

Ce très beau recueil est difficile à rencontrer aussi complet. Il contient en tout 365 planches, dont 208 avec grandes marges.

260. 402 *bis.* Trente-sept pièces doubles de la suite précédente.

Très belles épreuves, coloriées.

J. Meyer

COSTUMES

1 10 403. Douze pièces doubles de la suite précédente. N°s 50, 53, 58, 61, 76, 77, 83, 86, 91, 347 et 356.

chauvet

26· 404. ANONYMES (dix-septième siècle). Le Noble, — le Marchant, — l'Artisan, — le Paysàn, — la Cavalcade royalle, ou le roy allant à cheval à l'église des Jésuites, le jour de Sainct-Louis 1649, — Leurs Majestez allant à Notre-Dame rendre grâce à Dieu, du repos retably dans la France au contentement du peuple, — le Feu royal tiré devant Leurs Majestez le jour de la naissance du roy, par les soins de Messieurs de la ville de Paris. Sept pièces.

D. D. ville

Belles épreuves.

7· 405. Le Roi, — la Reine, — Gens de cour, — Gens d'espée et riches Marchands, — Bourgeoise, — Paysans et Paysannes. Sept pièces.

D. D. velle

Belles épreuves.

36 406. Figures singulières, représentant les Saisons, — Scaramouche, Arlequin etc. Huit pièces coloriées.

D. D. vell

24· 407. Le Capitan espagnol, — le Soldat français, etc., — Fête de village. Sept pièces, dont deux doubles.

Greppe

Belles épreuves.

11· 408. Le Jeu de boule, — le Jeu de ballon. Deux pièces en forme de frises, gravées sur bois. Rares.

D. D. ville

4 X 409. ANONYMES (dix-huitième siècle). Almanach du comestible, charmante composition de huit personnages assis autour d'une table ; deux valets servent le souper. Très belle épreuve. Rare. *Beur.*

J. B.

2 410. Recueil des différentes modes du temps (Louis XV). Suite de sept pièces à plusieurs sujets sur une même feuille.

Belles épreuves. Marges.

COSTUMES

38 ✕ 411. ANONYMES (dix-huitième siècle). Dame de qualité prenant le plaisir du traisnau sur la neige, en hiver. Deux compositions différentes. *Beur.*
Belles épreuves.

15 412. Jeunes marchandes de Paris. Deux compositions de forme ovale, imprimées sur une même feuille.
Belle épreuve. Marge.

170 413. La Modiste, — la Coiffeuse, — la Bouquetière, — l'Élégante, etc. Six charmantes petites pièces, très bien gravées de forme ronde, tirées à deux sur la feuille.
Très belles épreuves avec toutes leurs marges.

21 414. Les Métiers. Vingt sujets imprimés sur une même feuille, coloriés.

48 415. Jeu de cartes, où sont représentés des personnages en costumes du commencement du siècle. Trente-deux pièces imprimées sur deux feuilles, coloriées.

3 416. BLOEMAERT (C.). Les Sens. Suite de cinq pièces.
Belles épreuves, avec marge.

283 417. BOSIO (d'après D.). Modes et caricatures, — Modes parisiennes. Suite de vingt et une pièces en couleur en 1 vol. in-8. cart.

28 ✕ 418. BOSSE (A.) Le Jardin de la noblesse française. (D., 1301-1318). Huit pièces de cette suite.
Belles épreuves. *Hed. cot.*

198 419. BOSSE (A.). Les Gardes-françaises. Suite de neuf pièces. (D. 1332-1340).
Très belles épreuves avec les bordures.

23 420. Cinq pièces de la même suite.
Très belles épreuves avec bordurés.

COSTUMES

421. BOSSE (A.). La même suite, en dix pièces, copies publiées à Nuremberg sous ce titre : Newes soldaten Büchlein vor die Jugendt 1638.

Belles épreuves.

422. BUISSON (à Paris chez). *Cabinet des Modes, ou les Modes, nouvelles,* décrites d'une manière claire et précise, et représentées par des planches en taille-douce, enluminées.

Ouvrage qui donne une connaissance exacte et prompte, tant des habillements et parures nouvelles des personnes de l'un et de l'autre sexe, que des nouveaux meubles de toute espèce, des nouvelles décorations, embellissements d'appartements, nouvelles formes de voitures, bijoux, ouvrages d'orfèvrerie, et généralement de tout ce que la mode offre de singulier, d'agréable ou d'intéressant dans tous les genres. A Paris, chez Buisson, libraire, 1785. Sept vol. in-8, veau marbré, fig. gravées par Duhamel d'après Desrais, Defraine, Charpentier, etc.

Ce livre, des plus intéressants au point de vue des costumes, commencé le 15 novembre 1785, et continué jusqu'au 20 février 1793, contient en tout trois cent cinquante-quatre planches, dont beaucoup sont avec deux et trois sujets sur une même planche, est de la plus grande rareté à trouver complet comme il est ici.

423. Dix pièces tirées de l'ouvrage précédent.

Très belles épreuves.

424. COUVAY ET SPIRINX. Sujets rustiques. Seize pièces divisées en deux suites.

Très belles épreuves, avec marges.

425. COYPEL (Ch.). Modes, janvier 1726, — février, — Modes de 1730, etc. Cinq pièces en double état, avant et avec la lettre. Dix pièces.

Très belles épreuves. Rares.

COSTUMES

426. DAVID ET CHATAIGNER. Costumes officiels de la République française. Vingt-cinq pièces, dont vingt-deux coloriées et trois en noir. 1 vol. grand in-4, veau marbré.

427. DESNOS (à Paris chez). Recueil général de Coeffures de différents goûts, où l'on voit la manière dont se coëffaient les femmes sous différents règnes, à commencer en 1589 jusqu'en 1778. Avec des vers analogues à chaque costume, suivi d'une collection de modes françaises, contenant les différens habillemens et coeffures des hommes et des femmes... A Paris, chez Desnos, libraire, s. d. 1 vol. in-8 contenant quarante-huit sujets numérotés avec vers en regard, dans un encadrement, et seize costumes Louis XVI, en pied, imprimés sur quatre feuilles, coloriés.

428. Douze pièces de la même suite, imprimées sur trois feuilles.

Très belles épreuves avant les vers, en regard, dans les encadrements. Marges.

429. DESNOS (à Paris chez). Souvenir à l'Angloise et recueil de coiffures, dédié aux dames de bon goût, avec tablettes perte et gain, — Almanach de la toilette et de la coeffure des dames françaises, suivie d'une dissertation sur celle des dames romaines. — Petit Almanach de poche contenant quinze planches coloriées, avec texte.

430. DESNOS (à Paris chez). Décadaire pour l'an IIIe de la République française. En haut de l'indication de chaque mois, se trouvent des compositions d'après les principaux artistes du dix-huitième siècle, Debucourt, Fragonard, Freudeberg etc., coloriées. Rares.

COSTUMES

431. DESRAIS (d'après C. L.). Suite des nouvelles modes françaises depuis 1778 jusqu'à ce jour, dessinées d'après nature par C. L. Desrais. (Costumes d'hommes.)
Suite des nouvelles modes françaises, depuis 1778 jusqu'à ce jour, dessinées d'après nature, par C. L. Desrais. (Costumes de femmes.)

Ces deux suites, chacune de douze planches, sont coloriées avec le plus grand soin et reliées en un volume in-8 cartonné.
Epreuves avec grandes marges et très rares.

432. DIVERS. Costumes et scènes de mœurs du dix-huitième siècle. Dix-neuf sujets imprimés sur cinq feuilles, avec légende en bas de chaque sujet.

Très belles épreuves, imprimées en bistre.

433. Incroyables, coiffures, costumes et métiers divers. Vingt-deux pièces.

434. Costumes, sujets rustiques et satiriques. Dix-neuf pièces.

435. Costumes par Hollar, Montcornet, etc. Dix-sept pièces.

436. Costumes par Patas, tirés du sacre de Louis XVI, — Métiers et cris de Paris, par Joly, — Louis XVI, roi de France, accordant une grâce, colorié. Dix pièces.

437. DORMONBOY. La Mort du moineau, — la Mort du chat. Deux pièces satiriques.

Belles épreuves.

438. ÉCOLE ALLEMANDE. Costumes de porte-drapeaux, représentant les Cantons de la Suisse. Treize pièces gravées à l'eau-forte. *Col.*

Très belles épreuves. Rares.

COSTUMES

X

300.

439. EISEN. Nouveau recueil des troupes qui forment la garde et maison du roy, avec la date de leur création, le nombre d'hommes dont chaque corps est composé, leur uniforme et leurs armes, dessiné d'après nature, par Eisen, présenté au roy par la veuve de F. Chereau, 1756. Suite de treize planches avec titre et dédicace au roy. En tête sont ajoutés les portraits de Louis XV et de Marie Leczinska, gravés par Petit.

DE LA RUE (P. B.). Nouveau recueil des troupes légères de France, levées depuis la présente guerre, avec la date de leur création, le nombre dont chaque corps est composé, leur uniforme et leurs armes. Dessiné d'après nature sous la direction des officiers, présenté à Mgr le Dauphin par F. Chereau. Suite de douze planches, avec titre et dédicace à Mgr le Dauphin. En tête sont ajoutés les portraits de Mgr le Dauphin et de Madame la Dauphine, gravés par Petit. Cette suite est double, en épreuves coloriées.

Ces trois suites reliées en un volume in-folio veau marbré.

6.

440. ENGELBRECHT (*excudit*). Les Sens. Suite de cinq pièces en largeur.

Belles épreuves. Marges.

140

441. GIDE (à Paris chez). Journal de Modes, publié d'abord sous ce titre : *Tableau général du goût, des modes et costumes de Paris*, par une société d'artistes et de gens de lettres. A Paris chez Gide, an VII, et ensuite sous cet autre. *La correspondance des dames ou journal des modes et des spectacles de Paris* rédigé par J. J. Lucet. A Paris chez Gide, an VII. Trois tomes en 2 vol. in-8. cart., contenant 38 planches coloriées. Rares.

COSTUMES

442. GILLOT (Claude). Suite d'acteurs de l'ancienne Comédie-Française, représentés dans divers rôles. Dix pièces.

Très belles épreuves. Marges.

443. HEIDELOFF. Gallery of Fashion, 1794, 1795, 1796, et commencement de 1797. Trois tomes en 1 vol. in-4 cart. contenant cent trente-trois fig. sur soixante-treize planches, et trois titres, avec texte.

Très bel exemplaire, en couleur.

444. La suite du même ouvrage, 1798 à 1803. 2 vol. in-4 cart. contenant cent soixante-quinze figures, du n° 174 au n° 331, et du n° 346 à 362, sur cent-dix planches, plus quatre titres.

Très belles épreuves, en couleur.

445. JANET (à Paris chez). Petites vignettes in-18, pour un almanach de poche. Treize pièces.

Belles épreuves avant la lettre.

446. Autre suite de treize petites vignettes pour un almanach de poche, imprimées sur sept feuilles.

Belles épreuves avant la lettre.

447. LAMESANGÈRE. Journal des Dames et des Modes (par P. de Lamesangére). Paris, chez l'auteur, 1796-1838 (Costume parisien). 67 vol. in-8. cart., fig. en couleur.

Cet exemplaire est ainsi composé. Du n° 1, année 1797, au n° 228, an VIII, sans texte ; de l'an VIII, n° 229, à l'an X, n° 414, nous avons 78 planches et le texte ; du n° 415, an XI, au n° 3618, année 1838, la série est complète, planches et texte, excepté le n° 2467 qui manque et 18 planches pour l'année 1830. Les numéros manquants sont indiqués en tête de chaque volume.

Suite très rare à rencontrer aussi complète ; nous avons en tout trois mille cinq cents planches.

COSTUMES

13 — 448. Vingt-quatre pièces doubles de la suite précédente, an VIII.

Très belles épreuves.

449. LAMESANGÈRE. Observations sur les modes et les usages de Paris, pour servir d'explication aux cent quinze caricatures publiées sous le titre de *Bon genre*, depuis le commencement du dix-neuvième siècle. Paris, 1827. 1 vol. grand in-4. cart., fig. en couleur.

Superbe exemplaire.

450. LAMESANGÈRE. Journal des dames et des modes (janvier à juin 1799). 2 vol. in-8. cart., contenant 27 planches avec texte, de la contrefaçon.

19. 451. LA RUE (L. F. de). Divers sujets militaires inventés et gravés par D. L. R. A Paris, chez Buldet. 1 vol. in-8. obl. cart., contenant 23 planches gravées à l'eau-forte.

23 452. LASNE (Michel). Berger jouant de la cornemuse, — Jeune homme étudiant, — Femme chantant à livre ouvert, — Femme travaillant à la tapisserie, — Homme jouant de la flûte, — le Joueur de guitare, — Joueur de tambourin, — Marchande de fruits et de poules, — le Peintre dans son atelier, etc. etc. Quinze pièces.

Très belles épreuves.

453. LE CLERS. Costumes, 1664-1670. Le Pape, — l'Abbé en manteau long, — le Conseiller au parlement, — le Général d'armé, — le Sergent, — le Marchand, — le Jardinier, — le Pèlerin, — Dame de Paris allant par la ville. Sept pièces.

COSTUMES

454. LE DRU. Costume de Bellecour dans le *Joueur*, — l'Élégante Nimphe du boulevard, — le Petit maître allant en bonne fortune, — l'Élégante à la promenade du Palais-Royal, — l'Élégant au rendez-vous du Palais-Royal, — Mademoiselle des Faveurs aux Thuilleries, etc. Sept pièces coloriées.

Très belles épreuves.

455. LEPAUTRE. Palais et décorations de théâtre. Treize pièces.

Belles épreuves.

456. LOCHON (M. Van). Les beaux et bien adroits joueurs de toutte sorte de jeux. Suite de huit pièces.

Belles épreuves.

457. MARTINET (à Paris chez). Recueil des costumes des Théâtres de Paris, 1637 planches coloriées renfermées dans neuf volumes — albums. Ces planches publiées chez Martinet (15, rue du Coq), sont dessinées et gravées par Joly, Maleuvre, Carle Delaunay, Julie de Launay, Duplessis-Bertaux, Horace Vernet, Aug. Delvaux, Bovinet, Favart, Boullay, Chaponnier, Foisil, T. Merle, Dubois, Allain, A. Garneray. Pascalon, Coqueret, Pitrot, Braille, Maurice le P. Gatine, Gabriel, Frédéric, Charles, Armand, Clément, Louis, Eugène. Quelques-unes sortent de la lithographie Engelmann. La planche 1031 est suivie de la planche 1031 *bis* ; la planche 1053 est en double, le coloris en est différent.

Les planches 734 et 1192 manquent. Superbes épreuves, de la plus grande fraicheur.

458. MODES de Paris, Petit Courrier des Dames 1837-1845. 10 vol. in-8. cart. contenant 829 planches coloriées.

COSTUMES

27. 459. OCTAVIEN (d'après). Figures françaises nouvellement inventées par Octavien. A Paris, chez L. Surugue, 1725. Suite de quatre pièces et un titre.

Très belles épreuves. Rares.

460. PILLET (à Paris chez la veuve). Dame Gigogne, — Enfants de la patrie, — l'Homme du jour, — la Nouvelle parvenue, etc. Seize petites pièces sur une même feuille. *A Paris, chez la veuve Pillet.*

Belle épreuve.

14 461. QUEVERDO (d'après). Vignettes in-18, pour un Almanach de poche. Six pièces.

Épreuves avant la lettre, non entièrement terminées.

12. 462. SAINT-AUBIN (d'après). Costumes. Huit pièces.

Très belles épreuves.

25 463. SAINT-IGNY (J. de). Concerts grotesques. Suite de six pièces. (R.D., 43-48).

Très belles épreuves de premier état. Marges.

345 464. VERNET (d'après H.). Incroyables et Merveilleuses. Suite de trente-trois pièces numérotées, gravées par Gatine, coloriées. 1 vol. in-fol. cart.

Superbe exemplaire d'une suite rare à trouver complète.

210 465. WHIRSKER. Les Metamorphoses de Melpomène et de Thalie, ou caractères dramatiques des Comédies-Française et Italienne. A Paris, chez les frères Campions, 1782. 1 vol. in-4. demi rel. bas.

Superbe exemplaire non rogné, contenant la suite double, en noir et en couleur, c'est-à-dire le premier et le deuxième tirages. Cinquante planches, y compris le titre et les tables. Très rare.

COURTIN (d'après J.)

18. 466. L'Amour complaisant, — l'Amour médecin. Deux pièces gravées par Aubert et Mathey.

Très belles épreuves, avec de grandes marges.

COURTOIS (d'après)

467. Portrait d'une jeune fille en buste, gravé par Demarteau (334).

Belle épreuve. Marge.

COUTELLIER (F.)

468. Mademoiselle Contat, de la Comédie-Française, dans le
rôle de Suzanne du *Mariage de Figaro*. In-4.

Très belle épreuve en couleur. Marge.

469. Le même portrait.

Très belle épreuve.

470. Mademoiselle Olivier, de la Comédie-Française, dans le
rôle de Chérubin, du *Mariage de Figaro*. In-4.

Très belle épreuve en couleur. Marge.

471. *Bertinazzi* (Carlin), reçu à la Comédie-Italienne en
1741. In-4, en couleur.

Très belle épreuve du premier état, le médaillon découpé et monté
en dessin, ainsi que le titre, et avec l'adresse de Coutellier.

472. *Colombe* (Mademoiselle), l'aînée, reçue à la Comédie-
Italienne, en 1773 In-4, en couleur.

Très belle épreuve du premier état.

473. La même estampe.

Très belle épreuve, en couleur, avec une très grande marge.

474. *Dugazon* (Madame), reçue à la Comédie-Italienne en
1776. In-4, en couleur.

Très belle épreuve du premier état.

475. *Julien* (Madame), reçue à la Comédie-Italienne en 1781.
In-4, en couleur.

Très belle épreuve du premier état.

COUTELLIER (F.)

14— 476. La même estampe.

Très belle épreuve en couleur. Grande marge.

10— 477. *Menier* (Joseph), reçu à la Comédie-Italienne en 1776. In-4, en couleur.

Très belle épreuve du premier état.

29× 478. *Michu*, de la Comédie-Italienne, en 1775. In-4, en couleur. *Ber. iA*

Très belle épreuve du premier état.

26— 479. *Carlin Bertinazzi, — Joseph Ménier, — Michu.* Trois portraits d'acteurs de la Comédie-Italienne.

Très belles épreuves en couleur. Grandes marges.

COYPEL (Ch.)

14— 480. La Diseuse de bonne aventure (R. D., 21).

Belle épreuve.

COYPEL (d'après C.)

× 481. La Jeunesse sous les habits de la décrépitude (portrait de Madame Coypel), par Élisabeth-Marie Lépicié.

Très belle épreuve. *a*

17.× 482. *Ce dépit n'est point redoutable*, etc. (portrait de Madame Favart contemplant le portrait du Maréchal de Saxe), par L. Surugue. *h*

Très belle épreuve.

18-× 483. *Tel qui rit de ces enfants*, etc., par E. Joullain.

Très belle épreuve d'une jolie petite pièce. Toute marge.

7- × 484. L'Amour prédicateur, par Lépicié. *h*

Très belle épreuve, avec une grande marge.

COYPEL (d'après C.)

485. L'Amour de village, — l'Amour de ville. Deux pièces, faisant pendants, gravées par Lépicié.

Très belles épreuves avec marges.

486. Jeux d'enfants. — Thalie chassée par la Peinture. Deux pièces, faisant pendants, gravées par Lépicié.

Très belles épreuves.

COYPEL (par et d'après Ant.)

487. Ecce-Homo, — Vénus sur les eaux, — Colère d'Achille, — Adieux d'Hector et d'Andromaque. Sept pièces.

Très belles épreuves avec marges.

CRÉPY (à Paris, chez)

488. A bon chat, bon rat.

Très belle épreuve avec toute sa marge.

489. Le Départ de la chasse, — le Retour de la chasse. Deux pièces faisant pendants.

489 bis Très belles épreuves, la première a toute sa marge.

CROISIER (M.-A.)

490. Un bon prince est aimé jusque dans ses enfants. Pièce in-8, formée de guirlandes de fleurs et d'amours, au milieu desquels sont les médaillons de Philippe d'Orléans, dit le Gros, Philippe d'Orléans, dit Égalité, et de la princesse de Penthièvre sa femme.

Très belle et rare épreuve à l'état d'eau-forte.

491. La même pièce.

Très belle épreuve terminée, avec la lettre.

CURTIS

1857 492. Marie-Antoinette d'Autriche, reine de France, — Louis XVI, roi de France et de Navarre, Deux portraits in-fol., faisant pendants, gravés d'après Dufrene et Boze.
Superbes épreuves en couleur.

DAGOTY (GAUTIER)

493. Madame la Comtesse Du Barry, assise devant sa toilette et à qui son négrillon offre une tasse de chocolat. In-folio.
Superbe épreuve en couleur. Excessivement rare.

494. Portrait de Dufreny, d'après Coypel. In-folio.
Très belle épreuve en couleur.

495. P. J. Dessault, chirurgien en chef de l'Hôtel-Dieu, d'après Kinili. In-4.
Superbe épreuve en couleur. Grande marge.

496. Tête de vierge, — Tête de vieillard, — Pêches et pommes. Trois pièces.
Superbes épreuves en couleur. Rares.

DAUBENTON (d'après)

497. Projet d'un pont triomphal à la gloire immortelle de Louis XVI, par Germain, 1775.
Très belle épreuve.

DAULLÉ (J.)

498. Charles-Edouard Stuart, fils aîné de Jacques III. In-fol.
Superbe et rare épreuve avant toute lettre. Grande marge.

499. Henri-Benoît Stuart, père du précédent. In-fol.
Très belle et rare épreuve avant la lettre. Grande marge.

DAULLÉ (J.)

12- 500. Claude Deshais Gendron, docteur-médecin, de la Faculté de Montpellier, d'après H. Rigaud. In-fol.

Superbe épreuve avant la lettre.

5- 501. La même estampe.

Très belle épreuve, avec toute sa marge.

2. 502. *Polignac* (Melchior de), d'après Rigaud. In-8.

Très belle épreuve. Marge.

15- 503. Marguerite de Valois, comtesse de Caylus, d'après H. Rigaud. In-fol.

Très belle épreuve.

5- 504. Célimène essayant les flèches de l'Amour, d'après Nanotte. In-fol.

Très belle épreuve d'une estampe qui bien certainement doit être un portrait.

17- ✕ 505. La Peleuse de pommes, — la Riboteuse hollandaise, — la Jeune Gipsy, — le Lever hollandais, — le Déjeuner hollandais. Cinq pièces, d'après Metzu et autres artistes. *Del. ht*

Très belles épreuves, avec de très grandes marges.

DAULLÉ et RAVENET

250 ✕ 506. Mademoiselle Lavergne, nièce de M. Liotard, d'après Liotard. Grand in-fol. *Del. Gub*

Très belle épreuve avec marge. Très rare.

DAVESNE (d'après)

125-✕ 507. Les Prunes, par Vidal. *in*

Superbe épreuve en couleur. Toute marge.

8-✕✕ 508. L'Amant regretté, par Voyez le jeune. *val. in*

Superbe et très rare épreuve avant toutes lettres.

14- 509. La même estampe.

510 Très belle épreuve.

DAVID (J.)

510. Diderot, d'après L.-M. Vanloo. Grand in-4.

Très belle et rare épreuve avant toutes lettres.

DAYES (d'après E.)

25- *Gosselin*

511. Vue du chœur de Saint-Paul, à Londres, le 23 avril 1789, au moment où on y célébra les actions de grâce de la Nation pour l'heureux recouvrement de la santé du roi. Gravé par R. Pollard.

Très belle épreuve, tirée en bistre, d'une très jolie pièce des plus intéressantes comme costumes.

DEBUCOURT (P.-L.)

1410- 512. Le Menuet de la mariée (1786). *Meyer*

Superbe épreuve en couleur avant toutes lettres, seulement le nom de Debucourt tracé à la pointe sous le trait carré. Excessivement rare.

340- 513. La même estampe. *Lacroix*

Très belle épreuve en noir. Excessivement rare.

1750- 514. Les Deux baisers (1786). *Seignat.*

Très belle épreuve en couleur. *A.D*

1100- 515. Promenade de la gallerie du Palais-Royal (1787).

Très belle épreuve en couleur.

750- 516. Promenade du jardin du Palais-Royal (1787). *Seignat*

Superbe et très fraîche épreuve en couleur.

10J- 517. La même estampe. *A.A*

Épreuve à l'état d'eau-forte ; elle est avant quelques changements, notamment dans la coiffure de la jeune femme assise, au milieu de la composition, près d'une table sur laquelle elle s'appuie. De la plus grande rareté sinon unique.

1280 518. L'Escalade ou les adieux du matin, — Heur et malheur ou la cruche cassée. Deux pièces, faisant pendants, (1787). *Beau* *J.B*

Superbes épreuves en couleur.

6735

DEBUCOURT (P.-L)

519. La Rose, — La Main (1788). Deux pièces faisant pendants.

Très belles épreuves en couleur.

520. Le Compliment ou la matinée du jour de l'an, — Les Bouquets ou la fête à la grand' maman. Deux pièces faisant pendants (1788).

Magnifiques épreuves, en couleur, avec le nom de Debucourt tracé à la pointe et avant son adresse. Excessivement rares.

521. Monseigneur le duc d'Orléans, in-4 (1789)

Superbe épreuve en couleur. Rare.

522. Annette et Lubin (1789).

Très belle épreuve en couleur.

523. Pauvre Annette.

Superbe et rare épreuve, en noir, avec le titre et le nom de Debucourt tracés à la pointe sans aucune autre lettre.

524. Lise poursuivie.

Très belle épreuve, en noir, avec les noms tracés à la pointe.

525. Almanach national (1791), dédié aux amis de la Constitution.

Superbe épreuve en couleur du premier tirage, avec le portrait de Louis XVI au milieu du haut de l'encadrement. Rare.

526. La même estampe.

Superbe épreuve, en noir, avant toutes lettres et avant l'inscription : « Année 1791, IIIme de la Liberté », qu'on lit sur le haut de la bordure du calendrier. De la plus grande rareté.

527. La Promenade publique (1792).

Magnifique épreuve en couleur avant toutes lettres et avant les initiales D. B. et la date 1792, dans le bas de la gravure, à droite ; elle est d'une grande fraîcheur et a une belle marge. De la plus grande rareté

528. La même estampe.

Magnifique épreuve, en noir, du même état que la précédente; elle est également de la plus grande fraîcheur et a une très grande marge. C'est la seule épreuve en cet état connue jusqu'à ce jour.

23122

DEBUCOURT (P.-L.)

900 529. La même estampe.

Très belle épreuve en couleur avec la lettre. Marge.

Meyer

500 530. Frascati, d'après un croquis pris sur le lieu même.

Très belle épreuve en couleur.

Deprez
B. D.

2450 ✗ 531. Modes et manières du jour. Suite complète de cinquante-deux pièces en couleur reliées en un vol. in-4 veau plein. *fen. . . uiti*

Superbes épreuves de la plus grande fraîcheur, elles ont leurs marges à peine ébarbées. De la plus grande rareté en aussi belle condition.

80 532. Calendrier républicain, an III.

Superbe et rare épreuve, en noir, avec les inscriptions tracées à la pointe. Toute marge.

Roblin

165 533. Les Visites, Pièce publiée le premier jour du dix-neuvième siècle.

Superbe épreuve coloriée. Marge.

Roblin

75 534. L'Orange ou le moderne Jugement de Pâris.

Superbe et très rare épreuve, en noir, avant toutes lettres. Dans cette pièce, Debucourt a représenté son fils sous les traits du jeune homme qui présente l'orange.

140 535. La Jeune femme.

Superbe et rare épreuve, coloriée, avant toutes lettres.

Roblin

18 536. La Servante congédiée.

Très belle et rare épreuve, en noir, avant toutes lettres.

20 537. Le Gourmand. Petite réduction en ovale.

Très belle épreuve en couleur. Grande marge.

3 538. Un Gourmand, petite pièce de forme ronde.

Belle épreuve avant la lettre. Marge.

Meyer

150 539. L'Empereur Alexandre Iᵉʳ en pied (1807).

Très belle et rare épreuve en couleur. Toute marge.

Deprez

75 540. Le Carnaval (1810).

Très belle épreuve en noir.

Meyer

97638

DEBUCOURT (P.-L.)

541. Le Canal (1810).

Superbe et très rare épreuve avec les inscriptions tracées à la pointe. Toute marge.

542. Les Joueurs de boules, d'après C. Vernet.

Très belle épreuve en couleur. Toute marge.

543. Militaires anglais, — Militaires écossais, — Artilleur anglais, — Militaires de la garde impériale russe et allemande, — Militaires anglais et prussiens. Cinq pièces gravées d'après C. Vernet.

Très belles épreuves en couleur, la dernière pièce est avant la lettre.

544. Barrière de Charenton, d'après Palaiseau.

Belle épreuve en couleur. Toute marge.

545. Six petits bustes de femmes, avec de grandes coiffures, réunis sur une même feuille. Pièce très rare restée inconnue jusqu'à ce jour.

Très belle épreuve. Marge.

DEBUCOURT (d'après P.-L.)

546. Réception du décret du 18 floréal, par A. Legrand.

Très belle épreuve avec toute sa marge.

547. Le Juge ou la Cruche cassée, par Le Veau.

Très belle épreuve.

DE LA JOUE (d'après J.)

548. Cartouches. Suite de six pièces gravées par Huquier.

Très belles épreuves.

DELARUE (d'après)

549. Feu d'artifice tiré dans le jardin de Tivoli?

Grande lithographie, curieuse comme costumes, publiée vers 1833.

DE LAUNAY (R. et N.)

6 - 550. *Albouy-Dazincourt* (J.-Jean-Baptiste), — *Bonnard* (Bernard de), — *Deshoulières* (Madame), — *Tressan* (le comte de), — *Voltaire*. Six portraits in-8 et in-18, dont un double.

Très belles épreuves.

DE LAUNAY, CATHELIN ET DUPIN

5 - 551. *Voisenon* (Claude-Henry de Fusée de) de l'Académie française. Trois portraits différents, in-12, dont un avant la lettre.

Très belles épreuves.

DELVAUX (A.)

3 - 552. *Saint-Non* (J.-C. Richard, abbé de), d'après Saint-Aubin. In-8.

Très belle épreuve. Toute marge.

16 - 553. Portraits de Louis XVIII et de la famille royale. Treize pièces, in-8, en partie avant la lettre.

Belles épreuves.

554. Portraits de femmes célèbres des dix-septième et dix-huitième siècles et aussi quelques portraits d'hommes. Trente pièces en partie avant la lettre.

Très belles épreuves.

DENON (Baron VIVANT)

18 - 555. Joly père, Garde du cabinet des estampes. Gravé à l'eau-forte. In-4.

Très belle épreuve et contre-épreuve.

DENON (d'après)

3 - 556. Le Déjeuné de Ferney, par Née et Masquelier.

Très belle épreuve avec marge.

DESCOURTIS (Ch.-M.)

601. 557. La Princesse Caroline, sœur de Guillaume V, en buste dans un médaillon ovale. *Hentzel der Tozelli del.* In-fol.

Superbe épreuve, en couleur, avant la lettre. Excessivement rare.

DESFOSSÉS (d'après M.)

220. 558. La Reine annonçant à Madame de Bellegarde des juges et la liberté de son mari, en mai 1777. Gravé par J. Duclos.

Superbe et rare épreuve avant la lettre. Toute marge.

16. 559. La même estampe.

Très belle épreuve. Très grande marge.

DESNOS (A Paris, chez)

6. 560. Portraits de la famille royale des Bourbons, tirés d'un almanach de poche, intitulé : *Le Bijou de la reine,* in-32. Quatorze pièces.

Belles épreuves.

DESRAIS (d'après C.-L.)

126. 561. « Le Nouveau jeu du costume et des coiffeurs des dames, dédié au beau sexe ».

Curieuse estampe représentant les dispositions adoptées du Jeu de l'oye: soixante-deux casiers où sont représentés des coiffures et costumes féminins, chacun portant un titre et numérotés de 1 à 62, et conduisant au n° 63, où la reine Marie-Antoinette est représentée debout dans le vaisseau « la Belle-Poule » ; au milieu le titre ci-dessus et les règles du jeu; aux quatre angles de la planche, quatre compositions représentant une journée de chasse de la reine.

Très belle épreuve. Rare.

22-X 562. La Fille qui se défend mal. Très jolie pièce, à costume, de forme ovale. *a*

Très belle épreuve coloriée.

3-X 563. Laquelle des deux aura la pomme, — Lequel des deux. Deux très jolies pièces, de forme ovale, faisant pendants. *2*

Très belles épreuves coloriées.

DESRAIS (d'après C.-L.)

16-x 564. Le Départ pour la chasse, — le Rendez-vous de chasse.
Deux pièces, de forme ovale, faisant pendants.
Très belles épreuves coloriées. *Gu*

15. 565. Variétés amusantes ou la courte-paille, par Deny.
Très belle épreuve coloriée.

9 x 566. La Chute favorable, — le Fossé du scrupule. Deux
pièces, faisant pendants, gravées par Deny.
Belles épreuves coloriées. *uq très mauvas*

22. x 567. Mademoiselle Clairon, sous la figure de la Tragédie,
couronnant Voltaire, par Dupin. *L*   *D-D*
Très belle épreuve.

42-x 568. Le Maître galant, par L.-S. Berthet. *Beur*   *J.-B.*
Très belle épreuve d'une charmante pièce à costumes. Toute marge.

120x 569. Le Serment à la mode, — le Bouquet dangereux. Deux   *J-B*
jolies pièces, faisant pendants, gravées par L.-S.
Berthet. *Beur*
Très belles épreuves avant l'adresse de Crépy. Toutes marges.   *Garnier*

70x 570. Promenade du boulevard Italien, ou petit Coblentz.
Très belle épreuve coloriée. Marge. *U*

DESRAIS (genre de)

x 720 571. Vue de la face du Palais-Royal sur la rue Saint-Honoré,   *Morgand*
— Vue de la face extérieure des boutiques de bois du
Palais-Royal sur la seconde cour, — Vue de la se-
conde gallérie des boutiques de bois du Palais-Royal,
— Vue de la grande allée du jardin du Palais-Royal,
— Vue des pavillons en treillage dans l'intérieur du
jardin du Palais-Royal, — Vue du caffé du Caveau du
Palais-Royal.

Suite de six pièces coloriées destinées à être montées en écrans; elles
sont des plus intéressantes comme vues, comme scènes de mœurs et
comme costumes; au verso de chaque pièce se trouve une ariette avec sa
portée de musique. De la plus grande rareté.

DESRAIS, DUCLOS, MARTINET, QUEVERDO, ETC.

90- ✗ 572. Vignettes in-4 pour opéras comiques. Le Bûcheron et
les Trois souhaits, — le Déserteur, — On ne s'avise
jamais de tout. Vingt et une pièces.

Très belles épreuves,. *C*

Morgand

DE TROY (d'après J.-B.)

280 ✗ 573. Le Jeu de pied-de-bœuf, par C.-N. Cochin. *ch*

Superbe et très rare épreuve avant toutes lettres. Grande marge.

Lacroix
i)

50 574. Retour du bal, par Beauvarlet.

Très rare épreuve à l'état d'eau-forte.

195 ✗ 575. Toilette pour le bal, — Retour du bal. Deux pièces,
faisant pendants, gravées par Beauvarlet. *Gh*

Superbes épreuves tirées avant que la mention : « Tiré du cabinet de
Monsieur Prousteau, » etc., ait été effacée. Très grandes marges.

J. B

DIKINSON (W.)

32- 576. Napoléon Bonaparte, premier consul de la République
française, en-pied. Gravé à la manière noire d'après
Gros. Grand in-fol.

Très belle épreuve. Rare.

D. B.

DINKEL (par et d'après)

85- 577. Les Cantons de la Suisse représentés par des jeunes
femmes, en bustes, dans des médaillons ovales
équarris.

*Onze pièces, huit sont des traits très finement et
très habilement gouachés, en cet état ce sont de véri-
tables miniatures; les trois autres sont les miniatures originales.*

Calame

DREVET (P.-J.)

28- 578. Adrienne Lecouvreur, d'après C. Coypel. In-fol.

Très belle épreuve.

DREVET (P.-J.)

40 ✗ 579. *Orléans* (Élisabeth-Charlotte de Bavière, duchesse de), mère du régent, d'après Rigaud (F. D. 17).

Très belle épreuve avant le texte au verso.

DROUAIS (d'après J.-H.)

580. Le Comte d'Artois enfant et sa sœur, Madame, montée sur une chèvre, par Beauvarlet.

Très belle épreuve avec une très grande marge.

581. Les Enfants du roi de Sardaigne en montreurs de marmotte, — les Enfants du comte de Choiseul. Deux pièces, faisant pendants, gravées par Melini et Beauvarlet.

Très belles épreuves.

DUCLOS (A.-J.)

40 582. Le Délire.

Très belle épreuve. Rare.

6· 583. École française pour les jeunes demoiselles (1777). Jolie pièce in-8 en hauteur.

Belle épreuve.

DUFLOS (Cl.)

584. *Sanois* (Jean-François-Joseph de la Motte Geffrard, comte de). In-8.

Trois épreuves d'états différents.

DUFLOS (à Paris, chez S.)

13· 585. Le Marodeur, — la Vivandière. Deux pièces, faisant pendants, gravées par Duflos.

Très belles épreuves avec toutes leurs marges.

DUGOURE (d'après J.-D.).

76 × 586. Le Lever de la mariée, par Triere. *gr*
Très rare épreuve dans un état d'eau-forte assez avancé.

195 × 587. La même estampe. *Ga*
Superbe et rare épreuve avant la lettre. Très grande marge.

DUPLESSIS-BERTAUX

13 588. Vignettes en-têtes de pages pour les *Contes* de La Fontaine et les petits conteurs. Sept pièces.
Très belles épreuves tirées hors texte. Marges.

10 × 589. Billet de bal, formé d'un cartouche, avec personnages sur les côtés. *h*
Épreuve avant la lettre.

DUPLESSIS-BERTAUX (d'après)

36 590. Le Charlatan français, par Helman.
Superbe épreuve avant la dédicace. Toute marge.

20 591. La Marchande d'herbes, — la Marchande de marrons. Deux pièces, faisant pendants, gravées par Auvray.
Très belles épreuves dont l'une, celle de la « Marchande de marrons », est avant la lettre.

DUPLESSIS-BERTAUX, COCHIN, ET AUTRES

30 × 592. Le Bénédicité, — la Jeune nourrice, — l'Heureuse rencontre, etc. Quatorze pièces. *au*
Très belles épreuves en noir et en couleur.

DUPONCHEL

43 × 593. Marie-Antoinette, jeune, d'après Ducreux. Petit in-fol.
Superbe et très rare épreuve avant toutes lettres. *gr*

DUPUIS

2 × 594. *Turgot* (Michel-Étienne). In-8. *76*
Très rare épreuve, avant toute lettre, non entièrement terminée, plus une épreuve avec la lettre. Deux pièces.

EARLOM (R.)

305. 595. Exposition de peintures à l'Académie royale de Londres en 1772, — Intérieur du Panthéon de Londres. Deux pièces, faisant pendants, gravées à la manière noire d'après Brandoin.

Superbes et très rares épreuves avant la lettre.

ÉCOLE FRANÇAISE, XVIIIᵉ SIÈCLE

129 596. *Jeux.* Le Jeu du Juif, — la Mascarade, — le Siam, — la Balançoire, — le Colin-maillard, — le Cache-cache, — l'Escarpolette, — la Main chaude, — le Balon, — le Cochonnet, — la Crosse, — les Patins. Suite de douze pièces.

Très belles épreuves. Rares.

20- 597. Ornements, fleurons, vignettes, scènes de mœurs, caricatures, etc., par divers artistes du dix-huitième siècle. Cent huit pièces.

ÉCOLE ANGLAISE

92- 598. Vue de la maison dite *High-Schot house* à Twickenham, occupée par S. A. S. Monseigneur le duc d'Orléans depuis l'an 1800 jusqu'à l'année 1807, — Vue de la maison occupée par les aides de camp de Monseigneur le duc d'Orléans pendant le séjour de S. A. S. à Twickenham en 1815 et 1816. Deux pièces.

Très belles épreuves en couleur. Très rares.

EISEN LE PÈRE (d'après J.)

44- 599. Amusements de la Jeunesse. Deux pièces, faisant pendants, gravées par N. Dupuis et S. Carmona.

Très belles épreuves avec toutes leurs marges.

600. La Jolie charlatane, — le Beau commissaire, — la Marchande de chansons. Trois pièces gravées par Halbou.

Très belles épreuves.

EISEN LE PÈRE (d'après J.)

30 601. L'Optique, par J.-B. Henriquez.
>   Très belle épreuve avec une grande marge.

602. Le Dépit.
>   Très belle épreuve coloriée.

EISEN (Ch.)

12× 603. Les Trois Grâces. Eau-forte originale du maître.
>   Très belle épreuve avec toute sa marge.

EISEN (d'après Ch.)

270× 604. Le Jour, par Patas.
>   Superbe et très rare épreuve avant toutes lettres. Marge.

300× 605. La Nuit, par Patas.
>   Superbe et très rare épreuve avant la lettre.

140× 606. Le Jour, — la Nuit. Deux pièces, faisant pendants, gravées par Patas.
>   Très belles épreuves.

275× 607. La Vertu sous la garde de la Fidélité, — les Désirs satisfaits. Deux pièces, faisant pendants, gravées par A. Le Beau et Patas.
>   Superbes épreuves avant la lettre. Toutes marges.

29× 608. L'Accord de mariage, par R. Gaillard.
>   Superbe épreuve avec toute sa marge.

35× 609. Le Bouquet, par R. Gaillard.
>   Superbe épreuve avec toute sa marge.

40× 610. Le Tric-trac, par J. P. Lebas.
>   Superbe épreuve avec toute sa marge.

60× 611. L'Amour européen, par F. Basan.
>   Très belle épreuve. Très grande marge.

EISEN (d'après Ch.)

612. Les Heures du jour. Suite de quatre pièces gravées par De Longueil.
Superbes épreuves avant les numéros. Grandes marges.

613. Le Printemps, — l'Été, — l'Hiver. Trois pièces gravées par De Longueil.
Superbes et très rares épreuves avant toutes lettres.

614. Les Quatre saisons. Suite de quatre pièces gravées par De Longueil.
Superbes épreuves avant les numéros. Grandes marges.

615. Les Amusements champêtres, — le Bal champêtre, — les Plaisirs champêtres, — le Concert champêtre. Suite de quatre pièces gravées par De Longueil.
Superbes épreuves avant les numéros. Grandes marges.

616. La Belle nourrice, — la Jolie fermière. Deux pièces, faisant pendants, gravées par De Longueil.
Superbes épreuves avant les numéros. Grandes marges.

617. Le Mouton favori, — le Bouquet bien reçu. Deux pièces, faisant pendants, gravées par Gaillard.
Très belles épreuves avec toutes leurs marges.

618. Les Villageois, — le Petit donneur d'avis. Deux pièces gravées par Tardieu et de Fehrt.
Très belles épreuves.

619. Le Jardinier galant, — la Jardinière complaisante. Deux pièces, faisant pendants, gravées par Martinet.
Très belles épreuves. Marges.

620. Bal chinois, par François.
Très belle épreuve. Marge.

621. Indulgence plénière, donnée à perpétuité par N. S. P. le Pape Clément XI, à tous les fidèles chrétiens qui visiteront l'église de Saint-Luc, en la Cité, chapelle de MM. les peintres et sculpteurs de Paris.
Très belle épreuve. Rare.

EISEN (d'après Ch.)

622. Bacchanale, — Bacchus triomphant retourne dans l'île de Naxo. Deux frises en largeur.

Très belles épreuves, la première est avant la lettre.

623. Fleurons et en-têtes, pour les Baisers, en épreuves tirées hors texte, à toutes marges.

1° Fleurons de l'Hymne au baiser.
2° En-tête du premier Baiser.
3° En-tête du troisième Baiser.
4° En-tête du cinquième Baiser.
5° En-tête du sixième Baiser.
6° En-tête qu septième Baiser.
7° En-tête du huitième Baiser.
8° En-tête du neuvième Baiser.
9° En-tête du quatorzième Baiser.
10° Fleuron du quinzième Baiser.
11° En-tête du dix-huitième Baiser.
12° En-tête du dix-neuvième Baiser.

624. Suite complète de un frontispice et quatre figures in-8, gravées par de Ghendt pour la Déclamation théâtrale, poème par Dorat.

Très belles épreuves. Toutes marges.

625. Vignettes, in-8, par Le Mire, Le Veau, de Ghendt et autres, pour illustration de livres. Quatorze pièces dont plusieurs avant la lettre.

Belles épreuves.

626. Repos des Moissonneurs. Pièce in-4 en hauteur.

Belle épreuve.

EISEN ET MARILLIER (d'après)

627. Vignettes, in-8, pour les Œuvres de Baculard d'Arnaud. Treize pièces.

Belles épreuves, avant la lettre, portant des numéros en haut. Marges.

ELLUIN

628. Duplant (Rosalie), de l'Académie royale de musique, d'après le Clerq. In-4.

Très belle épreuve, marge.

FACIUS

629. Le comte Rostoptchin, gouverneur de Moscou, d'après Tonci. In-8.

Très belle épreuve avec marge. Rare.

FESSARD (A.)

630. *Grecourt.* Petit buste dans un médaillon au milieu de figures allégoriques, d'après Eisen. In-8.

Très belle épreuve.

FICQUET (Et.)

631. *Ariosto* (Lodovico), d'après Titien (F., 4).

Très belle épreuve avant toute lettre. Toute marge.

632. Le même portrait.

Très belle épreuve avec la lettre.

633. *Bèze* (Théodore de) (F., 15).

Belle épreuve, marge.

634. *Bossuet* (Jacques Benigne), d'après Rigaud (F., 20).

Très belle épreuve du premier état, avant la lettre. Rare.

635. *Chennevières* (Fr. de) (F., 31).

Très belle épreuve avec la faute au mot « sincère » écrit « cincere ». Marge.

636. Le même portrait.

Belle épreuve du même état.

637. *Ciceron* (Marcus Tullius), d'après Rubens (F., 32).

Belle épreuve. Marge.

FICQUET (Et.)

638. *Corneille* (Pierre), d'après C. Lebrun (F., 34).
Très belle épreuve du troisième état, avant les noms des artistes.

639. *Crebillon* (Prosper Jolyot de), d'après Aved. (F., 57).
Superbe épreuve du deuxième état, avant les noms des artistes. Marge.

640. *Descartes* (René), d'après Hals (F., 39).
Superbe et rare épreuve du premier état, le portrait seul, avant la bordure.

641. Le même portrait.
Très belle épreuve du quatrième état, avant les noms des artistes. Marge.

642. *Eisen* (Charles), d'après Vispré (F., 51).
Belle épreuve, marge.

643. Le même portrait.
Belle épreuve.

644. *Fénelon*, d'après Vivien (F., 58).
Superbe épreuve du troisième état, avant les noms des artistes.

645. *La Fontaine* (Jean de), d'après H. Rigaud (F., 61).
Superbe épreuve dite au Ruisseau blanc. Marge.

646. *La Mothe Le Vayer* (Fr. de). d'après R. Nanteuil (F., 84).
Très belle épreuve avant les noms des artistes.

647. Le même personnage (F., 85).
Belle épreuve.

648. *Louis Quinze* (F., 91).
Très belle épreuve.

649. *Maintenon* (Françoise d'Aubigné, marquise de), d'après Mignard (F., 93).
Très belle épreuve sur papier double.

650. Le même portrait.
Très belle épreuve, grande marge.

FICQUET (Et.)

39. 651. *Meulen* (Antoine-François, Van der), d'après Largillière (F., 96.)

Gamelin

Très belle épreuve du troisième état, avec le nom de Ficquet tracé à
la pointe, marge.

21× 652. Le même portrait.

J. B

Très belle épreuve du même état.

71× 653. *Miramion* (Marie Bonneau, dame de) d'après de Troy
(F., 100). *V.*

J. B.

Très belle épreuve avant la lettre.

24f.×, 654. *Molière* (J.-B. Poquelin de), d'après Coypel (F., 101).

Noblin

Superbe épreuve avant les noms des artistes. *Nivo.*

20- 655. Le même portrait.

Noblin

Très belle épreuve, avec les noms des artistes à la pointe.

6f.- 656. Le même portrait.

Noblin

Très belle épreuve avec les noms en petits caractères et les derniers
travaux sur les masques, marge.

657. *Montaigne* (Michel de), d'après Dumoustier (F., 102).

Noblin

Très belle épreuve.

7- 658. *Pufendorff* (Samuel), d'après Klocker Ehrenstrahl (F.,
120).

Très belle épreuve tirée hors texte, marge.

659. Le même portrait.

Très belle épreuve du même état.

40× 660. *Regnard* (Jean François), d'après Rigaud (F., 122).

D. D

Très belle épreuve du troisième état, avant les noms des artistes.

6- 661. Le même portrait.

Noblin

Très belle épreuve, marge.

22- 662. Rousseau (Jean-Baptiste), d'après Aved (F., 131).

D

Très belle épreuve du deuxième état, avant toutes lettres, et la face
du socle couverte d'une seule taille horizontale.

FICQUET (ET.)

663. Le même portrait.

Très belle épreuve du troisième état, avant toute lettre; la face du socle est couverte de tailles horizontales et d'une multitude de petits points placés entre elles, marge.

664. Le même portrait.

Belle épreuve.

665. *Rousseau* (Jean-Jacques), d'après De la Tour (F., 132).

Superbe et rare épreuve du deuxième état, la manche droite de l'habit couverte d'une seule taille, et avant les contre-tailles sur la sphère, marge.

666. Le même portrait.

Superbe épreuve du troisième état, la manche droite de l'habit a des tailles croisées, marge.

667. Le même portrait.

Très belle épreuve avant les noms des artistes.

668. *Saugrain* (Guillaume-Claude) (F., 135).

Très belle épreuve, marge.

669. *Swift* (le docteur) (F., 141).

Belle épreuve.

670. *Vadé* (Jean-Joseph), d'après Richard (F., 150).

Très belle épreuve.

671. *Voltaire* (Marie-François Arouet de), d'après De la Tour (F., 162).

Superbe et très rare épreuve du troisième état, avant toute lettre, marge.

672. Le même portrait.

Très belle épreuve du quatrième état, avec la tablette blanche, mais avec les noms des artistes.

FICQUET (Et.)

673. *Bruin* (C. de) (25), — *Coques* (Gonzalez) (33), — *Deyster* (Louis de) (40), — *Dyck* (Antoine van), — *Flinck* (Govaert) (60), — *Huysum* (J. van), — *Rombouts* (Théodore) (127), — *Rubens* (P.-P) (133), — *Terwesten* (Augustin) (144), — *Waser* (Anna), — *Werdmuller* (J.-R.) (168), — *Wolter* (Henriette) (172), — etc., etc. 19 portraits pour la *Vie des peintres* de Deschamps.

Très belles épreuves tirées hors texte.

FICQUET (Etienne)?

674. *Racine* (J.), médaillon entouré de fleurs; en bas, un cygne, une lyre, un amour tenant une couronne sur un autel où on lit le nom de Racine (n° 91, cat. de l'œuvre de Ficquet, dans les Gravures du dix-huitième siècle). ✗

Très rare épreuve à l'état d'eau-forte.

675. La même estampe. ✗

Superbe épreuve terminée, de l'entourage seulement; le médaillon est toujours en blanc, marge.

FLIPART (J.-J.)

676. *Favart* (J. Du Ronceray, épouse de M.), d'après Cochin. In-8,

Très rare épreuve du premier état, avec le nom du personnage sur la tablette.

FOLKEMA (J.)

677. Le Roi de Danemark recevant un ambassadeur, d'après Cochin, — Départ pour la chasse, d'après Parrocel et Cochin. Deux vignettes en-têtes de pages, pour une histoire de Danemark.

Très belles épreuves tirées hors texte.

FORESTIER

1f- 678. *Elisabeth* (Madame), sœur de Louis XVI. In-8.
Très belle épreuve avant toute lettre, marge.

FRAGONARD (H.)

8f.-× 679. L'Armoire (De B., 2). *Ber. Gtt.*
Très belle épreuve avant l'adresse de Naudet.

f2.- 680. Le Parc (4).
4f 680bis Très belle épreuve.

FRAGONARD (d'après H.)

80× 681. Monsieur Fanfan, par Mlle Gérard. *Beu at*
Très belle et rare épreuve avant la lettre. Marge.

3f. 682. La Clochette, par Dambrun, pour les *Contes* de La Fontaine, édition Didot, in-4.
Très belle et rare épreuve, avant toutes lettres, non entièrement terminée.

683. La Coupe enchantée, par Trière, pour les *Contes* de
La Fontaine, édition Didot, in-4.
Très belle épreuve avant la lettre.

240× 684. La Chemise enlevée, par E. Guersant. *Arb. Gat*
Superbe épreuve avec toute sa marge. Très rare de cette qualité.

410.- 685. Le Colin-Maillard, par Beauvarlet.
Superbe et très rare épreuve avant toutes lettres. Marge.

6o 686. La même estampe.
Très belle épreuve. Toute marge.

64- 687. La Coquette fixée, par Couché et Dambrun.
Très belle épreuve avec une très grande marge.

f2× 688. La Culbute, par Charpentier.
Très belle épreuve tirée en bistre. Toute marge.

FRAGONARD (d'après H.)

195. 689. Encadrement de la pièce intitulée l'Inspiration favorable.

Épreuve à l'état d'eau-forte. Excessivement rare.

Noblin

155. 690. La Fuite à dessein, par Macret et Couché.

Très belle et rare épreuve avant la lettre.

Lacroix

80. 691. L'Heureux moment, par Marchand.

Très belle épreuve avec toute sa marge. Très rare.

Lacroix

25. 692. L'Inspiration favorable, — le Messager fidéle. Deux pièces, faisant pendants, gravées par L. M. Halbou. La dernière pièce est d'après Lallier.

Très belles épreuves avec marges.

Meyer

30. 693. L'Innocence inspire la tendresse, par Voysard.

Très belle épreuve avant la dédicace. Très grande marge.

Meyer

215. × 694. Le Contrat, — le Verrou. Deux pièces, faisant pendants, par Blot. *Hou. ht*

Superbes épreuves avec le titre seul et avec les noms des artistes tracés à la pointe, sans aucunes autres lettres.

D. D

27. 695. Le Contrat, par Blot.

Très belle épreuve avec une très grande marge.

Gonoler

1050. 696. La Déclatation, — le Serment. Deux pièces, faisant pendants, gravées par Bervic.

Superbes épreuves avant toutes lettres. Très rares.

Depruz

150. 697. La Déclaration, par Bervic.

Superbe et très rare épreuve avant toutes lettres.

D.-D

21. 698. Les Baignets, par N. de Launay.

Très belle épreuve avec la dédicace.

Gérard

31. 699. Dites-donc, s'il vous plaît? par N. de Launay.

Très belle épreuve avec la dédicace.

iD

29. 700. L'Éducation fait tout, par N. de Launay.

Très belle épreuve avec la dédicace. Graude marge.

iD

FRAGONARD (d'après H.)

21 701. L'heureuse fécondité, par N. de Launay.
Très belle épreuve avec la dédicace.

41- 702. Le Petit prédicateur, par N. de Launay.
Très belle épreuve avec la dédicace. Toute marge.

67- 703. Les Vœux acceptés.
Très belle épreuve dans un état d'eau-forte avancé.

20- 704. Le Pot au lait, par N. Ponce.
Très belle épreuve.

12f- 705. Le Serment d'amour, — la Bonne Mère. Deux pièces, faisant pendants, gravées par Mathieu et N. de Launay.
Très belles épreuves.

100- 706. La Fontaine de l'Amour, — le Songe d'Amour. Deux pièces, faisant pendants, gravées par F.-N. Regnault.
Superbes et très rares épreuves avant la lettre (lettres tracées).

4- 707. L'Éruption du Vésuve. Grand fleuron du *Voyage à Naples et dans les deux Siciles* de Saint-Non, gravé par Nicollet sur une eau-forte de Saint-Aubin.
Très belle épreuve tirée hors texte.

FREEMAN

8- 708. *Deffand* (Madame la marquise du), d'après Carmontel. In-8.
Belle épreuve.

FREUDEBERG (S.)

155- 709. La Toilette.
Très belle et très rare épreuve d'une charmante petite eau-forte du maître.

FREUDEBERG (S.)

45. 710. La Toilette champêtre, — la Propreté villageoise. Deux pièces, très finement coloriées, faisant pendants.

43. 711. Les Petits poulets, — la Bonne Mère. Deux jolies pièces, très finement coloriées, faisant pendants.

145. 712. Départ du soldat suisse, — Retour du soldat suisse. Deux très jolies pièces, très finement coloriées, faisant pendants.

145. 713. La Petite fête improvisée, — les Chanteurs du mois de May. Deux pièces très habilement et très finement coloriées, faisant pendants.

FREUDEBERG (d'après S.)

200. X 714. Le Petit jour, par N. de Launay. Superbe épreuve. *N. Ght. fen.*

17. X 715. Le Gage de la fidélité, par Voyez le jeune. Très belle épreuve avec une très grande marge. *Del. Gh.*

26. 716. La Gaieté conjugale, — la Félicité villageoise. Deux pièces, faisant pendants, gravées par N. de Launay. Très belles épreuves.

16. 717. Les Époux curieux, — l'Horoscope accomplie. Deux pièces, faisant pendants, gravées par Ponce. Belles épreuves.

718. Le Négociant ambulant, — le Soldat en semestre. Deux pièces, faisant pendants, gravées par Ingouf le jeune. Belles épreuves.

34. 719. La Complaisance maternelle, par N. de Launay. Très belle épreuve avant la dédicace. Grande marge.

FREUDEBERG (genre de)

90.

720. La Marchande à la toilette ? Très jolie composition de trois personnages. Cette pièce dont nous ne connaissons pas d'autre épreuve et qui par son encadrement et ses dimensions nous semble avoir dû être destinée à faire pendant à la pièce du même maître, intitulée : « Les Mœurs du temps », n'a jamais été terminée.

160

721. La Leçon de guitare, — la Leçon de clavecin. Deux charmantes compositions, faisant pendants, gravées au trait.
Très belles épreuves finement coloriées. Excessivement rares.

69.

722. La Leçon de clavecin.
Épreuve au trait. Rare.

GARBIZZA (d'après)

42.

723. Vue de la galerie du Palais-Royal, par Coqueret.
Très belle épreuve coloriée. Remargée.

GAUCHER (CH.-ÉTIENNE)

21.

724. *Gaucher* (Charles-Etienne), in-12 (22).
Très belle épreuve du deuxième état, avec marge.

725. Le même portrait.
Belle épreuve du même état.

6.

726. *Artois* (la comtesse d'), d'après Derrais (24), — *Boufflers* (J. de), d'après Hilaire Le Dru, in-12 (28), — *Carcodo* (la comtesse de), d'après Mlle Loir, in-8 (34), et la copie de ce portrait. Quatre pièces.
Belles épreuves.

19.

727. *Cervantes*, d'après Queverdo, in-8 (38).
Deux très belles épreuves avec marges.

728. *Corneille* (le Grand), d'après Le Brun, in-8 (43).
Très belle et rare épreuve avant la lettre.

GAUCHER (Ch.-Etienne)

729. *Desaix et La Tour d'Auvergne*, in-8 (46).
Très belle épreuve.

730. *Du Barry* (Madame la comtesse), d'après Drouais, in-8 (50). *Beau. Ght*
Superbe épreuve avec l'adresse de l'auteur et la date de 1770, marge.

731. *Du Paty*, d'après Notté, in-12 (53), — *Fénelon*, d'après Vivien. Deux portraits différents, in-8 et in-12 (57 et 60). Trois pièces.
Belles épreuves.

732. *Florian* (J.-P. de), in-12 (61), — *Hartig* (François, comte d'), d'après Kleinhart, in-8 (76)), — *Henri de Prusse* (le prince), d'après Houdon, in-8 (78), — *La Borde* (Jean-Benjamin de), d'après Durameau (86), — *Lantier* (E.-F.), d'après Ducreux (88). Cinq pièces.
Belles épreuves.

733. *Hallei* (Edmond), d'après Philip, in-8 (75).
Belle épreuve, toute marge.

734. *Henri de Prusse* (le prince), d'après Cochin, in-8 (78).
Belle épreuve.

735. *La Rochefoucauld*, d'après Petitot, in-12 (90).
Rare épreuve à l'état d'eau-forte.

736. Le même portrait.
Très belle épreuve avant la lettre, marge.

737. *La Tour d'Auvergne*, in-8 (92), — *Le Bas* (A la mémoire de Jacques-Philippe), d'après Cochin, in-8 (94), — *Lefort* (François), d'après P. Schenck, in-8 (95), — *Le Normant du Coudray* (Charles), d'après Le Bel, in-8 (97). Deux épreuves. Cinq pièces.
Belles épreuves.

GAUCHER (Ch.-Etienne)

10

738. *Le Normant du Coudray* (Ch.), d'après Le Gay, in-8 (97).
Belle épreuve.

739. *Louis-Auguste*, dauphin de France, d'après Gautier, in-8.
Très belle épreuve, toute marge.

18 ✕ 740. Louis-Auguste (Louis XVI), dauphin de France, d'après A. Gautier, in-folio. *Ber. uh.*
Très belle épreuve.

9 741. *Malesherbes*, de profil. Pièce ronde d'un diamètre de 34 m/m. Sans signature (106).
Superbe épreuve avec marge. Très rare.

150 ✕ 742. *Marie Leczinska*, d'après Nattier (112).
Superbe épreuve d'artiste, tirée hors texte. *B.*

3-

743. *Marmontel* (Jean-François), in-8 (114).
Très belle épreuve, marge.

744. *Metastasio* (Pietro), d'après Steiner, in-8 (115).
Très belle épreuve du premier état, avant la lettre; les noms d'artistes tracés à la pointe.

14- 745. *Montmirail* (le marquis de), d'après Fredou, in-8 (119), — *Noyelles* (la baronne de), d'après de Pasche, in-8 (125), — *Piis* (A. P. A. de), d'après François, in-12, (131). Trois pièces.
Très belles épreuves.

2- 746. *Poëtes français*, série de onze portraits de format in-12, dont nous n'avons que dix (132).
Très belles épreuves, dont une avant toutes lettres, non entièrement terminée.

8- 747. *Preville* (l'acteur), médaillon rond (134), — *Saint-Marc* (Jean-Paul-André de) d'après Danloux, in-8 (143), — *Soret* (G.-J.), d'après Mᵐᵉ de Vaupré, in-8 (146). Trois pièces.
Belles épreuves.

GAUCHER (Ch.-Et.)

14- 748. *Vergennes* (le comte de). Deux portraits différents (150 et 151); un est double. Trois pièces.
Très belles épreuves.

749. Apollon remettant sa lyre aux Grâces, in-12 (249).
Rare épreuve à l'état d'eau-forte.

GÉRARD (d'après Mlle)

90 750. Les Regrets mérités, par N. de Launay.
Très belle épreuve avant la lettre, seulement le titre et les noms des artistes tracés à la pointe.

GÉRARD (d'après F.)

9. 751. Mademoiselle Mars, — Madame de Staël. Deux portraits, in-folio, gravés par Lignon et Laugier.
Très belles épreuves.

GÉRICAULT (J.-L.-Th.)

19- 752. Mameluk de la garde impériale défendant un jeune trompette blessé contre un cosaque qui arrive au galop (8 r. r.). — Chariot chargé de soldats blessés, traîné par trois chevaux (10 r. r.), — Retour de Russie (12 r.). Trois pièces.

20 753. A Cheval (20 r. r.).
Très belle épreuve.

10- 754. Marche dans le Désert (21), — Passage du mont Saint-Bernard (22), — Lara blessé (23), — Mazeppa. Pièces dessinées sur carton préparé (38, 40-41 et 44). Huit pièces.
Belles épreuves.

755. Shipwreck of the Meduse (24 r.).
Belle épreuve.

GÉRICAULT (J.-L.-Th.)

49 756. A party of Life-Guards (28 r.), — An Arabian horse
(29 r.). Deux pièces.

Belles épreuves.

14 757. Études de chevaux, publiées par Gehaut et Mᵐᵉ Hulin
(47-58, — 59-66, — 67-73, — 87-91). Trente-deux
pièces.

Belles épreuves.

758. Études de chevaux. Suite de douze pièces (75-86).

Belles épreuves.

GERICAULT ᴇᴛ H. VERNET

4
14 759. Sous ce numéro, il sera vendu quelques lots de litho-
18 graphies, par et d'après Géricault et H. Vernet.

GERMAIN

6- 760. La Poule au pot, *gravé par Germain*, 1775, *et coloré
par son épouse.*

Épreuve avant toutes lettres, grande marge. Rare.

GILLOT (d'après C.)

3- 761. La Passion des Richesses, de l'Amour, de la Guerre et
du Jeu. Suite de quatre pièces gravées par Audran.

Très belles épreuves.

GIRARDET

12- 762. Les Adieux de Louis XVI à sa famille, — Adieux de
Marie-Antoinette à ses enfants. Deux pièces, de forme
ronde, faisant pendants.

Épreuves en double état, eaux-fortes et épreuves terminées, avant la
lettre. Quatre pièces.

GOLDAR

763. The countess de Valois de la Motte and her Maid in disguise near the hill of Provin iu Champagne. Vignette in-8, d'après Dodd.

Belle épreuve. Rare.

GRATELOUP (œuvre de J.-B. De)

764. 1° *Bossuet* en pied, d'après Rigaud (F. 1). Troisième état, avec la date, sur chine.

2° *Bossuet* en buste, d'après Rigaud (F. 2). Premier et second états, avant la lettre, sur chine.

3° *Descartes*, d'après F. Hals (3). Deuxième état, avant la lettre, mais avec les noms d'artiste, sur chine.

4° *Dryden* (John), d'après Kneller (4). Premier état, avant toute lettre, sur chine.

5° *Fénelon*, d'après Vivien (5). Deuxième état, avant toute lettre, sur chine.

6° *Adrienne Lecouvreur*, d'après Ch. Coypel (F. 6). Premier état, avant toute lettre, sur chine.

7° *Montesquieu*, d'après un médaillon de J. Dassier. Deuxième état.

8° *Polignac* (Melchior de), d'après Rigaud (F. 8). Premier état, avant le cadre.

9° *Rousseau* (J.-B), d'après Aved. Première épreuve, sur chine.

Ces neuf pièces forment l'œuvre complet de J.-B. de Grateloup. Elles ont toutes leurs marges et sont de la plus grande fraîcheur. Rares en aussi belle condition.

765. *Descartes*, d'après Hals (F. 3).
Dryden, d'après Kneller (F. 4).
A. Lecouvreur, d'après Coypel (F. 6).
Fénelon, d'après Vivien (F. 5).

Quatre pièces. Très belles épreuves, les deux premières sur chine.

GRAVELOT (d'après H.)

11 766. Le Concert, par Saint Non.
Très belle et rare épreuve avant toutes lettres.

21 767. Le Lecteur, par R. Gaillard.
Très rare épreuve à l'état d'eau-forte.

21 768. La même estampe.
Très belle épreuve.

10 769. Mademoiselle Clairon couronnée par Melpomène.
Gravé par Le Mire.
Très belle épreuve avec marge,

4 770. Notre-Dame de Ensielden. Pièce allégorique gravée
par Ch. de Mechel en 1761.
Très belle épreuve.

135 771. Suite complète de trente-cinq gravures in-8, gravées
par Le Mire, pour les Œuvres de Corneille, édition de
1764. *Beau.*
Superbes épreuves avec les cadres; le frontispice est gravé d'après
Pierre, par Watelet, toutes marges.

305 772. Titre, en-tête, portraits et fleurons pour « les Statuts
de l'ordre du Saint-Esprit, estably par Henry IIIme du
nom, roy de France et de Pologne, au mois de
décembre, l'an M. D. LXXXIII. De l'imprimerie
Royale 1703 ». Treize pièces. *Beau.*
Superbes épreuves tirées hors texte, marges.

19 773. *Henri III, — Henri IV, — Louis XIII, — Louis XIV*
et *Louis XV*. Médailles dans des encadrements
oblongs, avec des amours et différents attributs, gravés par L. Cars. Têtes de pages pour le catalogue des
chevaliers du Saint-Esprit. Cinq pièces.
Belles épreuves tirées hors texte.

179 774. Suite de cinquante-deux culs-de-lampe et fleurons, en
partie gravés par Le Mire, pour le *Décaméron* de
J. Boccace.
Épreuves tirées hors texte, avec grandes marges.

GRAVELOT (d'après H.)

20-

775. *Louis XV*, petit médaillon soutenu par des amours, gravé par N. de Launay. En-tête de la dédicace du livre de Raulin sur la conservation des enfants.

Très belle épreuve tirée hors texte.

776. La même pièce.

Très belle épreuve du même état, plus une épreuve avec le texte. Deux pièces.

GRAVELOT et LEBARBIER (d'après)

8-

777. Vignettes in-8 et in-4, pour les Œuvres de Voltaire, Rousseau, Boccace, etc. Vingt-deux pièces.

Belles épreuves.

GREEN (W.)

31-

778. Frédérique-Sophie-Guilhelmine de Prusse, princesse d'Orange. Petit in-folio.

Superbe et très rare épreuve avant toutes lettres, seulement le nom de Green tracé à la pointe sous le trait carré. La marge est couverte de salissures de burin.

Meyer

GREUZE (d'après J.-B.)

16 × 779. L'Accordée de village, par J. Flipart.

Très rare épreuve à l'état d'eau-forte. *Del. et.*

J B

11f. 780. Le Bénédicité, gravé sous la direction de Beauvarlet.

Superbe et rare épreuve avant toutes lettres. Marge.

B. B

23-

781. La Bonne éducation, — la Paix du ménage. Deux pièces, faisant pendants, gravées à l'eau-forte par J.-M. Moreau et terminées au burin par Ingouf.

Très belles épreuves.

ouachu

146 782. La Bonne mère, — l'Enfant gâté. Deux pièces, faisant pendants, gravées par Maleuvre et L. Cars.

Très belles épreuves avant la lettre.

Lacroix

GREUZE (d'après J.-B.)

783. Les mêmes estampes.
Très belles épreuves avec de grandes marges.

784. La Cruche cassée, par J. Massard.
Superbe épreuve signée des artistes.

785. La Laitière, par Le Vasseur.
Très belle épreuve. *Del ut*

786. Le Donneur de sérénade, par Moitte.
Rare épreuve à l'état d'eau-forte.

787. L'Écureuse, par Beauvarlet.
Très belle épreuve avec toute sa marge.

788. L'Éducation du jeune Savoyard, par Aliamet.
Superbe et très rare épreuve avant toutes lettres. *Val. ih*

789. Étude pour le tableau de la Dame de charité, par Massard.
Très belle épreuve.

790. Les Fermiers brûlés, par A. L. de Lalive.
Très belle épreuve.

791. Le Geste napolitain, par P.-C. Moitte.
Très belle et rare épreuve avant la lettre.

792. L'Invocation à l'Amour, par C.-F. Macret.
Superbe épreuve avant la lettre. Très grande marge.

793. Lubin, par Binet.
Superbe et très rare épreuve avant toutes les lettres.

794. Le Malheur imprévu, par R. de Launay.
Superbe épreuve avant la dédicace. Grande marge.

795. La Marchande de pommes cuites, — la Marchande de marrons. Deux pièces, faisant pendants, gravées par Beauvarlet. *Del ut*
Très belles épreuves, la dernière pièce a une très grande marge.

GREUZE (d'après J.-B)

6- 796. La Mère en courroux, par Moitte.
Très belle épreuve avec une grande marge.

70- 797. La Paresseuse, par P.-E. Moitte.
Superbe épreuve avant la lettre. Grande marge.

145- 798. La Philosophie endormie (Portrait de Mme Greuze), gravé à l'eau-forte par Moreau et terminé au burin par Aliamet. *Del. A*
Très belle et rare épreuve avant la dédicace.

19- 799. Le Ramoneur, par Voyez le jeune.
Très belle épreuve avec une grande marge.

23- 800. La Savoneuse, par Danzel.
Très belle épreuve avec toute sa marge.

50- 801. Les Soins maternels, par Beauvarlet.
Superbe et rare épreuve avant toutes lettres.

50- 802. Tête de jeune fille, gravé à la manière noire par Walker. *Val. ug.*
Très belle épreuve avec toute sa marge. Rare.

42- 803. Jeune fille en buste écrivant une lettre, — Jeune fille les yeux levés au ciel. Deux jolies petites pièces dans des médaillons ronds.
Très belles et rares épreuves avant toutes lettres.

61- 804. La Tricoteuse endormie, par Cl. Donat Jardinier.
Très belle épreuve, avec une très grande marge.

81- 805. La Vertu chancelante, par Massard.
100- Superbe et rare épreuve, avant toutes lettres, signée des artistes.

806. Jeune garçon caressant un chien, — la Fileuse, — le Petit marchand. Trois pièces gravées par Schultze et Moitte.
Très belles épreuves.

GREUZE (d'après J.-B.)

807. Jeune fille pensive, — la Lecture de la Bible, — Retour sur soy-même. Trois pièces gravées par Ingouf, Martenasie et Binet.

Très belles épreuves.

GUÉRAIN (d'après)

808. Le Trente-un, ou la Maison de prêt sur nantissement, par L. Darcis. *Beau ht*

Très belle épreuve coloriée. Marge.

809. La même estampe. *Ber. it*

Superbe épreuve avec une grande marge.

GUSELER

810. Petites compositions gravées à l'eau-forte d'après des peintres hollandais, et imprimées à deux sur une même feuille. Trente-quatre pièces.

Belles épreuves.

GUYOT (L.)

811. Le Colin-Maillard, — le Concert. Deux jolies petites pièces ovales, faisant pendants, gravées d'après Dutailly. *fen.*

Très belles épreuves en couleur.

812. Les Soins maternels, — la Lecture interrompue. Deux petites pièces rondes, faisant pendants, tirées sur la même feuille.

Superbes épreuves en couleur. Toute marge.

813. Ruine de la partie intérieure d'une basilique de Rome, — Ruine d'une galerie antique de Rome. Deux pièces faisant pendants, gravées d'après H. Robert.

Superbes épreuves en couleur. Toutes marges.

814. Première et seconde vue de Rome. Deux pièces faisant pendants, gravées d'après Pernot.

Superbes épreuves en couleur. Toutes marges.

HARRIET (d'après (F.-J.)

49. 815. Le Thé parisien, suprême bon ton au commencement du dix-neuvième siècle, gravé par Godefroy.

Très belle épreuve coloriée.

HARRIET ET NAUDET (d'après)

50 816. Le Thé parisien ou le Suprême bon ton au commencement du dix-neuvième siècle, — le Sérail parisien ou le Bon ton de 1802. Deux pièces, faisant pendants, gravées par Godefroy et Blanchard.

Très belles épreuves tirées en bistre. Très rares.

HEILLMAN (d'après)

52. 817. Le Bon exemple, — Mademoiselle sa sœur. Deux pièces faisant pendants, gravées par Chevillet.

Très belles épreuves avec marges.

HODGES (H.)

10. 818. C., baron de Boetzelaer, gouverneur de Willemstadt, en 1794. Gravé à la manière noire. In-fol.

Superbe épreuve avant la lettre.

HOIN (d'après CL.)

230 819. Le Prélude amoureux, — l'Écueil de la sagesse. Deux pièces, faisant pendants, gravées par de Monchy.

Superbes et très rares épreuves avant la lettre. Toutes marges.

HUBER (J.-J.)

91 × 820. Mademoiselle d'Oligny, de la Comédie-Française, d'après M. Vanloo. In-fol.

Très belle épreuve avec toute sa marge.

HUBERT-ROBERT (d'après)

26 821. La Devideuse italienne, par Chatelin.
822 Très rare épreuve à l'état d'eau-forte. Marge.

HUET (d'après J.-B.)

822. *Huet* (J.-B.) dessinant, représenté en buste dans un médaillon orné. In-4, en bistre.

Très belle épreuve. Marge.

823. L'Amant écouté, par Bonnet.

Superbe et très rare épreuve, en couleur, avant toutes lettres.

824. Le Dîner, — le Souper. Deux pièces gravées par Bonnet.

Superbes épreuves en couleur. Toutes marges.

825. Le Goûter champêtre, par Jubier.

Très belle épreuve en couleur.

825 (*bis*). Le Marchand d'orvietan de campagne,— la Troupe ambulante des rues de Paris. Deux pièces, faisant pendants, gravées par Bonnet

Très belles épreuves en couleur.

826. L'Amour curieux, — le Repas des vendangeurs. Deux pièces, faisant pendants, gravées par L'Éveillé.

Très belles et rares épreuves, en couleur, avant toutes lettres.

827. Le Départ de campagne, — la Bergère récompensée. Deux pièces, faisant pendants, gravées par Jubier.

Très belles épreuves en couleur.

828. Le Jeune berger, — la Jeune bergère. Deux pièces, faisant pendants, gravées par Demarteau.

Très belles épreuves en couleur.

829. Les Vendanges, — Repas des vendangeurs. Deux pièces gravées en couleur par L'Éveillé.

Belles épreuves.

830. Études pour les demoiselles. Quatre très jolis costumes de femmes gravés à la sanguine et publiés chez Bonnet. *V. Z.*

Très belles épreuves.

7

HUET (d'après J.-B.)

70- X 831. Louis XV et sa famille. Sept médaillons ovales réunis
sur une même feuille. Gravé aux deux crayons par
Briceau. In-fol. *Ber. ht.*
Très belle épreuve.

HURTRELLE (S.)

832. *Hurtrelle* (Simon), notaire à Paris, gravé par lui-
même. In-8.
Très belle épreuve.

INCROYABLES (pièces sur les)

45- 833. Les Croyables actifs du Palais ci-devant Royal.
Très belle épreuve avec une très grande marge. Rare.

41- X 834. Les Croyables au Péron, gravé par Tresca d'après
Boilly. *Ber. ch*
Superbe épreuve avec toute sa marge.

31- 835. Ce que j'étais, ce que je suis, — Ce que je devrais
être. Deux pièces faisant pendants.
Très belles épreuves.

49- 836. Les Héroïnes d'aujourd'hui, pièce satirique sur
Mme Tallien et Mme Récamier.
Très belle épreuve coloriée. Très rare.

40- 837. Les Incroyables.
Pièce coloriée. Rare.

20- 838. Incroyable tenant une bourse et Merveilleuses. Composition de trois personnages.
Très belle et rare épreuve avant toutes lettres.

30- 839. Les Incroyables, — les Merveilleuses. Deux pièces, faisant pendants, gravées d'après C. Vernet.
Très belles épreuves avec toutes leurs marges.

INCROYABLES (pièces sur les)

22. 840. Les Petits Incroyables, — l'Incroyable à cheval. Deux
pièces gravées en réduction d'après C. Vernet.

Très belles épreuves avec de grandes marges.

841. Le Retour incroyable, — la Réponse incroyable. Deux
pièces faisant pendants.

Très belles épreuves.

5.- 842. Les Impayables au Péron. Petite pièce de forme ronde.

Très belle épreuve.

11.- 843. Les Inconcevables, composition de quatre figures,
signée et datée en lettres renversées. *Bosio*. 1797.

Très belle épreuve. Rare.

48.- 844. Première réquisition des deux genres.

Très belle épreuve avec une très grande marge. Rare.

29.- 845. La Science du jour, — Mademoiselle Manon et le perruquier.

Deux épreuves dont l'une très rare est à l'état d'eau-forte.

15.- 846. Départ des remplacés.

Très belle épreuve avec marge.

INGOUF (F.)

14.- 847. Charles Minart, né dans le diocèse de Beauvais le
1er octobre 1707, — Michel Le Clerc, né à Dourdan
le 19 mars 1685. Deux pièces faisant pendants.

Très belles épreuves de deux pièces curieuses et rares représentant deux
célébrités ambulantes de cette époque.

INGOUF (F.-R.)

7.× 848. Portrait du roy Louis XV placé au fond de la première
cour des hôtels communs aux départements de la
Guerre, de la Marine et des Affaires étrangères, à
Versailles. *Beur*.

Très belle épreuve avec une grande marge.

INGOUF LE JEUNE

15-

849. *Chapelle,* — *Corneille* (Pierre), — *Crébillon* (P.-J.
de). — *Deshoulières* (Antoinette de la Garde), —
Boileau-Despréaux (Nicolas), — *Destouches,* —
Davy du Perron, — *Fontenelle,* — *Houdart de la
Mothe* (A.), — *Nivelle de la Chaussée* (Cl.-P.), —
La Fontaine (J. de), — *Le Moine* (Pierre), — *Mal-
herbe* (François de), — *Molière* (J.-B. Poquelin de),
— *Moncrif,* — *Montreuil* (Mathieu de), — *Perrault*
(Charles), — *Piron* (Alexis), — *Racine* (Jean), —
Regnard (J.-F.), — *Rousseau* (J.-B.), — *Scarron*
(Paul), — *Voiture* (Vincent). Vingt-trois portraits
in-8.

Très belles et rares épreuves du premier état, tablettes blanches.

5-

850. Quatorze portraits de la suite précédente.

Très belles épreuves du deuxième état, tablettes ombrées.

4-

851. *Crebillon* (P.-J. de), — *Rousseau* (J.-J.). Deux états,
dont un avant que le cadre ait été augmenté. — *Sar-
tine,* lieutenant-général de police, — *Xénophon,*
d'après Le Barbier. Quatre pièces.

Belles épreuves.

JANINET (F.)

16-

852. Portrait du brave Crillon. In-fol. ovale.

Très belle et rare épreuve, en couleur, avant toutes lettres.

60-

853. Gabrielle d'Estrées, duchesse de Beaufort, d'après
Porbus. In-fol. ovale.

Très belle épreuve en couleur.

39-

854. Ninon de Lenclos, d'après Mignard. In-fol. ovale.

Très belle épreuve en couleur.

15-

855. Duc de Sully. In-fol. ovale.

Superbe épreuve en couleur, avant toutes lettres.

JANINET (F.)

856. Portrait de Mademoiselle Bertin, modiste de Marie-Antoinette. In-8 ovale. *Jos.*

2005 ✗

Deprez

> Magnifique épreuve de l'un des chefs-d'œuvre de la gravure en couleur. Toute marge. Excessivement rare de cette qualité.

857. Portrait d'une jeune princesse (Frédérique Wilhelmine de Prusse?), vue de face dans un parc, accoudée à l'angle d'une balustrade, elle tient dans sa main droite une couronne de fleurs, dans la gauche un portrait d'homme. In-8 ovale. *fen.*

780-✗

Deprez

> Superbe et très rare épreuve, en couleur, d'une charmante petite pièce très finement gravée. Toute marge.

858. Mademoiselle Du T*** (Duthé), 1779, d'après Lemoine, représentée de face, assise devant sa table de toilette; elle tient des roses de la main droite, une lettre de la main gauche, son miroir la reflète de profil. Grand in-8 ovale, cadre carré. *Beau. fen att.*

✗ ✗
770

D. D.

> Superbe épreuve en couleur. Très rare.

859. Entourage ornementé du portrait de Marie-Antoinette.

700

Meyer

> Très belle et rare épreuve en couleur du premier tirage, avant qu'elle n'ait été rehaussée d'or.

860. *Colombe* (Mademoiselle), l'aînée, d'après Lemoine, in-8 en couleur.

45-

Deprez

> Très belle épreuve de premier tirage, montée sur papier bleu.

861. *Saint-Huberti* (Madame), de l'Académie royale de musique, d'après Le Moine. In-8 en couleur.

80-✗

J. B

> Superbe épreuve avant toute lettre. Marge.

862. L'Amour, — la Folie. Deux très jolies pièces, de forme ovale et faisant pendants, gravées d'après Fragonard.

120✗

J. B

> Très belles épreuves en couleur.

863. La Confiance enfantine, — la Crainte enfantine. Deux pièces, faisant pendants, gravées d'après Freudeberg.

200-

Gunsburg

> Très belles épreuves en couleur.

JANINET (F.)

864. Nina, d'après Hoin (portrait de Mme Dugazon dans la *Folle par amour*). *Beau.*
Magnifique et très rare épreuve, en couleur, avant toutes lettres.

865. Projet d'un monument à ériger pour le Roi, d'après de Varenne, huissier de l'Assemblée nationale, dessiné par Moreau.
Superbe épreuve, en couleur, avant la lettre. Toute marge.

866. Quatre petits sujets, de forme ronde, réunis sur une même feuille. Intérieurs et costumes Louis XVI.
Superbe épreuve, en couleur, d'une charmante pièce dont on croit le dessin de Lawreince. Très rare.

867. La Toilette de Vénus, d'après F. Boucher.
Superbe épreuve, en couleur, tirée avant la suppression de l'Amour qui joue avec les cheveux de Vénus. Rare.

868. Différents jeux de l'Amour. Soixante petits sujets, sur une même feuille, pour ornementation de boutons.
Très belle épreuve. Rare.

869. Vue de Paris, du port Saint-Paul, prise au bas du parapet, d'après de Machy.
Superbe et très rare épreuve, en couleur, avant toutes lettres.

870. Colonnade et jardins du palais Médicis, d'après H. Robert.
Superbe et très rare épreuve, en couleur, avant toutes lettres.

JAZET (J.-P.-M.)

871. La Promenade du jardin turc, d'après J.-J. de B.
Superbe épreuve en couleur.

872. Bivouac de Cosaques aux Champs-Élysées, à Paris, le 31 mars 1814, d'après Sauerweid.
Magnifique et très rare épreuve, en couleur, avant toutes lettres. Toute marge.

JAZET (J.-P.-M.)

873. *Course de traîneaux, à Krasnoï-kabak,* d'après Sauerweid.

> Superbe et très rare épreuve, en couleur, avant toutes lettres. Toute
> marge.

JEAURAT (d'après E.)

874. *L'Exemple des mères,* par Lucas.

> Ancienne et très belle épreuve avec marge. Cette pièce, dont il existe
> des réimpressions, est très rare en ancienne épreuve.

875. *Le Joli dormir,* par E.-C. Tournay, femme Tardieu.
(Portrait de Mme de Lalive d'Épinay, amie de J.-J.
Rousseau?)

> Très belle épreuve.

876. *L'Accouchée,* par Lépicié.

> Très belle épreuve avec une très grande marge.

877. *La Coeffeuse,* par Sornique.

> Très belle épreuve avec une très grande marge.

878. *Le Goûté,* par Baléchou.

> Très belle épreuve avec une très grande marge.

879. *La Servante congédiée,* par Baléchou.

> Très belle épreuve avec toute sa marge.

880. *L'Éplucheuse de salade, — la Jeunesse.* Deux pièces
gravées par Beauvarlet et Lépicié.

> Très belles épreuves avec de grandes marges.

881. *L'Opérateur Barri, — le Fiacre, — les Savoyards.*
Trois pièces gravées par Baléchou, Pasquier et Beauvarlet.

> Très belles épreuves avec toutes leurs marges.

882. *Le Carnaval des rues de Paris, — le Transport des
filles de joye à l'hôpital.* Deux pièces, faisant pendants, gravées par Cl. Levasseur.

> Très belles épreuves.

JEAURAT (d'après E.)

66 ✕ 883. Le Déménagement d'un peintre, — l'Enlèvement de police. Deux pièces, faisant pendants, gravées par Duflos. *Ber. at.*

Très belles épreuves avec de grandes marges.

60 884. La Place des Halles, — la Place Maubert. Deux pièces faisant pendants, gravées par Aliamet.

Très belles épreuves avec de très grandes marges.

JOHANNOT (d'après T.)

30 ✕ 885. Deux frontispices gravés par Brevière et Porret, pour *Don Quichotte.* Paris, Dubochet, 1835. *Lill*

Superbes épreuves de graveur, sur chine volant ; une est double en premier état, avant les changements dans la figure de Don Quichotte etc. Cinq pièces.

KIMLI (d'après)

26 886. La Nouvelle affligeante.

Superbe et très rare épreuve avant toutes lettres.

KRAUS (d'après)

10 887. Le Moment dangereux, par Voyez le jeune.

Très belle épreuve avec une très grande marge.

LAFONT DE SAINT-YENNE, ET AUTRES

36 ✕ 888. La Fontaine de Saint-Innocent, — Lettres sur le salon, — les Musiciens ambulants. Trois pièces. *Beur*

Très belles épreuves, la dernière est à l'état d'eau-forte.

LA JOUE (d'après J. DE)

27 889. Premier livre de divers morceaux d'architecture, paysage et perspective, inventés par J. de la Joue et gravés par Huquier. Onze pièces.

LANCRET (d'après N.)

35. 890. Les Amours du bocage, par de Larmessin (8).
Très belle épreuve avec toute sa marge.

16-X 891. L'Amusement du petit-maître, par de F. (de Favannes)
(9). *Val-Go*
Très belle épreuve avec une très grande marge.

J.B

Lacroix

15. 892. La Belle Grecque, — le Turc amoureux. Deux pièces,
faisant pendants, gravées par Schmidt (15 et 84).
Très belles épreuves avant l'adresse de Crépy. Marges.

71X 893. Le Berger indécis, par J. Tardieu (16).
Très belle épreuve avec toute sa marge. *Ch.*

J.B

D-D

60-X 894. Mademoiselle Camargo, par L. Cars (17).
Très belle épreuve. *Val. ih*

J.B

13-X 895. Grandval, par Ph. Le Bas (38).
Très belle épreuve. *Val. uh*

Gosselin

15o 896. Le Jeu de colin-maillard, par C.-N. Cochin (42).
Très belle épreuve à l'état d'eau forte pure. Petite marge. Très rare à
rencontrer en aussi belle condition.

Girard

41 897. Le Jeu de pied-de-bœuf, par de Larmessin (43).
Très belle épreuve avec toute sa marge.

33- 898. Le Jeu des quatre-coins, par de Larmessin (44).
Très belle épreuve avant l'adresse de Gaillard.

56-XX 899. La Joye du théâtre, par Crépy fils (46). *Ch. Ber. uh*
Superbe épreuve du premier état, avec l'adresse de Crépy rue Saint-
Yves, laquelle fut changée deux fois par la suite.

Lacroix

Girard

26. 900. Le Maître galant, par Ph. Le Bas (48).
Très belle épreuve avant l'adresse de Petit. Grande marge.

13- 901. La Musique champêtre, par Fessard (62).
Très belle épreuve.

20- 902. Partie de plaisir, par P. È. Moitte (57).
Très belle épreuve avec marge.

LANCRET (d'après N.)

30- 903. Mademoiselle Sallé, par N. de Larmessin (71).

Très belle épreuve.

13-4 904. *Trop indolent Tircis*, etc., par S. Silvestre (82).

Très belle épreuve avant toutes lettres.

7- 905. *Veux-tu d'une inhumaine*, etc., par S. Silvestre (86).

Très belle épreuve.

22- 906. *Lise s'en va changer d'humeur et de visage, — Quand vous voulez toucher quelques cœurs amoureux, — Près de vous belle Iris, — Quoi! n'avoir pour vous trois qu'une seule bouteille.* Suite de quatre pièces gravées par M. Horthemels (47, 63, 65, 67).

Très belles épreuvs avec marges.

161- 907. Les Ages de la vie. Suite de quatre pièces en largeur gravées par de Larmessin (1, 28, 45 et 86). *Ber. Ght*

Très belles épreuves, celle de la Vieillesse, la seule estampe de la suite où il y ait des différences, est du premier état, elle est avec l'adresse de Larmessin qui, plus tard, fut remplacée par celle de Gaillard. Toutes marges.

95- 908. Les Éléments. Suite de quatre pièces, en hauteur, gravées par C. N. Cochin, N. Tardieu, L. Desplaces et B. Audran (4, 27, 34 et 75).

Très belles épreuyes. Marges.

11- 909. La Terre, par C. N. Cochin (75).

Très rare épreuve à l'état d'eau-forte. Non décrite.

102- 910. Les Heures du jour. Suite de quatre pièces, en largeur, gravées par N. de Larmessin (10, 49, 50 et 74).

Très belles épreuves du premier état, avant que l'adresse de Crépy ait été ajoutée à celle de de Larmessin. Toutes marges.

LANCRET (d'après N.)

Lacroix

911. Les Saisons. Suite de quatre pièces, en largeur, gravées par de Larmessin (12, 30, 39 et 63).

Très belles épreuves du premier état, avant que l'adresse de Crépy ait été ajoutée à celle de de Larmessin. Toutes marges.

D. D.

912. Les Saisons. Suite de quatre pièces, en hauteur, gravées par B. Audran, G. Scotin, N. Tardieu et Ph. Le Bas (13, 30, 40 et 64). *Ber. Ght*

Très belles épreuves dont une, celle de l'Automne, est avec la faute au mot automne, lequel est écrit *autonne*. Toutes marges.

913. Le Moulin de Quinquengrogne, par E. Cousinet, — les Agréments de la campagne, — Portrait de Mademoiselle Camargo en réduction. Trois pièces.

Très belles épreuves.

914. Nicaise, — le Villageois qui cherche son veau. Deux pièces, réduction in-4 en largeur, avec vers en bas.

Belles épreuves. Marges.

LANGLOIS

915. *Jussieu* (Bernard de). In-4.

Très belle épreuve avant la lettre. Marge.

LARMESSIN (N. DE)

Abazet

916. Louis, Dauphin de France, en pied, d'après Tocqué. In-fol.

Très belle épreuve.

Rapally

917. Stanislas Ier, roi de Pologne, — Catherine Opalinska, sa femme. Deux portraits in-fol., en pied, d'après Vanloo.

Très belles épreuves avec marges.

LASINIO

12f ✕ 918. Portrait d'Édouard Dagoty, « inventeur de la gravure en couleur, né à Paris l'an 1745, mort à Florence l'8 may 1783. » Grand in-fol. *Arb. Guh*

Très belle épreuve en couleur. Excessivement rare.

LAURENT (P.)

10- 919. *Montbarey* (Al. Marie Eleonor, prince de), — *Montbarrey* (Françoise Parfaite Thais de Mailly-Nesle, princesse de). Deux portraits in-4, faisant pendants.

Très belles épreuves. Rares.

LAWREINCE (d'après N.)

30f 920. Ah ! laisse-moi donc voir ! par Janinet (E. B., 2(.

Superbe épreuve en couleur, elle est de la plus grande fraîcheur et toute sa marge.

1f0 ✕ 921. Les Apprêts du ballet, par Tresca (4). *Bau.*

Très belle épreuve avec toute sa marge.

490 922. L'Assemblée au concert, — l'Assemblée au salon. Deux pièces, faisant pendants, gravées par Dequevauviller (5 et 6).

Très belles épreuves.

23f ✕ 923. L'Assemblée au salon, par Dequevauviller (6). *fen. At*

Très rare épreuve à l'état d'eau-forte. Petite marge.

260 ✕ 924. L'Aveu difficile, par Janinet (8). *Hou utt*

Très belle épreuve en couleur.

220 925. La Balançoire mystérieuse, — les Nymphes scrupuleuses. Deux pièces, faisant pendants, gravées par Vidal (9 et 42).

Superbes épreuves, l'épreuve de la Balançoire mystérieuse est avant la lettre et avant le flot, celle des Nymphes scrupuleuses est avant toutes lettres et avant la guirlande de fleurs. Très rares.

LAWREINCE (d'après N.)

3 5 0 7 926. Le Billet doux, par N. de Launay (10). *fen. uht*

> Très rare épreuve à l'état d'eau-forte; dans cet état le chat, qui dort aux pieds de la jeune femme, n'a pas encore été introduit dans la composition.

4 0 5. 927. Le Billet doux, — Qu'en dit l'abbé? Deux pièces, faisant pendants, gravées par N. de Launay (10 et 51).

> Superbes épreuves. L'épreuve de Qu'en dit l'abbé? la seule de la suite où il y ait des différences dans les inscriptions, est avant que la suivante : Graveur *du* Roi de France et de Danemark, à la suite du nom de de Launay, ait été remplacée par celle de : Graveur *des* Roi de France et de Danemark. Très rare. *Bau. htt*

1 8 5 - 928. Les Grâces parisiennes au bois de Vincennes, — les Trois sœurs au parc de Saint-Cloud. Deux pièces, faisant pendants, gravées par Chapuy (11 et 50. *fen Gatt*

> Très belles et très rares épreuves en couleur. L'épreuve des Trois Sœurs au parc de Saint-Cloud est avant l'adresse de Constantin. Marges

2 5 0 929. La Comparaison, par Janinet (12).

> Très belle épreuve en couleur. *Hau. utt*

1 0 0 - 930. Le Concert agréable, par C. N. Varin (13).

> Superbe et rare épreuve du premier état, avant toutes lettres, seulement les noms des artistes tracés à la pointe.

1 0 5 - 931. La Consolation de l'absence, par N. de Launay (14).

> Très belle épreuve. *H. H.*

4 0 0 932. Le Contre-temps, par Dequevauviller (15).

> Très rare épreuve à l'état d'eau-forte. Marge. *fen. uht*

2 0 0 933. Le Coucher des ouvrières en modes, — le Lever des ouvrières en modes. Deux pièces, faisant pendants, gravées par Dequevauviller (16 et 36).

> Très belles et rares épreuves avec le titre, les noms des artistes et le privilège du Roi sans aucune autre lettre.

5 0 0 934. Le Déjeuner anglais, — la Leçon interrompue. Deux pièces, faisant pendants, gravées par Vidal (17 et 35).

> Très belles épreuves en couleur. Très rares à trouver réunies. Marges.

LAWREINCE (d'après N.)

130 935. Le Directeur des toilettes, par Voyez l'ainé (21).

    Très belle épreuve.

Lacroix

72. 936. L'École de danse, par Dequevauviller (22).

    Très belle et rare épreuve du premier état, avec le titre, les noms des artistes et le privilège du Roi sans aucune autre lettre.

Lacroix

695. 937. L'Heureux moment, par N. de Launay (28).

    Très belle épreuve à l'état d'eau-forte pure, avant toutes lettres et avant les armes dont la partie supérieure est ménagée dans l'encadrement. Dans cet état, e petit chien n'existe pas et la jeune femme a une de ses jambes étendue tout de son long sur le canapé. Excessivement rare *qui, hot.*

J. B.

115 938. La même estampe.

    Très belle épreuve tirée avant que le mot *chez*, dans l'adresse, ait été écrit *chés*.

Lacroix

160 939. La Marchande à la toilette, par Vidal (37).

    Très belle épreuve avec toute sa marge.

Sauln

50 940. Le Mercure de France (Beaumarchais lisant sa comédie : *le Mariage de Figaro?*) par Guttemberg (38).

    Très belle épreuve avec la première adresse, celle de Vidal qui, plus tard, fut remplacée par celle de Depeuille. *Ber, rA*

J. B

200 941. Les offres séduisantes, par N. Delignon (43).

    Très rare et superbe épreuve avant toutes lettres, seulement les noms des artistes tracés à la pointe.

Lacroix

200 942. On y va deux, par Bénossi (44).

    Très belle épreuve en couleur, avec la première adresse, celle de Joli qui, plus tard, fut remplacée par celle de Bénard. Très rare.

Noblen

60 943. La Partie de musique, par V. Langlois (46).

Lacroix

33 *943bis*   Superbe et rare épreuve du premier état, avant toutes lettres, seulement les noms des artistes tracés à la pointe.

Sauln

210 944. Le Repentir tardif, par Le Vilain (52).

    Très belle épreuve avec toute sa marge. Rare.

Sauln

101 945. Le Restaurant, par Deni (53).

    Très belle épreuve.

Noblen

LAWREINCE (d'après N.)

30

946. Le Retour trop précipité, par J. A. Pierron (54).

Très belle épreuve avec toute sa marge.

22 5 X **947.** Le Roman dangereux, par Helman (56).

Très belle épreuve avec une très grande marge. Rare.

61 X **948.** Les Sabots, par J. Couché (57).

Superbe épreuve avant la dédicace. Grande marge.

85 **949.** La même estampe.

Très belle épreuve avant l'adresse de Tessari. Toute marge.

42 **950.** La Sentinelle en défaut, par d'Arcis (58).

Très belle épreuve avant toutes lettres, seulement les noms des artiste tracés à la pointe; elle est imprimée en bistre.

63 **951.** Les Soins mérités, par de Launay le jeune (60).

Superbe épreuve.

150 **952.** La Soubrette confidente, par Vidal (61).

Très belle épreuve avec une très grande marge.

266 **953.** *Mistress Merteuil and miss Cecille Volange,* par R. Girard (39).

Superbe épreuve en couleur.

286 **954.** *Valmont and Emilie,* par R. Girard (62).

Très belle et rare épreuve en couleur, avec l'inscription suivante sous le titre : *Cette complaisance de ma part est le prix de celle qu'elle vient d'avoir de me servir de pupitre,* etc. État non décrit.

165 **955.** *Valmont and Presidente de Tourvel,* par R. Girard (63).

Superbe et rare épreuve en couleur.

76 **956.** La Présidente Tourvel, par R. Girard d'après Touzé.

Très belle et rare épreuve en couleur. Cette pièce et les trois précédentes auxquelles elle fait pendant sont tirées des *Liaisons dangereuses.*

LAWREINCE (d'après N.)

195

957. Le séducteur. (App. 7.)

Très rare épreuve, à l'état d'eau-forte, d'une très jolie pièce dont la planche n'a jamais été terminée et dont M. E. Bocher n'hésite pas à attribuer la gravure à N. de Launay. Grande marge.

100

958. The Grove, — The Green plot. Deux pièces faisant pendants.

Très belles épreuves.

LAWREINCE (genre de)

175

959. La Promenade au bois. Très jolie composition, de quatre personnages, gravée à la manière du lavis.

Très belle épreuve, avant toutes lettres, tirée en bistre. Excessivement rare.

LE BARBIER (d'après L.)

10

960. Le Départ du Milicien, — le Retour du Milicien. Deux pièces, faisant pendants, gravées par Cl. Duflos.

Très belles épreuves.

50

961. La chapelle de Vénus, vignette in-8 du tome 4, n° 1, des *Chansons* de La Borde.

Très rare épreuve à l'état d'eau-forte.

LE BAS ?

10

962. Costumes d'hommes et de femmes. Trois pièces.

Très belles et rares épreuves avant toutes lettres.

LE BEAU (P.-E.)

16

963. Portrait de l'auteur; il est représenté de profil, vu presque de dos. In-12.

Très belle épreuve. Rare.

LE BEAU (P.-E.)

964. Portraits de Louis XVI et de Marie-Antoinette. Deux petits médaillons ovales en regard l'un de l'autre sur la même feuille; sous les deux portraits, le titre : *Vœux de la Nation au roi et à la reine pour le jour de l'an 1778, dédiés et présentés à leurs Majestés par l'auteur*, et cinquante-quatre vers en trois colonnes.

Superbe épreuve avant les numéros et avant la division de la planche. Très rare.

965. *Choiseul* (Étienne François, duc de). In-4.

Très belle épreuve avant le numéro. Toute marge.

966. *La Vrillière* (Louis Phelipeaux, duc de), d'après Marillier, — *Choiseul* (Étienne François, duc de), d'après Marillier. Deux portraits in-8.

Très belles épreuves avant les numéros. Marges.

967. *Louis XV*, roi de France. In-8.

Très belle épreuve.

968. *Warens* (Louise de), d'après P. Batoni. In-8.

Belle épreuve.

LE BEL (d'après)

969. Le Coup de vent, par Girardet.

Très belle épreuve avant la lettre. Toute marge.

LE BRUN (d'après L. VIGÉE)

970. Madame Le Brun tenant sa fille sur ses genoux, d'après elle-même. Gravé par Avril.

Très belle et rare épreuve avant la dédicace.

971. Monseigneur le Dauphin, et Madame, fille du roi, par Blot.

Très belle et rare épreuve avant la dédicace.

8

LE BRUN (d'après L. VIGEE)

90 972. Madame la Marquise de Sabran, par D. Berger, 1787. Petit in-folio.

Très belle épreuve tirée en bistre.

26. ✕ 973. Nicodème, — Babichon. Deux pièces, faisant pendants, gravées par Basan. *Val. A*

Très belles épreuves avec de grandes marges.

LE BRUN (d'après)

121- 974. La Toilette du matin, — le Repas du matin, — la Récréation du soir, — le Divertissement de la nuit. Suite de quatre jolies pièces à costumes, dans de charmants cadres ornementés, gravées par Dambrun.

38 474bis Superbes et très rares épreuves avant l'adresse de Mondhare. Toutes marges.

38 975. La Liberté perdue ou l'Amour couronné, — le Charme de la liberté ou l'amour vainqu. Deux pièces, faisant pendants, gravées par Dambrun et Martini.

Très belles épreuves.

36 976. L'Épouse mal gardée ou le Mariage à la mode, — l'Heureux ménage ou les Époux vertueux. Deux pièces, faisant pendants, gravées par Dambrun et Martini.

Très belles épreuves.

31- 977. Le Maître de musique, — l'École de l'amour. Deux pièces, faisant pendants, gravées par Coqueret et Chatelain.

Très belles épreuves.

LE CLERC (d'après J.)

26 978. La Vie de l'enfant prodigue. Suite de six pièces gravées par Basan, Gaillard et autres artistes.

Très belles épreuves avec marges.

LE CŒUR (à Paris, chez)

40

979. Vue du Jardin du Palais-Royal, de ses bâtiments et galleries.

> Très belle épreuve.

LEFÈVRE (d'après)

1100 ×

980. Suite complète de huit gravures in-18, gravées par Coiny, pour *Manon Lescaut*, édition de Didot, 1797.

> Superbes et rares épreuves avant toutes lettres, à l'état d'eau-forte. Grandes marges.

115 -

981. Suite complète de huit vignettes in-18, gravées par Coiny, et un portrait gravé par de Launay, pour : *Lettres d'une péruvienne,* par Mme de Graffigny. Paris Didot, 1797.

> Superbes et rares épreuves avant la lettre, toutes marges.

LE GRAND (L.)

3.

982. Ballet des Muses. Allégorie pour les menus plaisirs du roi, d'après Depalmeus. Pièce de forme ronde pour dessus de boîte de confiseur.

> Superbe épreuve, marge.

LE GRAND (P.-F.)

5 -

983. *Orléans* (Louis Philippe Joseph, duc d'). In-8, en couleur.

> Très belle épreuve.

LE MIRE (N.)

34

984. Le général Washington, en pied, debout près de sa tente, d'après L. Le Paon. In-fol.

> Très belle épreuve avec toute sa marge.

30

985. *Louis XV,* le bien-aimé. In-8.

> Très rare épreuve avant toutes lettres et avant la bordure du bas.

986

LE MIRE (N.)

986. Le même portrait.

Belle épreuve.

9 —

987. *Louis XV et Henri IV*, deux portraits, sur la même planche, dans des encadrements ornés formant pendants.

Deux très belles épreuves, dont une du premier état, avec l'inscription dans la marge du bas. Marges.

26 —

988. Génie faisant arranger une galerie de tableaux. Grand fleuron de titre pour la galerie de Dresde.

Superbe épreuve tirée hors texte.

LE MOYNE (d'après J.)

7 —

989. *Mortel fuyez loin de ces lieux*, par L. Cars, — Jacob apparaissant à Rachel.

Très belles épreuves avec de très grandes marges. L'épreuve de la dernière pièce est à l'état d'eau-forte.

LEMPEREUR (L.)

5 —

990. *Louis*, Dauphin, fils de Louis XV. En-tête pour l'Oraison funèbre du Dauphin.

Très belle épreuve tirée hors texte. Marge.

LENFANT (d'après P.)

21

991. Les Adieux de Catin, — le Testament de la Tulipe. Deux pièces, faisant pendants, gravées par Beauvarlet.

Très belles épreuves avec toutes leurs marges.

LÉON (J.)

14 —

992. Marie-Thérèse-Charlotte, princesse royale de France. Gravé à Vienne en 1796 d'après Charles Caspar. In-fol.

Superbe épreuve en couleur.

LE PEINTRE (d'après)

115 - 993. La Famille du duc de Chartres, par A. de Saint-Aubin et Helman.

Superbe épreuve avant toutes lettres.

25 - 994. La même estampe.

17 - 994 *bis* Très belle épreuve avec marge.

21 - 995. François Marie Mayeur, dans le rôle de Claude Bagnolet, par Ridé. In-4.

Très belle épreuve en couleur.

20 - 996. La Cage symbolique, par Fessard.

Très belle épreuve.

LE PRINCE (d'après J.-B.)

29 - 997. L'Amour à l'espagnole, par A. de Saint-Aubin et N. Pruneau.

Très belle épreuve avant la dédicace, sur chine volant.

16 - 998. Le Bonheur du ménage, par N. L. de Launay.

Très belle épreuve.

999. L'Enfant chéri, par N. de Launay.

Très belle épreuve avant la dédicace. Marge.

7 - 1000. La Crainte, par Le Mire.

Belle épreuve.

21 1001. La Diseuse de bonne aventure russienne, — le Concert russien. Deux pièces, faisant pendants, gravées par Gaillard.

Très belles épreuves.

28 1002. L'Amour de la gloire, par Née.

Très rare épreuve à l'état d'eau-forte. Marge.

1003. Le Corps de garde, par Leveau.

Très belle épreuve avant toutes lettres.

LEROUGE (à Paris, chez)

70 - 1004. Vue du vauxhall de la foire Saint-Germain. 1772.

Très belle épreuve d'une estampe intéressante et rare.

LETELLIER (C.-F.)

48 1005. *Vallayer-Coster* (Anne), de l'Académie royale de peinture, d'après elle-même. In-4.

Très belle épreuve. Rare.

LEVACHEZ

680 1006. *Marie-Antoinette* d'Autriche, reine de France, d'après Madame Le Brun, — *Louis XVI*, roi de France, d'après Duplessis. Deux portraits in-8, en couleur, faisant pendants, gravés en 1792.

Magnifiques épreuves avec grandes marges. Très rares en aussi bel état de conservation.

21 1007. *Louis XVI* en buste, dans un médaillon posé dans un encadrement dessiné. In-8 en couleur.

Belle épreuve.

53 1008. *Bonaparte*, premier consul. In-8 en couleur, gravé en 1801.

Superbe épreuve. Marge.

41 1009. *Bonaparte*, premier consul de la République française, médaillon orné en haut d'un nœud de ruban. In-8 en couleur.

Superbe épreuve. Toute marge.

240 1010. Joséphine Tascher de la Pagerie, impératrice des Français. In-4.

Superbe épreuve en couleur. Grande marge.

51 × 1011. *Kléber*, général en chef de l'armée d'Égypte. In-8 en couleur. *Beau. A.*

Superbe épreuve.

LEVACHEZ

1012. *Masséna*, général en chef, surnommé l'Enfant gâté de la victoire. In-8 en couleur. *Riva. Beau rt.*

Superbe épreuve.

1013. *Moreau* (Victor), général en chef de l'armée du Rhin. In-8 en couleur. *Beau. rt*

Superbe épreuve. Marge.

1014. *Artois* (Charles Philippe, comte d'), d'après Laplace. In-4 en couleur.

Superbe épreuve. Toute marge.

1015. *Cazales, Maury* et *Malouet,* réunis dans un même médaillon, avec cette inscription : Ils sont nos amis. In-18.

Très belle épreuve. Marge.

1016. *Lafayette* (M. de), major général de la Fédération, en buste dans un médaillon rond. In-18 en couleur.

Superbe épreuve avec marge.

1017. *Monsieur*, frère du roi, le comte d'*Artois* et le prince de *Condé*, représentés dans un même médaillon rond, avec cette inscription : *Ils reviendront.* Pièce in-18, en couleur.

Superbe épreuve. Rare.

1018. La même pièce.

Très belle épreuve en noir. Marge.

1019. *Saxe* (le maréchal de), *Lowendal* (Waldemar, comte de), représentés dans un même médaillon rond, autour duquel sont inscrits leurs noms. In-18, en couleur.

Très belle épreuve. Rare.

1020. *Barthélemy* (François), ambassadeur de la République française, en Suisse. In-8, en couleur.

Belle épreuve.

LINGÉE (C.-L.)

24. 1021. Madame la Marquise de Vilette, surnommée Belle-et-
bonne par Voltaire, d'après Pujos. In-4.
Superbe épreuve avant la lettre.

55. 1022. Madame Necker. In-4.
Superbe épreuve avant toutes lettres. Très rare.

LITTRET (C.-A.)

20. 1023. Louis, dauphin, dans un médaillon soutenu par la
France affligée. Pièce allégorique dédiée à Madame
la Dauphine, 1766.
Très rare épreuve à l'état d'eau-forte. Toute marge.

LOIZELET (E.)

13. 1024. Le petit Coblentz : boulevard de Gand sous le Directoire, d'après Isabey.
Épreuve avant la lettre, coloriée.

DE LONGUEIL (J.-D.)

430 1025. Les Dons imprudents, — le Retour à la vertu. Deux
pièces faisant pendants. *Beau ett.*
Superbes épreuves en couleur. Rares.

40. 1026. *Louis XV et Henri IV,* médaillons accolés, d'après
Eisen, 1770. Tête de page pour l'*Éloge de Henri IV,*
par le marquis de Villette.
Très rare épreuve avant toute lettre, à l'état d'eau-forte.

1026 *bis.* La même pièce.
Très belle épreuve tirée hors texte. Marge.

130 1027. *Mareilles* (P. B. H. de Létancourt, comtesse de),
d'après Eisen. In-4.
Superbe épreuve avec marge. Rare.

LOUIS (D'ESTAMPES)

1028. Année potagère 1768. Charmant cartouche en hauteur renfermant un texte fort curieux indiquant les plantations à faire et les soins à donner, chaque mois, aux légumes, dans le courant d'une année.
Très belle épreuve. Rare.

LOUTHERBOURG (P.-J.)

1029. Le Café Procope en 1763.
Très belle épreuve d'une très rare et très curieuse petite pièce gravée à l'eau-forte.

1030. Tranquillité champêtre, — la Bonne petite sœur. Deux pièces, faisant pendants, gravées à l'eau-forte.
Très belles épreuves.

M. (SCULP.)

1031. *Élisabeth* de France, petit buste dans un médaillon posé sur un tombeau. In-18.
Superbe épreuve. Marge.

MACHY (DE) ET AUTRES

1032. Vue de l'explosion du magasin à poudre d'Abbeville, — Paysages, — Vues de Rome, etc. Quinze pièces.
Très belles épreuves dont quelques-unes sont à l'état d'eau-forte.

MAITRE ANONYME FRANÇAIS DU XVIIIᵉ SIÈCLE

1033. La reine Marie-Antoinette et le roi Louis XVI représentés en bustes dans deux médaillons de forme ovale, posés en regard l'un de l'autre sur la même feuille. Ils sont entourés d'une guirlande formée de rubans, de roses et de feuilles entrelacées.
Très belle épreuve, en couleur, avec des rehauts d'or; elle est imprimée sur satin blanc. Cette pièce, de la plus fine exécution, est excessivement rare.

MALET (d'après)

4f. 1034. La Nouvelle intéressante, par Mixelle.
Très belle épreuve en couleur. Marge.

MARCHAND ET CHEDEL

7- 1035. Les Amusements espagnols, — Nopce de village. Deux
pièces.
Belles épreuves.

MARIAGE ET MIGER

1036. *Le Ray* (J. D.), d'après Robin. In-4. — *Le Jeune*
(J. A.), d'après Dumont. In-8, etc. Trois pièces.
Très belles épreuves.

MARILLIER (d'après)

2. 1037. Suite complète de neuf gravures in-8, gravées par
Dambrun, Duponchel, Ingouf, Macret et Trière, et
portrait gravé par Ingouf d'après La Tour, pour les
œuvres complètes de Crébillon. Paris 1785.
Très belles épreuves.

4f- 1038. Suite complète de vingt-quatre gravures, pour *Télémaque.*
Très belles épreuves avant la lettre. Marges.

9- 1039. Suite complète de un titre et quatre vignettes in-18,
pour : *Tangu et Félime*, poème en quatre chants par
de la Harpe.
Très belles épreuves. Toutes marges.

1040. Fleuron pour la fin de *Pygmalion*, scène lyrique de
M. J.-J. Rousseau, mise en vers par M. Berquin,
1775.
Très rare épreuve à l'eau-forte pure.

MARILLIER (d'après)

36, 1041. Titre pour le *Parnasse des Dames*, gravé par N. Ponce, 1773. In-8.

> Très rare épreuve avant toutes lettres, à l'état d'eau-forte, plus une épreuve avec la lettre. Deux pièces.

4 1042. Vignettes in-8, pour *Clarisse Harlowe* et romans divers. Quatorze pièces.

> Belles épreuves.

31 1043. *De La Borde* (Jean Benjamin), — *la Tour-Chatillon-zur-Lauben* (baron de). Deux portraits médaillons en regard sur une même feuille in-4, en largeur, gravés par Née, pour un en-tête du *Voyage en Suisse*.

> Très belle épreuve tirée hors texte.

MARILLIER ET COCHIN (d'après)

19 1044. Vignettes pour les œuvres de Dorat, Boileau, *Télémaque*, etc. Quatorze pièces dont quelques unes avant la lettre.

> Belles épreuves.

MARTIN (D.)

3 1045. Lewis Francis Roubillac. Gravé à la manière noire, d'après Ad. Carpantiers. In-fol.

> Très belle épreuve.

MARTINET

16, 1046. Titre pour une description de la ville de Paris. In-8.

> Superbe épreuve avant toute lettre. Marge.

1047. Deux gravures in-4, pour le *Prix de Beauté*, comédie.

> Belles épreuves.

MARTINET (à Paris, chez)

63 1048. Promenade de Longchamp, an X (1802).

> Très belle épreuve coloriée. Rare.

MARTINI (P.-A.)

20   1049. Coup d'œil exact de l'arangement des peintures au salon du Louvre en 1785.

Très belle épreuve.

25.   1050. Exposition au salon du Louvre en 1787.

Très belle épreuve.

80   1051. *The exhibition of the Royal academy* 1787, d'après Ramberg.

Très belle épreuve lettres grises.

116   1052. *Portraits of their Majesty's and the Royal Family viewing the exhibition of the Royal Academy, 1789*, les portraits dessinés d'après Ramberg.

Très belle épreuve lettres grises.

MASSARD (J.)

80   1053. *Marie-Antoinette*, dauphine de France, — *Louis-Auguste*, dauphin de France. Deux portraits in-18, faisant pendants.

Superbes épreuves du premier état, avec l'adresse du graveur. Grandes marges.

10.   1054. *Louis-Auguste*, dauphin de France. In-18.

Très belle épreuve avec l'adresse de Le Père et Vaulez. Grande marge.

64   1055. Provence (Louis-Stanislas-Xavier de France, comte de). — *Provence* (Marie Josèphe-Louise de Savoie, comtesse de). Deux portraits in-18, faisant pendants.

Superbes épreuves. Grandes marges.

60   1056. *Artois* (Charles-Philippe de France, comte d'). In-18.

Superbe épreuve. Grande marge.

1057. *Madame*, sœur de Monseigneur le Dauphin. In-18.

Superbe épreuve. Grande marge.

13.   1058. *Frédéric II*, roi de Prusse. In-8.

Très belle épreuve.

MECHEL (à Basle, chez M. DE)

1059. Portraits de Jacques Balma, dit Mont-Blanc, et du docteur Gabriel Pacard, les deux premiers ascensionnistes ayant atteint le sommet du mont Blanc. Deux pièces in-4.

Très belles épreuves très finement coloriées.

1060. Costumes suisses. *Aud. Ght.*

Vingt-quatre pièces coloriées avec beaucoup de goût et de soin.

1061. Les Trois Grâces de Gauguisberg, — le Socrate rustique, — Costumes suisses. Quatre pièces.

Traits très finement coloriés.

1062. Les Bains de Loueche. *Mez. cit*

Grande et très curieuse pièce, au trait, très bien colorié.

MERCIER (d'après)

1063. La Jeune éveillée, — la Belle dormeuse. Deux pièces, faisant pendants, gravées par J. Avril.

Très belles et rares épreuves avant toutes lettres.

MICHEL (J.-B.)

1064. Hippolyte de La Tude Clairon, de la Comédie-Française, dans le rôle de Médée. In-fol.

Très belle épreuve avec une grande marge.

1065. Pierre Louis Dubus de Préville, comédien français, dans le rôle de Crispin des *Folies amoureuses*. In-fol.

Très belle épreuve avec marge.

1066. J. J. Gimai de Bonneval, comédien ordinaire du roy, dans le rôle d'Orgon du *Malade imaginaire*. In-fol.

Très belle épreuve avec marge.

MIGER (S.-C.)

2 — 1067. En-tête pour l'Oraison funèbre de Mgr le Dauphin, d'après Cochin.
Belle épreuve tirée hors texte.

MOITTE (P.-E.)

1 0 1068. Charles Jean F. Henault, — l'Abbé Chauvelin. Deux portraits, in-fol., d'après Saint-Aubin et Roslin.
Très belles épreuves avec toutes leurs marges.

MOITTE (d'après P.-E.)

24 1069. L'Écueil de l'innocence, par Deny.
Très belle épreuve avec marge.

MOLES (d'après F.)

6 1070. L'Amusement de l'enfance, par Louvet.
Très belle épreuve.

MONDON (d'après)

29 — 1071. Les Plaisirs de l'hymen, — le Soir. Deux pièces gravées par Dupin.
Très belles épreuves avec toutes leurs marges.

MONNET (d'après C.)

3 — 1072. Vignette-frontispice gravée par Saint-Aubin, pour : *Description méthodique d'une collection de Minéraux....* Paris 1773. In-8.
Très belle épreuve avant la lettre. Marge.

MONET ET SAINT-QUENTIN (d'après)

2 0 1073. Les Vœux du peuple confirmés par la Religion, — les Garants de la félicité publique. Deux compositions allégoriques, faisant pendants, publiées lors de l'avènement au trône du roi Louis XVI et de la reine Marie-Antoinette. Gravées par Née et Masquelier.
Très belles épreuves avec de très grandes marges.

MONSALDY et DEVISMES

1074. Exposition des ouvrages de peinture exposés en l'an VII de la République Française.

Très rare épreuve à l'état d'eau-forte.

1075. Vue des ouvrages de peinture des artistes vivants exposés au Muséum central des arts en l'an VIII de la R. F., divisée en deux planches.

Très belles et rares épreuves avec toutes leurs marges.

1076. Vue des ouvrages de peinture des artistes vivants exposés au Muséum central des arts en l'an IX de la R. F.

Très rare épreuve à l'état d'eau-forte.

1077. La même estampe.

Très belle épreuve. Très rare.

1078. Henri de Bourbon Condé, duc d'Enghien, né à Chantilly le 2 août 1772, mort le 22 mars 1804, d'après la peinture faite au Palais Bourbon par Mme N. Vallain et appartenant à Mgr le duc de Bourbon. In-4.

Très belle épreuve en couleur. Excessivement rare.

MONTAINVILLE (Jean, dit)

1079. Portrait de M. Saint-Omer l'aîné, l'auteur des « *Vrais principes de la comparaison des écritures*, » d'après le dessin à la plume de J. Bernard. In-fol.

Très belle épreuve. Rare.

MOREAU (J.-M.)

1080. *Choiseul* (le duc de) (E. B. 2).

Superbe et très rare épreuve du premier état, à l'eau-forte pure. Grande marge.

MOREAU (J.-M.)

1081. Le même portrait.

Superbe épreuve avant la lettre et avec la tablette ombrée. Marge. Rare.

1082. *La Borde* (J. B. de), premier valet de chambre du roi, d'après Denon (E. B. 21).

Très belle épreuve. Marge.

1083. *La Vrillière* (Louis Phelypeaux, duc de), d'après Hall (E. B., 24).

Très belle et rare épreuve du premier état, avant la bordure.

1084. Le même portrait.

Très belle épreuve du troisième état, avant la lettre.

1085. *Louis-Auguste*, dauphin de France, d'après Hall (25).

Superbe épreuve. Marge.

1086. *Pineau* (D.), sculpteur, d'après Merelle (E. B. 42).

Très belle épreuve avant l'adresse de l'auteur. Marge.

1087. Arrivée de la reine à l'Hôtel de Ville (202).

Très belle épreuve avant la lettre.

1088. Suzanne au bain. Gravé à l'eau-forte, d'après le tableau de Rembrandt (224).

Très belle épreuve avant toutes lettres.

1089. Décoration du sacre de Louis XVI, roi de France et de Navarre, à Reims, le 11 juin 1775 (254).

Superbe épreuve à l'état d'eau-forte. Dans cet état, on remarque dans la marge inférieure plusieurs griffonnements. Grande marge. Très rare à rencontrer en aussi belle condition.

1090. Ah ! Madame, vous la voyez, d'après J. B. Greuze. Vignette-frontispice pour : *Sophronie ou Leçon prétendue d'une mère à sa fille*, par Mme Benoist, 1769 (E. B. 298).

Très belle et rare épreuve à l'état d'eau-forte.

MOREAU (J.-M.)

1091. Place de Louis XV (E. B., 404).

Très belle et rare épreuve à l'état d'eau-forte, avant toutes lettres, seulement le nom de J.-M. Moreau le jeune *in. sc.* 1770, tracé à la pointe, à gauche, sous le trait carré. Marge.

1092. Procession en l'honneur de la déesse Isis. Gravé par Moreau le Jeune l'an 2 de la République française (410)..

Très rare épreuve à l'état d'eau-forte.

1093. Petite vue de la cathédrale d'Orléans, d'après Trouard, pour le Bréviaire d'Orléans, par Mgr de Jarente, 1771 (855.)

Superbe et rare épreuve avant la lettre. Marge.

1094. *Vignettes in-8, pour les chansons de La Borde, dont le détail suit :*

1° Les Amours de Glicère et d'Alexis (865).
Superbe épreuve avant la lettre. Toute marge.

2° La même estampe.
Superbe épreuve, même état et même conservation que la précédente.

3° La même composition, gravée une seconde fois, par Moreau, pour le *Dictionnaire des graveurs*, de Basan.
Très belle épreuve avant la lettre.

4.° Le Déclin du jour (866).
Superbe épreuve avant la lettre. Toute marge.

5° Les Plaisirs du printemps (868).
Superbe épreuve avant la lettre. Toute marge.

6° La Toilette (871).
Très rare épreuve du premier état, à l'eau-forte pure.

7° La Fille obéissante (872).
Très belle épreuve avant la lettre. Marge.

MOREAU (J.-M.)

8°. La même pièce.

Très belle épreuve. Toute marge.

9° L'Ombre d'Églé (873).

Très belle épreuve avant la lettre. Marge.

10° La Sérénade (875).

Snperbe épreuve avant la lettre. Toute marge.

11° L'Heureuse nuit (876).

Superbe épreuve avant la lettre. Toute marge.

✗ 12° Le Droit de Péage (880).

Superbe épreuve avant la lettre. Toute marge.

✗ 13° La même pièce.

Très belle épreuve avant la lettre. Marge.

✗14° L'Amant guéri (881).

Très belle épreuve avant la lettre. Marge.

15° L'Effet de la peur (882).

Très belle épreuve avant la lettre.

✗ 16° Le Départ (885).

Superbe épreuve avant la lettre. Toute marge.

17° La même pièce.

Superbe épreuve du même état, et même conservation.

18° L'Amant timide (887).

Superbe épreuve avant la lettre. Toute marge.

1095. Vignette-frontispice pour : « Fêtes des bonnes-gens de Canon et des rosières de Briquebec et de St-Sauveur-le-Vicomte », par Le Monnier, 1778 (971).

Très rare épreuve du premier état, à l'eau-forte pure.

1096. La même estampe.

Très belle épreuve avant la lettre, terminée, plus une épreuve avec la lettre. Deux pièces.

MOREAU (d'après J.-M.)

1096 bis. Exemple d'humanité donné par Madame la dauphine le 16 octobre 1773, par Godefroy. *Bar*

Superbe et très rare épreuve avant la lettre. Petite marge.

1097. Exemple d'humanité donné par Madame la dauphine,
— Trait de bienfaisance. Deux pièces faisant pendants gravées par Godefroy et David. La dernière
pièce est d'après David.

Très belles épreuves.

1098. Le Coup de vent, groupe tiré du célèbre dessin de
M. Moreau le-jeune, représentant la Revue du roi à
la plaine des Sablons. Gravé par Malbeste.

Très belle épreuve.

1099. Memnon ou l'Écueil du sage, par Vidal.

Très belle épreuve avec toute sa marge.

1100. Vignette-frontispice des *Tableaux de la Suisse*, du
comte de La Borde. In-fol. Gravé par Née.

Très belle épreuve.

1101. Parc du château de Méréville, près d'Etampes, par
Elisa Saugrain.

Superbe et rare épreuve avant toutes lettres, seulement les noms des
artistes tracés à la pointe.

1102. Réception de Mirabeau aux Champs-Elysées, par
Masquelier. *Lill*

Superbe et rare épreuve avant la lettre, seulement le titre et les noms
des artistes tracés à la pointe. Toute marge.

1103. Suite complète de six gravures in-8, par divers graveurs, pour les Œuvres de Boileau (314-316).

Très belles épreuves. Toutes marges.

1104. Marie-Thérèse, debout sur les marches de son trône,
gravé par N. de Launay. Vignette in-8 de la page 47
des *Annales* du règne de Marie-Thérèse, par
Fromageot (355).

Très rare épreuve à l'état d'eau-forte. Grandes marges.

MOREAU (d'après J.-M.)

1105. La même pièce.

> Très belle épreuve terminée, mais avant la pagination, dans le haut à droite. Marge.

1106. Suite complète de vingt-quatre gravures in-8, d'après Moreau et Prud'hon; les portraits de Pierre et Thomas Corneille, gravés par Saint-Aubin, pour leurs œuvres, publiées chez Renouard, 1817 (368-390.)

> Très belles épreuves.

1107. Suite complète de vingt-six gravures in-8, par divers graveurs, y compris un portrait de Fénelon, gravé par Delvaux, pour le *Télémaque*. Paris, Renouard, 1802 (508-532).

> Très belles épreuves. Toutes marges.

1108. Huit gravures in-8, par divers graveurs pour : *les Incas, ou la Destruction de l'empire du Pérou,* par M. Marmontel. 1777 (986-996).

> Belles épreuves.

1109. Suite complète de douze gravures in-8, par divers artistes, et un portrait gravé par Aug. de Saint-Aubin, pour les Œuvres de Racine, publiées par Renouard vers 1805 (1304-1312).

> Très belles épreuves. Toutes marges.

1110. Seconde suite d'estampes, pour servir à l'*Histoire des modes et du costume en France dans le dix-huitième siècle*, année 1776. A Paris, chez M. Moreau, graveur du cabinet du roi, cour du Mai au Palais, hôtel de la Trésorerie A. P. D. R (1372-1384). Réductions in-8 des grandes planches, par les mêmes graveurs.

> Superbes épreuves avec toutes leurs marges. Cette suite est de la plus grande rareté à trouver complète, surtout avec le titre que nous possédons ici.

MOREAU (d'après J.-M.)

1111. J'en accepte l'heureux présage,— les Petits Parains.
Deux pièces de la suite précédente.

Très belles épreuves avant les vers. Grandes marges.

1112. Suite de onze gravures in-8, par divers graveurs, et
un portrait gravé par Dupréel d'après Santerre,
pour les Œuvres de Racine. 1811 (1313-1324).

Belles épreuves. Manque une pièce pour que la suite soit complète.

1113. Titre et vignettes diverses, dont quatre pour les Œuvres de Molière, édition de Bret. Dix-huit pièces.

Belles épreuves.

1114. Vignettes in-12 et in-8, pour Jehan de Saintré,— J.-J.
Rousseau, — Molière, — Gresset, etc. Onze pièces.

Très rares épreuves avant la lettre et eaux-fortes.

1115. Vingt et une vignettes et quatre portraits pour la
Pucelle de Voltaire, édition de Kehl, et neuf vignettes pour les Romans et Contes. En tout, trente-
quatre pièces.

Belles épreuves.

1116. La Foire de Gonesse. A Paris, chez Naudet. Copie des
Chansons de La Borde.

Le Berger difficile, gravé par Copia, copie du
Berger fidèle des *Chansons* de La Borde. Deux
pièces.

Très belles épreuves.

MOREAU ET MARILLIER (d'après)

1117. Gravures in-8 et in-18, pour la *Nouvelle Héloïse*.
Vingt-deux pièces dont plusieurs avant la lettre ou
à l'eau-forte.

Belles épreuves.

MOREAU (d'après L.)

22

1118. Le Villageois entreprenant, par Patas.
Très belle et rare épreuve avant la lettre.

MORRET (J.-B.)

1119. -Bonaparte, premier consul, d'après Appiani. In-fol.
22 Très belle épreuve en couleur.

MORLAND (d'après G.)

390

1120. *A party angling, — The Anglers Repast.* Deux pièces, faisant pendants, gravées par Keating et Ward.
Superbes et rares épreuves en couleur.

MULLER (J.-G.)

36-

1121. Louise-Elisabeth Vigée Le Brun, d'après elle-même. In-fol.
Très belle épreuve avec marge.

11-

1122. Jean-Georges Wille, célèbre graveur, d'après J.-B. Greuze. Petit in-fol.
Très belle épreuve avec une grande marge.

NANTEUIL (C.)

40 ✗ 1123. Notre-Dame de Paris, — Bug-Jargal. Deux vignettes in-8, pour les Œuvres de Victor Hugo.
Epreuves sur chine.

NATOIRE (d'après)

7

1124. Le Triomphe de Bacchus, — le Triomphe d'Amphi-trite. Deux pièces, faisant pendants, gravées par Duflos.
Très belles épreuves avec toutes leurs marges.

NATTIER (d'après J.-M.)

275-

1125. Madame Adélaïde de France, — Madame Louise-Elisabeth de France, duchesse de Parme, — Madame Henriette de France, — Madame Marie-Louise-Thérèse-Victoire de France, représentées sous les figures allégoriques des éléments. Suite de quatre pièces gravées par Beauvarlet, Baléchou, Tardieu et Gaillard.

Très belles épreuves avec de grandes marges.

76

1126. Madame de *** en Flore (Madame de Pompadour) par Voyez le jeune. In-fol.

Très belle épreuve avec une très grande marge.

42-

1127. La Nuit passe, l'Aurore paraît (Madame de Mailly ?) par Malœuvre. In-fol.

Très belle épreuve.

30 X

1128. La Belle Source (Portrait de Madame Elisabeth de La Rochefoucault, duchesse d'Anville?) par Méliny. In-fol. *Hed. r*

Très belle épreuve avec une grande marge.

20

1129. La Force (Portrait de Madame de Châteauroux), par Baléchou. In-fol. en largeur.

Très belle épreuve avec une grande marge.

8 -

1130. La Justice, par G. Vidal.

Très belle épreuve.

17-

1131. Le Buveur, — le Chaste Joseph, — Diane au bain. Trois pièces gravées par Beauvarlet et autres artistes.

Très belles épreuves avec toutes leurs marges.

NÉE

16-

1132. *La Borde* (J.-B. de). Petit buste dans un médaillon, pour frontispice de livre.

Belle épreuve. Rare.

NEIDL (J.)

1133. *Angoulême* (S. A. R. Madame Marie-Thérèse-Charlotte de France, duchesse d'), d'après Kreutzinger. In-4.

Très belle épreuve. Marge.

NICOLLET (B.-A.)

1134. Portrait d'homme. In-12, orné, avec légende, gravé en 1786.

Très belle épreuve.

NOCHEZ (J.-C.)

1135. Jean-Jacques Rousseau, en Arménien, d'après A. Ramsay. In-fol.

Très belle épreuve avec toute sa marge.

OCTAVIEN (d'après F.)

1136. La Toilette, par Thevenard.

Très belle épreuve de la grande planche, avant qu'elle ait été réduite de près de moitié. Très rare.

1137. La Toilette, — le Sommeil dangereux. Deux pièces, faisant pendants, gravées par Thevenard.

Très belles épreuves des planches réduites. Toutes marges.

OUDRY (J.-B.)

1138. Sujets de chasse. Suite de quatre pièces, à l'eau-forte, gravées par Le Maître.

Très belles épreuves d'un état, non décrit par M. R. Dumesnil, intermédiaire entre le troisième et le quatrième; elles sont avec l'adresse de Huquier mais avant les numéros. Toutes marges.

OUDRY (d'après J.-B.)

37. 1139. Les Chiens en arrêt, — le Cerf aux abois, — l'Arrêt du chien, — la Chasse au cerf, — la Chasse au sanglier, — la Chasse au loup, — le Sérail du Doguin, etc. Neuf pièces gravées par Daullé, Aveline et autres artistes.

Très belles épreuves.

PAROY (comte DE)

3 0. 1140. Portrait de La Fontaine entouré de petits sujets très finement gravés représentant toutes ses fables. Grande pièce ronde qui, protégée par un verre, était destinée à former le dessus d'un guéridon.

Très belle épreuve avec toute sa marge. Rare.

75. 1141. *Le Brun* (Madame Vigée), d'après elle-même. In-8.

Très belle épreuve.

80 1142. *Polignac* (la duchesse de), étudiant un morceau de musique, d'après Madame Le Brun. In-8.

Très belle épreuve.

11. 1143. Louis XVI et Malesherbes dans la prison du Temple. Pièce in-8 de forme ronde.

Très belle épreuve d'essai, avant toutes lettres. Marge.

PARROCEL (d'après C.)

10 1144. Halte de gardes suisses, — Détachement de cavalerie. Deux pièces, faisant pendants, gravées par Le Bas.

Très belles épreuves avec de très grandes marges.

PASQUIER (J.-J.)

21 1145. Pensée à la Reine : Portrait de Marie Leczinska dans une pensée. 1768. In-8.
1146.

Très belle épreuve. Rare.

PASQUIER (J.-J.)

1146. La même pièce.

Très belle épreuve ayant servi de titre pour « Vie de Marie Leczinska princesse de Pologne, reine de France et de Navarre », par M. Auble de Maubuy, avocat au Parlement. 1773.

PATER (J.-B.)

1147. Troupes en campement.

Très belle épreuve, avant la retouche, d'une eau-forte rare du maître.

PATER (d'après J.-B.)

1148. Le Colin-Maillard, — le Concert amoureux, — la Conversation intéressante, — la Danse. Suite de quatre pièces gravées par Fillœul.

Superbes épreuves avec la première adresse, celle de Fillœul. Très grandes marges.

1149. Le Désir de plaire, par Surugue.

Très rare épreuve à l'état d'eau-forte.

1150. Le Désir de plaire, — le Plaisir de l'été. Deux pièces, faisant pendants, gravées par Surugue.

Superbes épreuves avec de très grandes marges.

1151. La Feste italienne, par C. Duflos.

Très belle épreuve avec toute sa marge.

1152. Marche comique, — l'Orchestre de village. Deux pièces, faisant pendants, gravées par Ravenet.

Très belles épreuves avec de grandes marges.

1153. La Pintresse, par Galimar.

Très belle épreuve. Rare.

1154. Mademoiselle Dangeville, la jeune, par P. Le Bas. In-fol. en largeur.

Très belle épreuve.

PERCIER (d'après)

1155. Suite complète de douze gravures in-8 en travers, gravées par Devilliers, Massard, Girardet, etc., pour les *Fables* de La Fontaine, édition Didot.

Très belles épreuves sur chine, tirées hors texte.

1156. Suite de douze gravures in-8 en travers, pour les Œuvres d'Horace, édition in-fol. publiée chez Didot.

Très belles épreuves tirées hors texte, plus onze pièces doubles en premier état, avant toutes lettres. En tout, vingt-trois pièces.

PETIT (G.-E.)

1157. Marie-Gabrielle-Louise de La Fontaine Solare de la Boissière, d'après M. Quentin de la Tour. In-fol.

Très belle épreuve avec toute sa marge.

1158. Marie-Thérèse, reine de Hongrie, d'après Meytens. In-fol.

Très belle épreuve avec toute sa marge.

1159. Joachim-François-Bernard Potier, duc de Gesvres,— Jean-François Phelypeaux, comte de Maurepas. Deux portraits en pied, faisant pendants, d'après M. Vanloo.

Très belles et rares épreuves avec les premières inscriptions. Grandes marges.

1160. François-Joachim Potier, duc de Gesvres, en pied, d'après M. Vanloo. In-fol.

Belle épreuve. Marge.

PETIT (à Paris, chez)

1161. Scènes d'opéra comique. Trois compositions imprimées dans une même bordure répétée. Les personnages sont : le premier et le second Bailli, le père la Joye, etc. In-fol.

Très belles épreuves avec marges. Rares.

PIERRE (d'après J.-B.-M.)

1162. La Sculpture, — la Savoyarde, — les Villageois de l'Appenin, — les Jardinières italiennes au marché, etc. Six pièces.

Très belles épreuves avec de grandes marges.

POLLARD ET CHAPMAN (d'après)

1163. *The mill at baldock in Herts*, par Jukes.

Très belle et rare épreuve tirée en bistre. Grande marge.

PORTRAITS

1164. Louis XV à différents âges, — le Maréchal de Belle-Isle, — Georges II. Cinq portraits.

Très belles épreuves.

1165. Catherine II, — Marie Leckzinska, — Mademoiselle Duclos. Trois portraits.

Belles épreuves.

1166. Adrienne Lecouvreur, — Duc de Luynes, — Cagliostro, — M. de Necker, etc. Cinq portraits gravés par Sergent et autres.

Très belles épreuves en couleur.

1167. Buffon, — De Cotte, — D'Alembert, — le duc de Choiseul, — Lenormand de Tourneheim, etc. Sept portraits.

Très belles épreuves.

1168. L'abbé Maury, — Christophe de Beaumont, archevêque de Paris, — Z. J. d'Audibert de Lussan, etc. Six portraits in-fol.

Très belles épreuves, la plupart ont toutes leurs marges.

1169. Jacques Dumont de Valdajou, chirurgien renoueur, — François Quesnay, médecin. Deux portraits, in-fol., gravés par Le Sueur et François.

Très belles épreuves.

PORTRAITS

10. 1170. Barrère à la tribune, — Hoche, — Pichegru. Trois portraits gravés, le premier à l'eau-forte par Denon, les deux derniers à la manière noire par Hodges et Coqueret.

Très belles épreuves.

39. 1171. H. Robert, — Lekain, — Brizard, — Vien, — Oudry, — Tocqué, — Vanloo, — G. Dow, etc. Neuf portraits.

Très belles épreuves.

21. 1172. *Aussonne* (Madame d'), — *Saint-Julien* (baron de), — *Beaumarchais*, — *Bernis* (le cardinal de), — *Berthier* (C.-F.), — *Bertenazzi* (Carlin), — *Bossut* (Charles), — *Broglie* (le duc de). Onze portraits in-8, par Salvador, Le Roy, Rousselet, Benoist, etc.

Belles épreuves.

1173. *Chancel-Lagrange* (F.-J.), — *Chardin* (Juste), — *Chetardie* (le marquis de), — *Christine* (la reine), — *Cochin* (Jean-Denis), — *Crebillon*, — *Montesquieu*, — *Crozat* (l'abbé), — *Danet* (G.), — *Delille*, — *Desaintonge*, — *Descartes* (René), — *Dufrêne* (la marquise), — *Eisen* (Ch.). Dix-sept portraits in-8, par Pallière, Née, Bernigeroth, Bradel, Delignon, Benoist, Cardon, Mougeot, etc.

Très belles épreuves.

24. 1174. *Falconet* (Camille), — *Fredou*, — *Gilbert* (N.-J.-L.), — *Gluck*, — *Grosley* (P.-J.), — *Guichen* (le comte de), — *Helvetius* (C.-A.), — *Hénault* (le président), — *Henri IV*, — *Herault* (René), — *Hevin* (Prudent). Douze portraits in-8 et in-4, par Moitte, Lebeau, Audouin, Ulmer, Hardouin, de Leu, Dupin, etc.

Très belles épreuves.

PORTRAITS

1175. *Labourdonnais* (Mahé de), — *Lacépède* (le comte de), — Laharpe, — *La Place* (P.-A. de), — Le Beuf (J.), — *Lecouvreur* (Adrienne), — *Legros* (Madame), — *Le Kain*, — *L'Épée* (l'abbé de), — *Le Roy* (Julien), — *Linnée* (Ch.), — *Longrois* (Jeannet des), — *Louis XV* et *Louis XVI*. Quinze portraits in-8 et in-4, par Hubert, B. Roger, Nicollet, Schmidt, Clément, Baquoy, Civil, Lempereur et Le Mire.

Très belles épreuves.

1176. *Mably* (Gabriel Bonnot de), — *Marca* (Pierre de), — *Mairet* (Jean), — *Marivaux*, — *Marmontel* (J. F.), — *Mirabeau*, — *Montesquieu*, — *Monteynard* (le marquis de), — *Mozart*, — *Necker*, — *Necker* (Madame), — *Orléans* (la duchesse d'). Quatorze portraits in-8, par Duval, Chevillet, Chenu, Dupin, Bonneville, Mariage, Le Beau, Lips, etc.

Très belles épreuves.

1177. *Palissot* (C.), — *Panard*, — Peray (P.), — *Perin*, secrétaire du maréchal de Belle-Isle, — *Pierre* le Grand, — *Poinsinet* (A.-A. Henri), — *Poullain de Saint-Foix*, — *Rakoczy* (F.), — *Réaumur*, — *Reyrac*, — *Rollin* (Ch.), — *Romé de l'Isle*, — *Roqueleyne* (H.-B. de), — *Roucher* (J.-A.), — Rousseau (J.-J.), — *Rousseau* (J.-B.), — etc., — *Le Vasseur* (Catherine), gouvernante de J.-J. Rousseau. Vingt-cinq portraits in-8, par Gautier, Cochin, Gaillard, Thomassin, Voyez, Maleuvre, Bureau, de Launay, Ravenet, Lélu, Bouilliard, Salvador, Anselin, etc.

Très belles épreuves.

PORTRAITS

1178. *Sabran* (Madame de), — *Sage* (B.-G.), — *Saint-Non* (l'abbé de), — *Saint-Pierre* (l'abbé de), — *Sauvé-Moisset* (le Père), — *Saxe* (le maréchal de), — *Scarron* (P.), — *Sorbet* (Cl.-L.), — *Sorbet* (Bernard), — *Trincano* (L.-C.-V.), — *Vadé*, — *Vergennes* (le comte de), — *Vendôme* (Ph. de), etc. Quinze portraits in-8 et in-4, par Duflos, de Marcenay, Letellier, Le Mire, Moitte, Ponce, etc.
Très belles épreuves.

1179. *Voltaire* (F.-M. A. de). Treize portraits différents, in-8 et in-4, par Folkema, Balechou, Le Roy, Tardieu, Prevost, Huber, Benoist, etc.
Très belles épreuves.

1180. Portraits divers. Seize pièces.
Belles épreuves.

POUSSIN (d'après Saint?)

1181. Le Bal de Saint-Cloud, par Fessard.
Très belle épreuve avec une grande marge.

PREVOST (B.-L.)

1182. *Louis XV*, roi de France, d'après Cochin. In-8.
Très rare épreuve à l'eau-forte pure.

1183. Le même portrait.
Très belle épreuve avant la lettre de la planche retouchée, l'encadrement du médaillon modifié et agrandi. Marge.

1184. *Marigny* (le marquis de), médaillon sur un monument funèbre, d'après Cochin. 1781. In-8.
Superbe épreuve du premier état, avant la lettre.

1185. *Orléans* (Louis-Philippe, duc d'). En-tête pour son Oraison funèbre.
Très belle épreuve tirée hors texte. Marge.

PREVOST (B.-L.)

51 — 1186. Portrait d'homme en buste, lauré, dans un médail-lon entouré de fleurs et rubans. En-tête de page. Gravé en 1772.

Très rare épreuve à l'état d'eau-forte, avec croquis dans la marge de gauche.

PRUD'HON (d'après P.-P.)

32 — 1187. Le Portement de Croix, par B. Roger. In-8. Pour les Œuvres de Corneille.

Très belle épreuve avant la lettre. Marge.

1188. L'Attention, par Bourgeois. — En-tête de lettre. Deux pièces.

Très belles épreuves.

PRUD'HON, GÉRARD, ETC. (d'après)

35 — 1189. Suite complète de six vignettes in-8, par divers graveurs, pour *Daphnis et Chloé*, publiée par Janet.

Exemplaire en double état, avant la lettre, chine et eaux-fortes. En tout douze pièces.

QUEVERDO (d'après J.-M.)

13 5 — 1190. La Jarretière, par Dambrun.

Très jolie eau-forte dans une charmante bordure ornée. Très rare.

26 1191. Les Aveux sincères ou les Accords du mariage, par Dambrun.

Très belle épreuve avec toute sa marge.

51 1192. Le Couché de la mariée, — le Levé de la mariée. Deux pièces, faisant pendants, gravées par Dambrun.

Très belles épreuves.

20 1193. Les Amours du Boccage, par Dambrun.

Superbe épreuve avec toute sa marge.

QUEVERDO (d'après J.-M.)

20 1194. Le Sommeil interrompu, par Dambrun.

> Très belle épreuve.

1195. Le Départ de la chasse, — le Retour de la chasse, — A bon chat, bon rat, — la Suivante commode. Suite de quatre pièces publiées chez Crépy.

> Très belles épreuves. Rares à trouver réunies.

50 1196. Les Charmes du printemps, — les Agréments de l'été, — les Plaisirs de l'automne, — les Amusements de l'hiver. Suite de quatre pièces gravées par Dambrun.

> Superbes épreuves avant les numéros. Grandes marges.

16 - 1197. L'Air, — le Feu, — la Musique, — la Toilette de Midy, — la Récréation du soir. Cinq pièces gravées par Dambrun.

> Très belles épreuves.

12 - 1198. Scène du *Déserteur*, opéra comique de Monsigny.

> Très rare épreuve à l'état d'eau-forte.

QUENEDEY ET CHRÉTIEN

11 -
13 - 1199. *Coigny* (le maréchal de), — *Hérault de Sechelles,* — *Barnave,* — Portraits de femmes, etc. Six pièces, dont quatre en couleur.

> Très belles épreuves.

RANSONETTE (P.-N.)

1200. Le Tripot, — la Descente de police Deux pièces, faisant pendants, des plus curieuses et des plus intéressantes comme costumes et comme scènes de mœurs.

> Superbes épreuves avant toutes lettres. Excessivement rares.

1201. L'Heureux époux?

> Epreuve à l'état d'eau-forte d'une grande et jolie pièce. Très rare.

RANSONETTE (P.-N.)

1202. L'Amant vengé? *Beur. Ght. val. at.*
Très rare épreuve à l'état d'eau-forte. Très grande marge.

RAOUX (d'après J.)

1203. Le Rendez-vous agréable, par Beauvarlet.
Superbe et rare épreuve avant toutes lettres. Marge.

1204. La Jeune coquette, par Chevillet
Très belle épreuve avec marge.

1205. Jo surprise par Jupiter, par Legrand.
Très belle épreuve.

RÉCLAM (F.)

1206. « Essay de paysages dédiez à Monsieur Pierre..., par Frédéric Réclam, 1756. » Onze pièces gravées à l'eau forte.
Très belles épreuves. Rares.

REGNAULT

1207. *Espagnac* (J. J. de Sahuguet, baron d'), d'après Lemoine. In-4 en couleur.
Très belle épreuve. Marge.

REINSPERGER (J.-C.)

1208. Marie Thérèse, impératrice des romains, reine de Hongrie et de Bohême, d'après J. E. Liotard. In-fol.
Très belle épreuve avec toute sa marge.

REYNOLDS (d'après Sir JOSHUA)

1209. Jane, comtesse de Harrington et ses enfants, par Bartolozzi. Petit in-fol.
Très rare épreuve non entièrement terminée. Marge.

REYNOLDS (d'après Sir JOSHUA)

82 - 1210. Lady Smith et ses enfants, par Bartolozzi. Petit in-fol.
Très rare épreuve non entièrement terminée. Marge.

30? 1211. *Maria, countess of Waldegrave*, gravé à la manière
noire par Corbut jeune. In-fol.
Très belle épreuve.

20 1212. La Beauté sacrifiant aux Grâces (Portrait de la Comtesse d'Albermale), par J. B. Lucien.
Très belle épreuve tirée en bistre.

20 1213. *Francis Bartolozzi, esq.*, par R. Marcuard. Petit
in-fol.
Très belle épreuve.

REYNOLDS (S.-W.)

46 X 1214. Pierre Marie Louis, comte de Frotté, d'après Howard.
In-fol.
Superbe et très rare épreuve en couleur. Marge.

ROBERT (J.)

1215. *Bignicourt* (Simon). In-8.
42- Belle épreuve.

ROBIN DE MONTIGNY

1216. Louis XVI, roi de France et de Navarre, en uniforme
de son régiment d'infanterie, lorsqu'il en fit la revue
le 23 avril 1778.
Très belle épreuve en couleur.

ROGER (B.)

17- 1217. Princes et Princesse de la famille royale des Bourbons.
Dix-sept pièces.
Très belles épreuves avant la lettre, dont plusieurs à l'état d'eau-forte.

ROWLANDSON (d'après J.)

1218. Le Vaux-Hall, par R. Pollard.

Très belle épreuve, en couleur, de la pièce la plus importante du maître, de celle qui, sous une forme humoristique, reproduit et donne le mieux les costumes et la physionomie de la société élégante anglaise à la fin du dix-huitième siècle.

RUOTTE

1219. Marie Antoinette, Reine de France, en bergère, un foulard recouvrant ses cheveux, d'après Césarine F... In-4.

Superbe épreuve, en couleur, avant la lettre. Rare.

1220. Marie Thérèse de Savoie-Carignan, princesse de Lamballe, d'après Danloux 1791. In-4.

Superbe épreuve, en couleur, lettres grises. Marge.

RUOTTE (C.)

1221. *Franklin* (Benjamin). In-4 en couleur.

Belle épreuve.

SAINT-AUBIN (Germain de)

1222. Premier essai de papilloneries humaines (de B. 1 à 6).

Très belles épreuves d'une suite rarissime de six pièces, en largeur, dont quatre seulement sont décrites. Malgré toutes ses recherches, M. de Beaudicourt n'a jamais pu rencontrer les deux dernières que nous décrivons ci-dessous :

N° 5. Le Blessé. Sur un petit terre-plein amoncelé sur une rocaille, deux papillons en portent un troisième blessé, couché sur une échelle. Un tout petit papillon voltige au-dessus du blessé, qu'il semble vouloir protéger des rayons du soleil à l'aide d'un parasol. En dessous, au milieu de la rocaille, en deux lignes : Le Blessé.

N° 6. La Brouette. Sur un petit terre-plein, un papillon traîne une brouette. Il est aidé par un second papillon qui la pousse par derrière. Au bas, entre la rocaille et le trait carré, en une seule ligne : La Brouette.

Cette pièce et la précédente sont sur fond blanc, entourées d'un trait carré et sans le nom du maître.

SAINT-AUBIN (Germain de)

1223. Papilloneries humaines. Suite de six pièces en hauteur dont nous ne possédons que cinq (manque le n° 2 de la suite (7 à 12).
Très belles épreuves. Rarissimes.

1224. Titre de la seconde suite (7).
Très belle épreuve.

1225. Les Papillons artificiels (14).
Superbe épreuve. Excessivement rare.

1226. Un Papillon, assis sur un fût de rocaille, montre de l'antenne une carte attachée à un piquet. Très petite pièce non décrite.

SAINT-AUBIN (Gabriel de)

1227. Réconciliation d'Absalon avec David (de Beaudicourt, 2).
Superbe épreuve du premier état, avant la lettre et avant quelques légers travaux.

1228. La même estampe.
Très belle épreuve du second état.

1229. Allégorie sur la convalescence du Dauphin (3).
Superbe épreuve du premier état, avant quelques légers travaux. Collection R. Dumesnil.

1230. Allégorie au mariage du Dauphin, depuis Louis XVI (4).
Superbe épreuve du premier état, avant beaucoup de travaux et avant toutes lettres, seulement l'inscription : « Composé et gravé à l'eau-forte par Gabriel de Saint-Aubin en mai 1771 » tracée à la pointe sous le trait carré.

1231. La même estampe.
Très belle épreuve du second état. Marge.

1232. Allégorie des mariages faits par la ville (5).
Superbe épreuve du premier état, avant de nombreux travaux et avant le changement dans la signature de Saint-Aubin. Marge.

SAINT-AUBIN (GABRIEL DE)

1233. La même estampe.

Très belle épreuve du troisième état.

1234. Pièce allégorique pour l'érection de la statue de Louis XV sur la place du même nom (6).

Très précieuse épreuve entièrement retouchée, par le maître, à la plume, au lavis de bistre et à la mine de plomb. Dans cet état, cette pièce peut être considérée comme un véritable et superbe dessin d'autant plus précieux que les inscriptions dont les piédestaux des chevaux de Marly sont couverts, lesquelles sont complètement illisibles dans les épreuves suivantes, nous donnent l'explication de Saint-Aubin sur cette allégorie.

On lit sur le piédestal de gauche : *Gabriel de S. Aubin delin. — L genie tutélaire — applaudit à la paix uni — verselle précédée par — la reconnaissance qui pré — sente le cœur de tous — les citoyens la bonté la clémence la sagesse et — la piété du Roy sont — représentés dans les — superbes tapisseries qui doivent — décorer ce spectacle brillant.*

Sur le piédestal de droite : *La magnificence de la ville — accompagnée de l'archi — tecture et de la sculpture — marchant sur de riches tapis — ordonnent les apprêts d'une — feste plusieurs groupes de — genies enlevent les ... — ... qui ont servi à elever — la statue et le voile qui la cou — vre. L'auteur de ce tableau — astreint à une grandeur donnée — suppose les objets rassemblés — par enchantement. G. D. S. — août 1762.*

1235. La même estampe.

Epreuve à l'état d'eau-forte pure, avant et avec de nombreux travaux ajoutés ou retranchés principalement dans le ciel, dans les fonds, sur la statue du roi et sur son piédestal où on lit distinctement : *A Louis le bien aimé*, inscription qui, ayant été couverte de travaux, est devenue complètement illisible dans l'état suivant ; elle est aussi avant la signature : *Gabriel de S. Aubin fec.* tracée, dans l'estampe, au-dessous du groupe allégorique des trois figures de droite.

1236. La même estampe. Très belle épreuve avec tous les changements signalés dans l'état précédent.

Cette pièce et les deux précédentes, dont jusqu'ici on ne connaissait que l'épreuve rognée citée par M. de Beaudricourt et qui fait partie de sa collection, sont en parfait état ; elles ont les marges du cuivre entières, ce qui permet de constater qu'en haut et en bas de grands espaces blancs ont été ménagés pour recevoir des inscriptions.

SAINT-AUBIN (GABRIEL DE)

1237. 3ᵐᵉ Vue de l'incendie de la foire Saint-Germain (9).

Très précieuse épreuve retouchée au bistre par le maître.

1238. 4ᵉ Vue de l'incendie de la foire Saint-Germain (10).

Très précieuse épreuve retouchée au bistre par le maître.

1239. La même estampe.

Très belle épreuve. Collection R. Dumesnil.

1240. 5ᵉ Vue de l'incendie de la foire Saint-Germain (11).

Très précieuse épreuve retouchée au bistre par le maître.

1241. 6ᵉ Vue de l'incendie de la foire Saint-Germain (12).

Superbe épreuve. Collection R. Dumesnil.

1242. Spectacle des Tuileries. Première et seconde vues (13 et 14).

Très précieuses épreuves retouchées à la plume par le maître seize ans après leur apparition, ainsi que le constate une annotation de sa main, écrite à l'encre sur la première pièce, à la suite de son nom.

L'épreuve de la première vue est du premier état décrit.

Celle de la seconde est d'un tout premier état non décrit : elle est avant l'inscription : *Novembre 1760*, tracée dans l'estampe au-dessous de la grande roue du tonneau d'arrosage et avec les mots : *Année des fruits*, à la suite du nom de Saint-Aubin, lesquels ont été effacés dans l'état suivant. Elles sont toutes les deux avant de nombreuses retouches à la pointe sèche; de plus, elles ont été agrandies, l'une à gauche et l'autre à droite, d'environ 30 cent., et dans chacune de ces rajoutes, Saint-Aubin a dessiné une nouvelle allée vue en profondeur et animée de nombreux personnages.

1243. Les deux mêmes pièces.

Superbes épreuves, du deuxième état, réunies sur la même planche. Marge. (Collection R. Dumesnil.)

1244. Le Charlatan (15).

Superbe épreuve du premier état, avant de nombreux travaux. (Collection R. Dumesnil.)

SAINT-AUBIN (GABRIEL DE)

1245. Marche du bœuf gras (16).
Superbe épreuve. (Collection R. Dumesnil.)

1246. Vue de la foire de Beson (17).
Superbe épreuve. (Collection R. Dumesnil.)

1247. La fête d'Auteuil (18).
Superbe épreuve avec marge.

1248. Vue du Salon du Louvre en l'année 1753 (19).
Superbe épreuve du premier état, avec la date de 1753 et avant que le titre soit précédé du mot : *Exacte*. Grande marge.

1249. Conférence de l'ordre des Avocats (21).
Superbe épreuve du premier état, à l'eau-forte pure.

1250. Les Nouvellistes (20).
Très précieuse épreuve entièrement retouchée par le maître. (Collection R. Dumesnil.)

1251. La même pièce.
Très belle épreuve avec une très grande marge.

1252. L'adresse de Perier, marchand quincaillier (24).
Superbe épreuve. (Collection R. Dumesnil.)

1253. Fontaine (27).
Superbe épreuve d'un premier état non décrit: elle est avant l'inscription : *Toute la fontaine est gravée par M. Canut et se trouve chez M. Chereau, rue Saint-Jacques, aux Deux Pilliers d'or.*

1254. Les Deux amans (30).
Très belle épreuve. Marge.

1255. Les quatre vases sur la même planche (33).
Superbe épreuve.

1256. La même pièce.
Superbe épreuve avec marge.

SAINT-AUBIN (GABRIEL DE)

1257. Vignette pour la tragédie de Tancrède (45).

Superbe épreuve d'un premier état non décrit : elle est avant de nombreux travaux, principalement dans le ciel et sur les colonnes des portiques ; de plus, on lit au bas, à la suite du nom de *Gabriel de Saint-Aubin*, entre les deux traits carrés et au-dessus du titre : *Septembre* 1760. *Suivant le costume du douzième siècle observé sur les...*

1258. On ne s'avise jamais de tout (41).

Superbe épreuve du deuxième état. Marge.

1259. Portrait de Sedaine. Pièce en hauteur non décrite.

Sedaine est vu de profil, tourné vers la droite, dans un médaillon entouré d'amours, autour duquel on lit : *J. Sedaine N.* Sur la première marche au bas, à gauche, on distingue les initiales *G. S.*, et sur la seconde marche l'inscription : *Gabriel de Saint-Aubin in. et fecit.*

Très belle épreuve.

1260. Cabinet d'histoire naturelle. Petite pièce en hauteur non décrite.

Au milieu est dressée sur un piédestal une grande figure d'Isis, qu'un génie aux grandes ailes désigne à un autre génie ; au bas, dans l'estampe : *Gabriel de Saint-Aubin invenit et sculpsit*, octobre 1768, et au-dessous, sous le trait carré : *La Nature représentée par une femme voilée suivant l'antique Egiptienne.* Ces deux inscriptions sont tracées à la pointe. Une troisième manuscrite, de la main de Saint-Aubin, se lit dans la marge :

La Nature est ton livre et tu prétends y voir
Moins ce qu'on a pensé que ce qu'il faut savoir.
VOLTAIRE.

Très belle épreuve. Grande marge.

1261. Marchande en plein vent. Petite pièce en hauteur non décrite.

Au milieu d'une place, le soir, la voiture d'une marchande de fruits, éclairée par une chandelle enveloppée de papier, est entourée d'acheteurs parmi lesquels on remarque un petit garçon vu de dos et une femme vue de face portant un panier sur sa tête. Au bas, au-dessous du trait carré, en caractères très fins : *G. de Saint-Aubin*, et dans la marge du haut, à droite, la lettre *P* renversée.

Superbe épreuve avec une grande marge.

SAINT-AUBIN? (Gabriel De)

1262. Bataille de Fontenoy. Petite pièce en largeur.

La scène semble prise au moment où la maison du roi charge la colonne anglaise et hanovrienne; au premier plan un officier, l'épée à la main, donne des ordres; à sa droite, un trompette sonne la charge; au bas, au-dessous d'un double trait carré : *Bataille de Fontenoy.*
Très belle épreuve.

1263. Le Retour. Très petite pièce en largeur.

Dans une rue, la nuit, une jeune dame et sa suivante sont précédées d'un domestique qui éclaire leur marche à l'aide d'une torche allumée; à gauche, une chaise fermée dont on n'aperçoit que le porteur de devant.
Très belle épreuve.

1264. Incendie de la foire Saint-Germain. Grande pièce en largeur.

Un groupe de maisons en ruines que les flammes achèvent d'anéantir; il ne reste plus que quelques poutres de celle du milieu, sur la première de ces poutres, deux restes d'enseigne : *Marchand Bijoutier,* — *Marchande de Modes,* au-dessous une femme éplorée lève les bras au ciel, des groupes nombreux d'hommes et de femmes enlèvent leurs objets les plus précieux. Au bas, sous le trait carré, eû deux lignes : *Le désastre et l'affreux incendie de la foire Saint-Germain, arrivé le 17 mars 1702. Quatre cent dix boutiques de marchands qui ont perdu la plus grande partie de leurs biens.*
Très belle épreuve.

SAINT-AUBIN (d'après Gabriel De)

1265. Un génie, une lumière au front, découvre un bouclier dans lequel se regarde une figure de l'Envie. Petite pièce gravée par Mercier.

Très belle épreuve. Très rare.

1266. Ballet, dansé au théâtre de l'Opéra dans le *Carnaval du Parnasse*, acte 1er, dans lequel sont représentés les trois théâtres. — *La Ginguette*, divertissement pantomime, du théâtre Italien, de la composition de M de Hesse. Deux pièces, faisant pendants, gravées par F. Basan.

Très belles épreuves avec toutes leurs marges. Très rares en aussi belle condition.

SAINT-AUBIN (d'après GABRIEL DE)

1267. Les mêmes estampes.

> Très belles épreuves.

1268. Comparaison du Bouton de Rose, par Dennel.

> Très belle épreuve.

1269. L'Ecolier.

> Très belle épreuve. Rare.

1270. Moine veillant une jeune femme morte, par Ch. Mercier, — Idole brisée, par J. B. Louvion. Deux pièces.

> Belles épreuves.

1271. Estampes in-4 gravées par de Lorraine, Chenu, Tardieu, Levesque, etc., pour *Abrégé de l'Histoire romaine*, 1779. In-4. Six pièces dont une double avant la lettre.

> Belles épreuves.

1272. *Jarente* (Mgr de), buste entouré de la Foi et la Religion pour en-tête de livre, gravé par P. L. Cor.

> Belle épreuve tirée hors texte.

SAINT-AUBIN (par et d'après AUGUSTIN DE)

1273. Vignette pour une adresse probablement de luthier. Pièce non décrite.

> Au-dessous d'une vaste draperie, placée entre deux colonnes et destinée à contenir l'adresse, de nombreux petits amours, assis sur des nuages, jouent de divers instruments; à gauche, sous le trait carré: *Augustin Saint Aubin invenit et sculp.* (1752).
>
> Très belle épreuve. (Collection R. Dumesnil.)

SAINT-AUBIN (par et d'après AUGUSTIN DE)

1274. Louise Émilie, baronne de, *** — Adrienne Sophie, marquise de *** — Deux pièces faisant pendants (7 et 72).

Superbes épreuves avec la première adresse, celle de la rue des Mathurins qui, plus tard, fut remplacée par celle de la rue Thérèse. Toutes marges.

1275. Dernière heure de la baronne de Rebecque (1232).

Très belle épreuve. Marge.

1276. La Vue — l'Ouïe, 2ᵉ planche, — l'Odorat. Trois pièces (360, 362 et 363).

Très belles épreuves tirées en bistre.

1277. La Promenade des remparts de Paris, par Courtois (382).

Superbe épreuve avant toute lettre, non entièrement terminée. Excessivement rare.

1278. Tableau des Portraits à la mode, — la Promenade des Remparts de Paris. Deux pièces, faisant pendants, gravées par Courtois (378-382).

Très belles épreuves avec de très grandes marges.

1279. Mes Gens ou les Commissionnaires ultramontains, 1766-1770. Suite de sept pièces, y compris le titre, gravées par J. B. Tillard (389 à 395).

Très belles épreuves avec de grandes marges.

1280. C'est ici les différents jeux des petits polissons de Paris, 1770. Suite de six pièces gravées par Tillard (396 à 401).

Très belles épreuves avec marges. Cette suite, ainsi que la précédente, dont les planches existent encore, est très rare à rencontrer en anciennes épreuves.

1281. Le Bal paré, — le Concert. Deux pièces faisant pendants, gravées par A. Duclos, 1774 (402-403).

Superbes et rares épreuves du premier tirage, avant les inscriptions à la suite du nom de Saint-Aubin; dans cet état, elles sont aussi avant l'adresse de Chereau. Sans marge.

SAINT-AUBIN (par et d'après AUGUSTIN DE)

1282. Les mêmes estampes.

Très belles épreuves avec l'adresse de Chereau. Grandes marges.

1283. Au moins soyez discret, — Comptez sur mes serments. Deux pièces faisant pendants (406-407).

· Superbes et rares épreuves avant toutes lettres, seulement le nom de Saint-Aubin tracé à la pointe sous le trait carré.

1284. L'Hommage réciproque, par Gautier (411).

Très belle épreuve.

1285. L'Heureux ménage, — L'Heureuse Mère. Deux pièces, faisant pendants, gravées par Sergent et Gautier (412 et 413).

Très belles épreuves en couleur avec la première adresse, celle de Blin qui, plus tard, fut remplacée par celle de Joubert.

1286. La Sollicitude maternelle, — la Tendresse maternelle. Deux pièces, faisant pendants, gravées par Sergent et Phelypeaux (414 et 415).

Très belles épreuves en couleur avec la première adresse, celle de Blin qui, plus tard, fut également remplacée par celle de Joubert fils.

1287. The first come best served. (Le premier arrivé est le mieux servi, par Sergent (464).

Très belle et rare épreuve en couleur.

1288. Jupiter et Léda, d'après P. Véronese (563).

Superbe et rare épreuve d'un état non décrit, intermédiaire entre le deuxième et le troisième; elle est avec la bordure mais avec le titre seul, sans aucune lettre autre que les noms des artistes tracés à la pointe, sous le trait carré.

1289. La Lande (Jérôme de), d'après Ely. In-4 (E. B. 116).

Très belle épreuve avant les noms des artistes, deuxième état. Grande marge.

1290. Voltaire, Fréron et La Beaumelle. Titre de : Commentaire sur la Henriade, par feu M. de la Beaumelle, 1775 (E. B. 269).

Très belle épreuve du deuxième état.

SAINT-AUBIN?

1291. Vignettes in-8 pour illustrer le *Don Quichotte*. Quatorze
pièces, au bas de plusieurs est écrit : *De Saint
Aubin SC.*
Belles épreuves.

SAINT-AUBIN (attribué à Aug. De)

1292. *Louis XV, — Louis XVI et Marie-Antoinette.* Re-
production des deux faces d'une médaille frappée à
l'occasion du mariage de Louis-Auguste, dauphin, et
de Marie-Antoinette. In-12 en travers.
Superbe épreuve avant toute lettre. Marge.

1293. La même estampe.
Très belle épreuve du même état.

SANDBY (P.)

1294. *The Campment in Hydepark*, 1780.
Superbe épreuve, lettres grises, tirée en bistre. Marge. Très rare.

1295. *Windsor Terass looking Westward.*
Très belle épreuve tirée en bistre. Grande marge.

SAUERWEID (d'après)

1296. Vue de Paris, par Lorieux ?
Superbe et très rare épreuve, en couleur, d'une très intéressante vue de
Paris.

SAVART (P.)

1297. *Louis XVI*, roi de France et de Navarre, gravé par
Mlle Savart sous les yeux de son frère (24).
Belle épreuve. Toute marge.

1298. La même composition, les ornements sont les mêmes,
le buste du Roi est différent ; sans nom d'auteur. In-8.
Belle épreuve. Toute marge.

SAVART (P.)

220
1298

1299. *Marie-Antoinette*, reine de France. — *Louis XVI*, roi de France (F., 25 et 26). Deux portraits in-32, imprimés sur une même feuille.

Superbe épreuve avec marge. Très rare en aussi belle condition.

Roblin

SAYER (R.)

33-

1300. Le Marché conclu, — la Fille mal payée. Deux pièces, publiées à Londres chez Picat en 1777, faisant pendants.

Très belles épreuves avec toutes leurs marges.

Lacroix

SCHENAU (d'après J.-E.)

26

1301. La Prude, — la Mystérieuse, — la Rusée, — la Dissimulée, — la Nonchalante, — l'Agaçante. Suite de six pièces, intéressantes comme costumes, gravées par Louise Gaillard.

Très belles épreuves.

Greppe

26

1302. La bonne Amitié, — le Miroir cassé. Deux pièces faisant pendants, gravées par Chevillet.

Très belles épreuves.

Gosselin

27

1303. Le Dédommagement de l'absence, par Vidal.

Très belle épreuve avec une grande marge.

16-

1304. La belle Frileuse, par R. Gaillard.

Très belle épreuve avec une très grande marge.

Girard

SCHMIDT (G.-F.)

31-

1305. Portrait de Schmidt dessinant, dit à l'araignée, 1757. Grand in-4.

Très belle épreuve.

Meyer

21-

1306. Portrait de Madame Schmidt tenant un livre ouvert devant elle. In-4.

Très belle épreuve.

SCHMIDT (G.-F.)

10- 1307. *Beauveau* (le cardinal de), archevêque de Narbonne.
In-8, d'après Cochin et Rigaud.
Très belle épreuve avant le texte au verso. Marge.

4 1308. *Guyot-Desfontaines* (S. F.), d'après Toqué. In-8.
Très belle épreuve. Marge.

SCOTIN (J.-B.)

7- 1309. *Orléans* (Philippe, duc d'), régent, d'après Santerre,
— *Louis XV*, roi de France. Deux portraits in-8.
Belles épreuves.

SELIS (à Paris, chez)

1310. Les Saisons. Suite de quatre pièces in-4 en largeur,
avec vers en bas.
Belles épreuves. Marges.

SERGENT (A.)

265- 1311. *The day's folly, — the Magnetism*. Deux très jolies
et très curieuses petites pièces satiriques, de forme
ronde, faisant pendants. La seconde pièce est gravée
par Guyot. *Beau. utt V. z. ght.*
Superbes et très rares épreuves en couleur. Marges.

160 1312. Il est trop tard.
Superbe et rare épreuve en couleur avant la lettre.

20 1313. L'Officier en semestre, 1786. Jolie pièce de forme ovale.
Très rare épreuve à l'état d'eau-forte.

18- 1314. Monsieur, frère du roi, d'après Duplessis. In-4.
Belle épreuve en couleur.

170 1315. Marie-Thérèse-Charlotte de France, fille du roi
Louis XVI. Portrait in-4 publié à l'occasion du passage de cette princesse à Bale, le 26 décembre 1795,
par Ch. de Méchel.
Superbe épreuve en couleur, tirée sur parchemin, avec des retouches
bien certainement de la main de l'artiste.

SERGENT (A.)

39. 1316. La même estampe.

Très belle épreuve en couleur.

14-7 1317. Portrait de M. Necker, d'après Duplessis. In-4.

Superbe épreuve avant la lettre, seulement le nom du personnage dans le haut de la bordure.

15 1318. Jean-Jacques Laurent, négociant. In-4.

Superbe épreuve en couleur.

20J- 1319. Portrait en pied du général Marceau « représenté dans le fort qu'il venait d'enlever et d'où il commanda l'attaque de la ville de Coblentz, il est peint avec l'uniforme qu'il portait le jour où il fut blessé à mort. »

Très belle et rare épreuve en couleur.

17- 1320. Tombeau du général Marceau aux environs de Coblentz. *Beau.*

Très belle épreuve en couleur. Sans marge.

SHARP (W.)

6- 1321. Le Retour de Charles II, d'après B. West.

Très rare épreuve à l'état d'eau-forte.

SMITH (J.-R.)

90J- 1322. *The Promenade at Carlisle house*, 1781.

Superbe épreuve. Les jeunes élégantes, que l'on remarque dans cette charmante composition, sont des portraits, ceux de Lucy Hasweld, miss Moss, Henrietta Montagu, Charlotte Sommerville, Maria Weddon, etc. Très rare.

4(1323. La Lecture. Une jeune femme assise, accoudée sur une table, fait une lecture à une autre jeune femme debout, vue de profil, près d'un miroir qui la reflète de face.

Très belle épreuve en couleur.

11

SMITH (J.-R.)

20 — 1324. *Mistress Elenor Copley*, d'après Kneller. In-fol.
Superbe épreuve.

15 — 1325. *The R. Honorable Lady Elisabeth Cromwell*, d'après
Kneller. In-fol.
Très belle épreuve.

48 1326. *Her Grace the dutchess of Osmond, etc, — the Honourable Lady Midelton.* Deux portraits, en pied,
d'après Kneller.
Très belles épreuves.

26 1327. *Mistress Conwaï Hackett, — Mistress Yerborough,
— the Dutchess of St-Albans.* Trois pièces, in-fol.
d'après Kneller.
Très belles épreuves.

16 — 1328. *Mistress Sarah Chicheley, — the Countess of Rans-
bayh, — Mistress Turnor.* Trois portraits in-fol.
d'après Kneller.
Très belles épreuves.

STUBBS (d'après G.)

40 1329. *Eclipse. The property of Denes O'Kelly Esq.*,
gravé par Burke.
Très belle épreuve.

SURUGUE (L.)

30 1330. Madame de *** en habit de bal (Mme de Monchy),
d'après Ch. Coypel. In-fol.
Très belle épreuve.

35 — 1331. Le même portrait gravé en Angleterre, sous le nom de
Mme de Pompadour, en contre-partie et à la mànière
noire, par R. Purcell. Dans la marge quatre vers: *Lo
Pompadour unmask'd her charms displays.*, etc.

7 — 1332. R. Fremin, sculpteur du roi, d'après de la Tour. In-fol.
Superbe et très rare épreuve avant toutes lettres.

SURUGUÉ (à Paris, chez)

1333. La Scavante,—le Scavant, — la Ménagère,—l'Homme
économe, — le Petit Maître, — la Coquette, — la
Dévote, — le Dévot. Huit pièces,

Très belles épreuves avec marges.

SWEBACH-DESFONTAINES (d'après)

1334. Bal de la Bastille, par Le Cœur.

Superbe épreuve en couleur. Toute marge. Très rare de cette qualité.

1335. Serment fédératif du 14 juillet 1790, par Le Cœur.

Superbe épreuve, en noir, avec le titre dans la marge inférieure, les
noms des artistes et l'adresse de l'auteur, sans aucune autre lettre, elle
est très fraîche et a une belle marge. Excessivement rare.

1336. La même estampe.

Superbe et rare épreuve, en couleur, avec le titre reporté dans la marge
supérieure et de nombreuses inscriptions ajoutées dans la marge inférieure.
Elle est très fraîche et a une belle marge.

1337. Caffée des Patriotes, par J.-B. Moret.

Superbe et rare épreuve, en couleur, du premier état; elle est avant les
vers au-dessous du titre, lequel est en français et en anglais et avec
l'adresse du graveur qui, plus tard, fut remplacée par celle de Bance. Les
deux gardes nationaux que l'on voit à droite sont coiffés de hauts bonnets
à poil, tandis que, dans l'état suivant, ils sont coiffés, l'un d'un casque et
l'autre d'un bonnet phrygien.

1338. La même estampe.

Très belle épreuve en couleur du second état, avec le titre : « Caffée
des Patriotes. — Grande nouvelle du Nord », en français seulement et
avec tous les changements mentionnés dans le premier état.

TARDIEU (J.)

1339. Marie, princesse de Pologne, reine de France, d'après
J.-M. Nattier. In-fol.

Très belle épreuve avec une très grande marge.

1340. Dimitry, prince de Galitzin, d'après Drouais. In-fol.

Très belle épreuve.

TARDIEU (N.)

12— 1341. Ch.-Ant. Coypel, jeune, dessinant un buste d'après
l'antique. Gravé d'après lui-même. Petit in-fol.
Très belle épreuve avant la lettre.

13— 1342. *Leczinska* (Marie). Médaillon au milieu de deux figures allégoriques, en-tête de page d'après Humblot.
Belle épreuve tirée hors texte.

TAUNAY (d'après)

915 1343. Foire de village, — Noce de village, — le Tambourin,
— la Rixe, Suite de quatre pièces gravées par Des-
courtis. *jen. Geir*
Très belles épreuves en couleur. Les deux premières pièces, les seules
de la suite où il y ait des différences, sont avec les armes lesquelles ont
été effacées par la suite.

THOMAS (N.)

6— 1344. Le comte de Saint-Germain, célèbre alchimiste. In-fol.
Très belle épreuve.

THOMASSIN (H.)

18— 1345. Louis, dauphin de France, en pied, d'après J.-L. Tocqué. Grand in-fol. en hauteur.
Très belle épreuve avec marge.

TRINQUESSE (d'après L.)

101 1346. L'Irrésolution ou la confidence, par Pierron.
Très belle épreuve avec une très grande marge.

TOUZÉ (d'après J.-L.)

105— 1347. Les Amusements dangereux, par Voyez le Jeune.
Très belle et rare épreuve avant la lettre.

91 1348. La Marchande d'œufs, — la Marchande de noisettes.
Deux pièces, faisant pendants, gravées par Hémery.
Très belles épreuves avec toutes leurs marges.

VALLÉE (S.)

22 1349. Catherine-Marie Legendre, femme Pécoil, en Flore, d'après Rigaud. In-fol.

Très belle épreuve.

VANGELISTY (V.)

3 1350. *Cochin* (J.-B.-F.), docteur de la faculté de Paris, curé de Saint-Michel de Carroy. In-8.

Très belle épreuve.

1351. *Desallier-d'Argenville*, d'après H. Rigaud. In-4.

Très belle épreuve. Toute marge.

16 1352. *Du Couëdic*, célèbre marin. In-fol.

Très belle épreuve avec toute sa marge.

7 1353. *Wille* (P.-A.), d'après lui-même. In-8, en bistre,

Très belle épreuve.

VAN GORP (d'après)

17 1354. Les Douceurs de la fraternité, par Gautier.

Très belle épreuve avec une grande marge.

VANLOO (d'après C.)

80 1355. La Sultane (Portrait de madame de Pompadour?), par Beauvarlet.

Superbe épreuve avant toutes lettres. Toute marge.

22 1356. La Sultane, — la Confidence. Deux pièces, faisant pendants, gravées par Beauvarlet.

Superbes épreuves avant toutes lettres.

8 1357. Les Arts libéraux. Suite de quatre pièces gravées par Fessard.

Très belles épreuves avec de grandes marges.

VANLOO, VIEN, ETC. (d'après)

1358. L'Élève dessinateur, — Diane au bain, — la Chaste
Suzanne, etc. Dix pièces.

Très belles épreuves.

VARIN

1359. La Danse de l'ours, — la Danse du peccata. Deux pièces faisant pendants.

Très belles épreuves. Toutes marges.

1360. Occupations champêtres. In-8 en hauteur.

Très belle épreuve.

VERITÉ

1361. *Isidore Agasse,* — *Beaulieu.* Deux portraits, in-4,
d'après Bauzil.

Très belles épreuves en couleur. Rares.

VERNET (d'après C.)

1362. La Danse des chiens, par Levachez fils.

Superbe épreuve en couleur; elle est très fraîche et a toute sa marge.
Très rare en aussi belle condition.

1363. Entrée des prisonniers alliés à Paris en 1814. Grande
pièce en largeur.

Trait parfaitememement colorié, celui qui, bien certainement, a servi de
modèle. Très rare.

1364. La même estampe.

Trait légèrement ombré.

VERNET (d'après H.)

1365. Le roi Louis-Philippe sortant du Palais-Royal, 1830.
Pièce in-4, en largeur, gravée par Pourvoyeur.

Deux épreuves avant la lettre, dont une à l'état d'eau-forte.

VIEN (d'après J.)

91- 1366. LaVertueuse Athénienne,—la Jeune Corinthienne, — Offrande à Vénus, — Offrande à Cérès. Suite de quatre pièces gravées par Flipart et Beauvarlet.

Superbes et très rares épreuves avant toutes lettres. Toutes marges.

Meyer

VINCENT ? (d'après)

79- 1367. La Soirée du Palais-Royal, par Caquet.

Très belle et rare épreuve avant les adresses de Caquet et d'Alibert.

Lacroix

50- 1368. La même estampe.

Très belle épreuve avant les mots : « ou rue Fromenteau », après l'adresse d'Alibert. Très grande marge.

id

48- 1369. La même estampe.

Très belle épreuve. Toute marge.

WINKELES

9- 1370. *Fredrica Sophia Wilhelmina, Princesse van Orange en Nassau*, à cheval. Gravé d'après P.-C. Haag. In-fol.

Très belle épreuve.

110 1371. Fête donnée dans la grande salle de la Bourse d'Amsterdam en 1768.

Superbe épreuve avant la lettre. Grande marge.

Gauthier

WATELET (Ch.)

40 1372. Fleurons, d'après Pierre, pour l'*Art depeindre*, poème par Watelet. Trois pièces.

Très belles épreuves tirées hors texte. Toutes marges.

Robin

11- 1373. Buste de femme avec haute coiffure, — Jeune femme, artiste, debout dans un atelier de graveur. Deux pièces.

Belles épreuves.

J. Meyer

WATTEAU (d'après A.)

11- 1374. L'Occupation champêtre, par de Rochefort.

Très belle épreuve avec toute sa marge. Très rare.

WATTEAU (d'après L.)

31- 1375. Élégant entre deux jeunes femmes dont l'une lui présente une lettre, par Aubry.

Rare épreuve à l'état d'eau-forte.

1376. Soldats au cabaret, gravé à la sanguine par Pujol de Mortry.

Très belle épreuve. Marge.

WILLE (J.-G.)

49-X 1377. La Dévideuse, mère de G. Dow, d'après G. Dow.

Très belle épreuve tirée avant que la mention : « Gravé d'après le tableau original », etc., ait été effacée. Grande marge. *Val. et*

48 1378. La Cuisinière hollandaise, — Tricoteuse hollandaise. Deux pièces gravées d'après Metzu et Miéris.

Très belles épreuves avec de grandes marges.

11- 1379. La Gazetière hollandaise, d'après Terburg.

Très belle épreuve avec toute sa marge.

19- 1380. La Ménagère hollandaise, — la Mort de Cléopâtre. Deux pièces gravées d'après G. Dow et Netscher.

Très belles épreuves.

7- 1381. Marie-Thérèse d'Espagne, dauphine de France, d'après Klein. In-4.

Très belle épreuve.

18 1382. Marguerite-Élisabeth de Largillière, d'après Largillière. In-fol.

Très belle épreuve avec toute sa marge.

WILLE (J.-G.)

11- 1383. Élisabeth de Gouy, femme de H. Rigaud, d'après H.
Rigaud. In-fol.
Très belle et rare épreuve avant toute lettre.

18- 1384. Charles, prince de Galles, d'après Tocqué. In-fol.
Très belle épreuve avec toute sa marge.

18- 1385. Frédéric II, roi de Prusse, d'après A. Pesne. In-fol.
Très belle épreuve avec marge.

2J- 1386. Maurice de Saxe, maréchal de France, d'après H. Rigaud. In-fol.
Très belle épreuve avec toute sa marge.

18- 1387. Woldemar de Lowendal, maréchal de France, d'après
M. Q. de la Tour. In-fol.
Très belle épreuve avec marge.

30 1388. Louis Phelypeaux, comte de Saint-Florentin, ministre
et secrétaire d'état, d'après L. Tocqué. In-fol.
Très belle épreuve avec toute sa marge.

11- 1389. Abel-François Poisson, marquis de Marigny, d'après
L. Tocqué. In-fol.
Très belle épreuve avec toute sa marge.

WILLE Fils (d'après P.-A.)

16J- 1390. La Dédicace du poème, — L'Essai du corset. Deux
pièces, faisant pendants, gravées par Dennel.
Très belles épreuves, avant toutes lettres, signées du graveur.

3J- 1391. L'Essai du Corset, par Dennel.
Très belle épreuve avec toute sa marge.

100 1392. Les Amusements du jeune âge, par Chevillet,
Superbe épreuve avant toute lettre, seulement les noms des artistes
tracés à la pointe. Toute marge.

WILLE Fils (d'après P.-A.)

38-

1393. La Mère indulgente, — les Conseils maternels. Deux pièces, faisant pendants, gravées par Lempereur.
Belles épreuves.

J. Meyer

10

1394. Le Temps perdu, par L. Halbou.
Très belle épreuve avec marge.

Gérard

50

1395. Le Patriotisme français, — la double Récompense du mérite. Deux pièces, faisant pendants, gravées par Avril.
Superbes et rares épreuves avant toutes lettres. Marges.

D. D-

15-

1396. Les mêmes estampes.
Très belles épreuves avec toutes leurs marges. *Hou. et*

J. B

240

1397. Le Dentiste ambulant, — la Marchande de bouquets, — le Marchand de chansons, — le Marchand de ptisane. Suite de quatre pièces gravées par Berthaut.
Très belles épreuves en couleur. Rares à trouver réunies. *Beau. Gut*

Rapilly

WILLIAMS (d'après W.)

810

1398. *Courtschip, — Matrimony.* Deux pièces, faisant pendants, gravées par Jukes. *V. Z. att*
Superbes épreuves en couleur, avec les noms des artistes à la pointe, de deux des plus jolies pièces de l'École anglaise de la fin du dix-huitième siècle. Les titres manquent. Excessivement rares.

J. B.

YOUNG (J.)

1399. *The Right honourable Charles James Fox, — The Right honourable William Pitt.* Deux portraits in-fol., faisant pendants, gravés d'après Heckel.
Superbes épreuves en couleur. Très rares.

PIÈCES HISTORIQUES

SCÈNES DE MŒURS

1400. Portrait de Catherine de Médicis, en pied, jeune, vue de profil et dirigée vers la gauche. *F.-H. (Hogenberg) Hans Liefrinck excud.* Petit in-fol.

Très belle épreuve avec marge.

1401. La Procession de la Ligue. «*Amburbica amati sacricolarum,*» etc. Grande pièce anonyme en deux feuilles (1032)[1].

Superbe épreuve. Rare.

1402. « Outrecuidance Gusyarde, — Tragédie de la Mal Engendrée, — Paris retournant à son bon sens. » Trois pièces satiriques, contre le duc de Guise et la Ligue, très bien gravées sur bois.

Très belles épreuves avec marges. Très rares.

1403. « Plaisant Rébus de ce diable d'argent, — Rébus sur les femmes qui se découvrent la poitrine, — Rébus sur la France. » Quatre pièces curieuses, gravées sur bois vers la fin du seizième siècle. *A Paris, chez Antoine Raffle, rue Mont-Orgueil, devant les trois Mores chez un espicier.*

1404. Portrait de Henri de Bourbon, deuxième prince de Condé, à mi-corps, dans une bordure carrée au bas de laquelle on lit : *Henricus Borbonius regii sanguinis in Gallia primus princeps,* etc. Pièce in-fol., anonyme, attribuée à Boissard.

Très belle épreuve. Rare.

---

1. Georges Duplessis, *Inventaire de la Collection d'Estampes, relatives à l'histoire de France, formée par* M. Michel Hennin.

125.

1405. « Les sainctes Cérémonies du Jubilé ordonné à Paris pour le sallut des fidelles chrestiens par notre Saint-Père le Pape Clément VIII, l'an 1601. » *Léonard Gaultier fecit avec privilège du Roy. — Le Clerc excud.* Planche accompagnée d'une légende en français : *A Paris, chez Jean Le Clerc, rue Saint-Jean de Latran, à la Salemandre, avec privilège du Roy.*

Très belle épreuve d'une pièce, très rare, d'autant plus intéressante qu'elle donne la vue de quelques églises existant à Paris à la fin du seizième siècle qui, depuis, ont été ou détruites ou modifiées.

3-

1406. « Le Portrait d'un Poisson, merveilleux et monstrueux, qui a trente-six pieds de longueur et seize de largeur, apporté de Venise et présenté au Roy. » *A Paris, chez Michel de Mathonière, rue Mont-Orgueil, à la Corne de Daim.* Gravure anonyme sur bois.

Belle épreuve avec sa légende explicative.

20

1407. « L'Alliance du Roy de France avec Marie de Médicis, princesse de Florence. » *Paul de la Houve excud.* (1178).

Très belle épreuve.

9-

1408. Portrait de Louis XIII enfant, en pied, dans une bordure carrée au haut de laquelle on lit : *Portraict au naturel de Monseigneur le Dauphin, né à Fontainebleau le deuxième septembre, à dix heures de nuict,* et au bas : *Jac. Granthome excudit.* 1602.

Très belle épreuve.

31

1409. Portrait de Louis XIII, enfant, en pied, dans une bordure ovale reposant sur un semis de fleurs de lis et de dauphins. *Thomas de Leu fecit* (R. D. 443).

Très belle épreuve avec marge. Rare.

36.

1410. « Les heureuses et fatales devises de Monseigneur le Dauphin et de Madame, fille unique de Henry IIII, roy de France et de Navarre. » *L. Gaultier fecit.* 1604, *J. Le Clerc exc.* Jolie pièce représentant Louis XIII et sa sœur, enfants, en pied.

Très belle épreuve. Rare.

1411. Henri IV et sa famille. *Léonard Gaultier, sculpsit.* 1602. *J. Le Clerc excudit.* Au bas, seize vers commençant par : *O que ce Prince croist les enfants des monarques, etc.* (1255).

Très belle épreuve. Rare.

1412. Henri IV et sa famille. Copie anonyme et en contre-partie de l'estampe précédente (1256).

Très belle épreuve.

1413. « Représentation des cérémonies et de l'ordre gardé au baptême de Monseigneur le Dauphin et de Mesdames, ses sœurs, à Fontainebleau, le quatorzième jour de septembre 1606. Avec privilège du Roy. » *Jean Le Clerc exc. L. Gaultier sculp.*, 1606.

Superbe épreuve entourée de sa légende explicative. Excessivement rare.

1414. « Pyramide dressée devant la porte du Pallais, à Paris, avec privilège du Roy. »

Très belle épreuve entourée d'une légende explicative en français et en latin.

1415. « Représentation au naturel comme le roy très chrestien Henri IIII, roi de France et de Navarre, touche les escrouelles. » *Cum privilegio regis. P. Firens excudit* (1288).

Très belle épreuve accompagnée au bas d'une légende en français : « A Paris, chez Pierre Firens, rue Saint-Jacques, à l'enseigne de l'Imprimerie de taille-douce. » Elle manque de conservation.

1416. La même estampe.

Superbe épreuve avant le mot *excudit* à la suite du nom de Firens Très rare.

1417. Allégorie sur les treves de douze ans conclues entre les Pays-Bas et l'Espagne. Grande et très belle estampe, en trois feuilles, gravée par un habile artiste hollandais au commencement du dix-septième siècle.

Au milieu de la composition, sur un char formé par l'affût d'un canon, la figure emblématique de la trève tient celle de la guerre enchaînée, de chaque côté Henri IV de France et Jacques Ier d'Angleterre ; le char conduit par le jésuite Joan Nacy est traîné par deux chevaux montés par l'archiduc Albert d'Autriche et sa femme. A droite et à l'entrée de deux élégants pavillons, d'un côté Philippe IV d'Espagne et le marquis de Spinola, de l'autre le prince Maurice et des membres des États des Pays-Bas. Dans le fond de la composition, le profil de la ville d'Anvers.

Très belle épreuve d'une pièce très rare qui, outre son grand intérêt historique, est des plus intéressantes comme costumes et comme portraits.

1418. Portraits de Henri III et de Jacques Clément en regard l'un de l'autre sur la même feuille, — Portraits du pape Clément VIII et de Henri IV aux deux côtés d'une colonne terminée par une croix, — Henry le Grand dessigné sur la statue de bronze..... A Saint-Jehan de Latran, à Rome, 1608. Trois pièces.

Très belles épreuves.

1419. Portrait de Henri IV, en pied ; il est en armure et une couronne de lauriers est posée sur sa tête, sa main droite repose sur un coffret armorié, à ses pieds, son casque. Au bas, dans l'estampe : *Henri IIII, roi de France et de Nav. — N. de M. excud.* ; plus bas, dans un cartouche, quatre vers commençant par : *De ce Roy sans pareil, la triomphante espée*, etc.

Très belle épreuve d'une très belle pièce anonyme que nous croyons être de L. Gaultier ; elle est entourée d'une légende explicative en français : « *Abrégé discours de la naissance, de la vie héroïque et de la mort déplorable de Henry de Bourbon, quatriesme du nom, roy de France et de Navarre. — A Paris, chez Nicolas de Mathonière, rue Mont-Orgueil, à la Corne c'e Daim.* » Excessivement rare.

1420. Portrait de Henri IV, en pied, tenant un sabre à la main. « Le Septre de milice. » *L. Gaultier fecit.* (1408).

Superbe épreuve.

1421. « Le Tombeau du très chrestien, tres auguste, très clément, très victorieux et incomparable prince, Henry le Grand, d'éternelle mémoire, roy de France et de Navarre. » *P. du Bois pinx. J. V. Halbeeck F.* avec privilège du roy. A Paris. 1610 (1581).

Très belle épreuve.

1422. Portrait de Ravaillac, en buste, tenant un couteau à la main, dans une bordure ovale flanquée de quatre médaillons où sont représentés l'assassinat de Henri IV et l'exécution de son meurtrier. Dans la marge, dix-huit vers allemands : *Als man nach Christi gebur clar*, etc. Pièce anonyme au burin (1604).

Très belle épreuve. Rare.

1423. « L'admirable Dessein de la porte et place de France, avec ses rues..... l'an de grace mil six cens dix, *par Claude Chastillon, Chalonnais.* » Planche accompagnée d'une légende en français : *A Paris, chez Jean Le Clerc, rue Saint-Jean de Latran. Avec privilège du Roy* (1636).

Très belle épreuve.

1424. « A la gloire de Dieu il nous faict, » etc. Très curieux placard mystique illustré, au milieu, des Portraits, très finement gravés sur bois, de Marguerite de Valois, de Marie de Médicis, de Louis XIII et de toute la famille royale. « *Cecy est imprimé à Paris, le dix-septiesme jour d'aoust* 1610, *par un imprimeur de grand advis qui a non Nicolas Barbotte...* »

Excessivement rare.

1425. « L'ordre et cérémonie du sacre et couronnement du très chrestien roy Louys treiziesme, par la grace de Dieu, roy de France et de Navarre, fait à Reims le 17 octobre 1610. » — *A Paris, par Michel de Mathonière, demeurant rue Mont-Orgueil, à la Corne de Daim. Avec privilège du Roy.* Très curieuse et très intéressante gravure sur bois.

Très belle épreuve. De la plus grande rareté.

1426. « Le Sacre et Couronnement du roy très chrestien Louys XIII, roy de France et de Navarre, célébrés à Reims le dimanche dix-septiesme octobre MDCX. » *J. Le Clerc exc. I. V. Halbeeck* (1621).

Superbe épreuve entourée de sa légende explicative. Très rare.

49-

1427. Le Sacre de Louis XIII. — *Quesnel pinxit. Thomas de Leu sculp.* (1610).

Très belle épreuve accompagnée de sa légende explicative, laquelle n'est pas complète dans sa partie droite, par la raison que de ce côté et parallèlement à cette planche doit s'en ajouter une autre, de même grandeur et la complétant, gravée par Firens.

2 b

1428. « Le Cœur du fidelle subiect François dédié au roy. » *Petrus Firens fecit et excud.—Franciscus scholarus siculus inventor.* Pièce emblématique publiée « au retour du roy de son sacre fait à Reims, en sa capitale ville de Paris». Au deux angles du haut, deux très jolis petits portraits de Louis XIII enfant et de Marie de Médicis.

Très belle épreuve avec sa légende explicative : « A Paris chez Pierre Firens, rue Saint-Jacques, à l'Imprimerie en taille-douce. » Excessivement rare.

39-

1429. Portrait de Marie de Médicis en pied, en costume de veuve, la main gauche posée sur une table. *L. Gaultier sculp.* 1610. *J. Le Clerc excud. avec privilège du roy.* On lit au bas de la planche : *Voicy le vray pourtrait de l'humaine sagesse,* etc. In-4 (3138).

Superbe épreuve avec une grande marge. Très rare.

41-

1430. En-tête d'un Almanach pour l'année 1611 : Louis XIII, entouré des principaux personnages de sa cour, offre un coffret à l'enfant Jésus, debout sur les genoux de la Vierge. *L. Gaultier sculp.* (1640).

Très belle épreuve. Excessivement rare.

100-

1431. « Portraict de la statue de bronze de Henry le Grand qui fut posée et eslevée sur le Pont-Neuf, à Paris, le vingt-troisième jour d'aoust 1614. » *M. Merian fecit.* Planche en deux feuilles.

Très belle épreuve.

1432. « La statue équestre de Henry le Grand sur son piédestal. » Gravure au burin, anonyme, accompagnée d'une légende en français : *A Paris, chez Melchior Tavernier.... MDCXXXX. Avec privilège du Roy* (1719).

Belle épreuve.

1433. Le Roy allant au parlement y tenir son lit de justice pour la déclaration de sa majorité, le 2 octobre 1614. Jolie pièce anonyme, en forme de frise, très finement gravée.

Très belle épreuve. Très rare.

1434. « Ordre et séance des Estats généraux de France, tenus et ouverts à Paris le xxvii octobre MDCXIV. » *Jean Ziarnko Polonus fecit.* Planche accompagnée d'une légende en français : *A Paris, chez Jean Le Clerc, rue Saint-Jean de Latran, à la Salemandre royale MDCXV* (1727).

Superbe épreuve. Excessivement rare.

1435. Mariage de Louis XIII et d'Anne d'Autriche; de Philippe d'Autriche et d'Élisabeth de France. *N. de Mathonière exc.* (1771).

Très belle épreuve. Excessivement rare.

1436. « Le Profil de la ville, cité et université de Paris, dont l'aspect est pris de dessus la Montaigne de Belleville. » — *Mattheus Merian Basilœ* (1798).

Très belle épreuve manquant de conservation.

1437. Assassinat de Jehan von Wely, bourguemestre d'Amsterdam, par Jean de la Vigne, le 14 mars 1616. Pièce anonyme, très bien gravée dans le goût de C. de Passe, entourée d'une légende en hollandais.

Très belle épreuve. Rare.

8.   1438. Portrait de Louis XIII, jeune, vu à mi-corps, la couronne sur la tête et le septre à la main, dans une bordure ovale reposant sur un champ semé de fleurs de lis et armorié dans les angles du haut. *Firens exc.*

Très belle épreuve.

100   1439. « Dessein du tableau mis à la porte Saint-Jacques pour la réception du très chrestien roy Loys XIII au retour de son voyage de Bordeaux, le seizième jour de may, l'an 1616 ; dédié à M. le Prévost des marchans et eschevins de la ville de Paris, par Loys Bobrun, peinctre. » *Jean Le Clerc le jeune excudit. Avec privilège du roy* (1796).

Très belle épreuve de la seule pièce donnant, avec la suivante, une vue de la porte Saint-Jacques à cette époque. Excessivement rare.

82   1440. « La magnifique et somptueuse réception faicte au très chrestien Louys treisiesme, roy de France et de Navarre, et à Anne d'Autriche, sa femme, en sa bonne ville de Paris, le lundy 16 may 1616, à leur retour du voyage de Bordeaux. » Pièce anonyme accompagnée d'une légende en français. X

Très belle épreuve. Très rare.

100   1441. « Tableau de la mort de Conchin, prétendu marquis d'Ancre, et mareschal de France. » Gravure anonyme sur bois.

Très belle épreuve d'une pièce très curieuse et fort rare.

10   1442. La Mort du maréchal d'Ancre. *Process vesz marschalck de Ancre*, etc. (1879). Pièce anonyme avec six compartiments où sont représentés l'assassinat et les scènes qui l'ont suivi.

Très belle épreuve.

1443. La Mort du maréchal d'Ancre. Deux pièces anonymes accompagnées de légendes en allemand.

10

1444. Louis XIII, la Famille royale et tous les Personnages de la Cour d'un côté, le Pape et les dignitaires ecclésiastiques de l'autre, en adoration devant le Cœur de Jésus. *N. de la Mathonière excud.*

Très belle épreuve. Très rare.

X X
40

1445. « Ordre tenu en la première séance de l'assemblée des Notables, tenue à Rouen, au mois de décembre 1617. » *J. Ziarnko Polonus fe. Parisiis*, 1617. Planche accompagnée d'une légende explicative : *A Paris, chez Jean Le Clerc, rue Saint-Jean de Latran, à la Salemandre royale* (1834).

Très belle épreuve. Très rare.

19.

1446. Le Cavalier et la Mort, — le Baladin mondain. Deux jolies pièces, emblématiques, gravées par L. Gaultier.

Très belles épreuves.

100.

1447. « Théâtre et Boutique de l'Orviétan. »

Très belle épreuve de l'une des pièces les plus rares et les plus curieuses sur l'ancien théâtre. Marge.

1448. Suite de trois pièces, sur l'ancien théâtre, représentant différentes farces jouées par trois personnages dont deux : Pantalon et Zany, sont toujours les mêmes. Au bas de chaque planche quatre vers en français. *Hernevogh excudit* (1882-1883).

Très belles épreuves avec de très grandes marges. Excessivement rares.

20-

1449. « Plan de l'isle de Perré et de Rié avec la représentation de l'armée du roy. 1622. » Gravure au burin anonyme, accompagnée d'une légende en français : *A Paris, chez Nicolas de Mathonière, rue Mont-Orgueil, à la Corne de Daim* (1951).

Très belle épreuve. Très rare.

13-

1450. Un âne ayant sur le dos un tambour et au cou un violon est poursuivi par deux hommes qui courent. Partie supérieure d'un almanach pour l'an 1634. *Abraham Bosse sculpsit* (2482).

Très belle épreuve. Rare.

26- 1451. Une Femme assise devant un chevalet et occupée à peindre. Très jolie pièce gravée et éditée par *C. David* (2922).

Très belle épreuve avec une grau le marge.

3f- 1452. Le procez comique, — Michau, Boniface, Alison et Philipin, — Le Capitaine des Enfarinez. Trois pièces curieuses, sur le théâtre, publiées *chez Guérigneau et Humbelot.*

Très belles épreuves.

8- 1453. « Réjouissance générale des Français touchant la paix. — Nous allons à l'an pire. — Les quatre estasts. » Trois pièces allégoriques et satiriques.

Très belles épreuves.

24- 1454. « Mardy Gras, — le Gras, — le Maigre, — le Maistre bouffon et les Enfants désolez, — la belle Hélena, Cléopâtre, Lucrèce, — Le Doreur. — Pièces de cabinet à vendre, — la Danse du monde. » Sept pièces facétieuses gravées la plupart par Jaspard Isaac.

Très belles épreuves.

96- 1455. « Le Matain, — le Midy, — l'Aprest dinée, — le Soire. » *Avec privilege du Roy. De l'Imprimerie de Fr. Mazot, rue Saint Denis proche Saint Sauveur à Paris* (2556-2559). Suite de quatre pièces très intéressantes comme costumes.

Très belles épreuves.

1456. « Représentation de la célèbre antienne et solennelle procession des Confrères Pèlerins de Saint Jacques qui ont fait le Saint Voyage à Compostelle au Royaume des Espagnes, la confrairie desquels a été fondée en l'Eglise et Hospital dudit Saint Jacques, Rue Saint Denis à Paris en l'an 1317. » *Jo Lenfant ex cum privil Regis.*

Très belle épreuve. Très rare.

2/0

1457. « Le vrai pourtrait de l'Autel de la Vierge de l'Esglise Nostre-Dame de Paris. » Grande et très belle pièce publiée à : *Paris chez Balthazar Moncornet, Graveur et Imprimeur du Roy*…

Très belle épreuve.

11-

6- 14/8

1458. « L'Académie des fols. » *P. Bertrand ex cum previl terigis.* Pièce satirique (2560).

Très belle épreuve avec marge.

10-

1459. « L'Oblation faite à Dieu, par la Reyne, de la personne de Monseigneur le Dauphin. » *C. Le Brun del,* — « l'Asyle des oppressez. » Deux pièces éditées *chez A. Boudan avec privilege du Roy.*

Très belles épreuves.

2/-

1460. La Statue équestre de Louis XIII sur la place Royale en l'année 1639. *N. Picart fecit. A Paris, chez N. Berey.*

Très belle épreuve avec marge.

26-

1461. Portraits équestres de Louis XIII et d'Anne d'Autriche, en regard l'un de l'autre sur la même feuille ; au fond la vue du château de Saint Germain-en-Laye. *C. Le Brun in. Daret scul. et ex. cu. privil. regis Christ.*

Superbe épreuve. Très rare.

16-

1462. « Louis XIII, tres chrestien roy de France et de Navarre » debout, sur un piédestal, écrasant l'hérésie représentée par quatre figures allégoriques. Dans le fond le profil de la ville de Reims (4123), — La même estampe, la figure de Louis XIV remplaçant celle de Louis XIII. Deux pièces.

Très belles épreuves.

23.

1463. Les Joueurs, — les Fumeurs, — le Tripot, — le Peintre etc. Dix pièces, dont quelques-unes sont gravées par M. Lasne et G. Isaac.

Très belles épreuves.

23- 1464. « Le Disgracié remis en grâce, — le Médecin passant fantaisie, — les Femmes se disputant la culotte, — Guillot, — la Plaisante alience des chats avec les rats, » etc. Six pièces facétieuses.

Très belles épreuves avec toutes leurs marges.

22- 1465. Un Espagnol tombé sur le dos est mangé par des rats, — la Desfaite des Chats, — l'Espagnol despouillé, — un Espagnol faisant des souliers, — le Cuisinier d'Edein qui a empoisonné le Diable. Cinq caricatures contre les Espagnols, faisant allusion à la prise de Perpignan et à celle d'Arras.

Très belles épreuves.

40 1466. Ripaille faite par Messieurs les Savetiers de Paris le 1er Août 1641. Pièce facétieuse, gravée sur bois, accompagnée d'une légende en français.

Très rare.

10- 1467. Almanach pour l'année? Dans la partie supérieure, un capitaine français et un capitaine espagnol se donnent la main.

Très belle épreuve sans le calendrier.

10- 1468. Entrée de Henriette Marie de France, reine de Grande-Bretagne, à Amsterdam le 20 mai 1642. *Pieter Potter pinxit. Pieter Nolpe fecit.* Grande pièce en trois planches.

Très belle épreuve. Rare.

42- 1469. « L'Alliance burlesque de Rolin Trapu et de Catin Bonbec, illustrés polissons, — le Magnifique Festin fait à la Nopce de Rolin Trapu et de Catin Bon-bec, — Dialogue de Dame Alison et de Lubin son mary dans le cabaret, — la Magnifique Nopce de Jeanne, — le Testament de Jeanne. » Cinq pièces facétieuses.

Très belles épreuves avec marges.

8.   1470. La fête de notre Village, — la Vie Rustique, — les *Rapilly*
sept Péchés capitaux, — le Concert burlesque. Dix
pièces drolatiques et facétieuses, d'après Breughel
et Béham.

Très belles épreuves.

18 -   1471. Les premières Victoires de Louis XIV, roy de France
et de Navarre. *L. Frosne fecit.* — Les Vœux pour
la France. *Lagniet ex.* Deux pièces faisant allusion
aux premières victoires du duc d'Enghien.

Très belles épreuves.

16-   1472. L'A B C de la Guerre, — Nous allons de pis en pis, *Gosselin*
— Duel entre Français et Espagnol. Trois caricatures,
sur les Espagnols, publiées *chez Ladame et chez
Lagniet.*

Très belles épreuves.

38.   1473. Le Savetier, — Goguelu allant souper par la ville, — *D. D. ville*
les Deux Paysans, — le Salmigondis des histoires
facétieuses de l'année 1645, — Ouy dire, deux
épreuves avec différences, etc. Dix pièces facétieuses.

Très belles épreuves.

49-   1474. Le Maréchal, la Mule, la Servante, — Récit véritable *D. D. ville*
de ce qui s'est passé au port de la Grève à Paris, le
3 Aoust 1645, — la Fin du Monde, — le Jugement
de Paris, — Ouy dire etc. Neuf pièces facétieuses.

Très belles épreuves.

50   1475. « La représentation de l'Eminentissime cardinal de La *D. D. ville*
Rochefoucault étant en son lit de parade dans le
chœur de l'Eglise Saincte Geneviève en 1645, » etc.
Dans le bas une légende en français. *A Paris chez
Jean Liber, rue Saint Jean de Latran devant le
collége Royal.* Pièce anonyme.

Belle épreuve collée en plein.

9. 1476. « Le Cabinet de M. de Scudery, 1646. » Pièce anonyme très bien gravée.

21. 1477. « La grande et signalée Bataille gaignée par Monseigneur le Prince de Condé devant Lens, sur l'archiduc Léopold. » *Humbelot excudit avec privilege.*

Très belle épreuve avec marge. Rare.

1478. « La Pence de l'Amour et de la Mort. » *Jacque Picart invenit et fecit...* Grande et belle pièce allégorique.

Très belle épreuve.

26. 1479. « La Mode triomphante en la Place du Change. » Grande et très curieuse pièce satirique anonyme.

Très belle épreuve. Rare.

11. 1480. Le Jeu des Puissances. Pièce allégorique, anonyme, sur la puissance de la France.

Très belle épreuve imprimée au recto et au verso.

1481. « La Magnifique et somptueuse entrée faicte à Paris à leurs Majestés par les Bourgeois et habitans de leur bonne ville de Paris, le mercredy 18 Aoust 1649. » *De l'Imprimerie de B Moncornel, rue Saint-Jacques devant Saint Yves. Avec privilege du Roy.* Planche accompagnée d'une légende explicative en français.

Très belle épreuve. Très rare.

1482. « Leurs Majestez allant à Notre-Dame rendre grâce du repos rétably dans la France, — la Cavalcade Royalle ou le roy allant à cheval à l'Eglise des Jésuites, etc, — le Feu Royal tiré devant leurs Majestez, etc., — le Divertissement de l'Oyson tiré par des Bateliers, etc. » Suite de quatre très jolies pièces anonymes (3561 — 2, 3 et 4).

Superbes épreuves.

1483. « Les grandes Magnificences faictes à l'Oyson tiré au retour de Sa Majesté. » *Humbelot ex cum privil.* Pièce, non décrite, gravée par A. Flamen.

Très belle épreuve. Rare.

1484. Les justes Devoirs rendus au Roy et à la Reine Régente sa mère. *Humbelot fecit.* — Audience donné par Louis XIV, entouré des principaux personnages de sa cour, à des magistrats. Deux pièces.

Très belles épreuves.

1485. « Le Retour de la Paix, — Histoires et Proverbes, — la Chasse de mon oye, — le Parnasse ridicule de la place Maubert. » Quatre pièces allégoriques ou facétieuses publiées *à Paris chez Ferdinand.*

Très belles épreuves dont trois ont toutes leurs marges.

1486. Le Secours de la Paix aux nations oppressées par la guerre, — le Retour de la Paix, — la Gazette, deux épreuves avec différences, etc. Huit pièces allégoriques.

Très belles épreuves.

1487. « Le Temps misérable qui ne peut attraper l'argent. » *A Paris chez Pierre Bertrand rue Saint-Jacques...* Grande et belle pièce allégorique, non décrite, gravée par Albert Flamen.

Très belle épreuve avec marge. Très rare.

1488. « Le nouveau Rétablissement de l'état bachique ou les troubles du vin vieux dissipés par le nouveau. » Pièce rare gravée par A. Flamen. *P. Bertrand ex. cum privil. regis* (R. D. 377).

Très belle épreuve avec marge.

1489. Robert Vinot composeur de sauces, — le Portrait de Jean Robert, crieur de A. C. Du., — Aventures de Jean Robert. Sept pièces facétieuses.

1490. Le Temps corrompu, — la Déroute des Maltotiers. Deux pièces satiriques.

Très belles épreuves.

1491. La grande Destruction de Lustucru par les femmes fortes et vertueuses, — le Massacre de Lustucru par les femmes, — Opérateur céphalique, — l'Influence de la lune sur la teste des femmes. Quatre pièces facétieuses.

Très belles épreuves.

1492. Le Chapelié a la queu, deux épreuves avec différences, — la fureur des Manceaus, — Concert mélodieux, — Raillerie d'un crieur de Pampelune, — Plaisanterie d'un procureur de Dôle, — Plaisanterie d'un pédant et d'une harangère. Sept pièces facétieuses.

Très belles épreuves.

1493. La Chasse Royale (1650). *N. Cochin fecit* (3.592).

Très belle épreuve.

1494. « Le beau Séjour des cinq sens. » *Huret invenit. Couvay sculp* (3621).

Très belle épreuve avec toute sa marge.

1495. « La dévote Procession de la châsse de Saint-Germain evesque et patron de Paris, faite le 16 Juin 1652 pour la paix et pour l'heureux retour du Roy. » *N. Cochin f. A. Paris chez Boissevin, rue Gallande à la Pomme rouge.*

Très belle épreuve. Très rare.

1496. « La Magnifique procession de la châsse de Sainte Geneviève, patronne de Paris, faite l'xie juin 1652, pour la paix. » *A Paris chez Boissevin, place Maubert, rue Gallande, à la Pomme rouge* (3646).

Très belle épreuve. Très rare.

1497. « La Pompeuse et magnifique cérémonie du Sacre de Louis XIV fait à Rheims le 7 juin 1654. » Suite complète de trois planches gravées par Le Pautre (3688, 9 et 10).

Très belles épreuves avec leurs légendes explicatives. Marges.

1498. « La Pompe magnifique de l'onction sacrée du tres chrestien Roy de France et de Navarre, Louis XIV dit Dieudonné. » *Gagniere excudit avec privilege du Roy...* (3.692).

Très belle épreuve avec marge.

1499. Le Prevot des Marchands et les Echevins de Paris présentant au Roi Louis XIV la relation de son Sacre. *Claude Mellan sculpsit* (1649).

Très belle épreuve.

1500. Le Jansénisme foudroyé. Très belle pièce allégorique, par A. Flamen (3719).

Superbe épreuve. Très rare.

1501. La Musique venteuse, — le Mouleur de Nés, — le Mauvais temps représenté par l'âge d'airain et de fer, — le Chaud Amoureux, l'Amoureux transi, — le Médecin guérissant fantaisie, purgeant aussi par drogue, — Tableau de la vie humaine, etc. Neuf pièces allégoriques ou facétieuses publiées *à Paris, chez Lagniet.*

Très belles épreuves.

1502. « Réception de la Reyne de Suède Christine-Alexandre par la ville de Paris, le 8 septembre 1656, et Caval-cade organisée à l'occasion de la venue à Paris de la reine Christine de Suède. » *Ce vend à Paris, chez Pierre Mariette fils, rue Saint-Jacques.... N. Cochin fecit.* Grande et belle pièce en deux planches (3742-3743).

Très belle épreuve.

1503. L'Espagnol rallié sortant de Dunkerque, — l'Espaignol sans cœur, — la Desroutes des Cormorans, — A la France le tout, à l'Espagne le reste, — le Talisman ou Véritable secret contre la peur, — les Espagnols cherchant Montmidi. Six caricatures contre les Espagnols.

1504. « Landrecy aux pieds du roy Louis XIV, après sa réduction et de cellent de Condé et Saint-Guillem. » *De l'imprimerie de taille douce, rue Saint-Jacques.*

Très belle épreuve.

1505. Le cardinal Mazarin assis dans sa galerie des antiques. *F. Chauveau delin. Nanteuil Facebiat* 1659. (R. D. 185.)

Très belle épreuve.

1506. « L'Entrée du Roy et de la Reyne à Paris, le 26 août 1660. » Grande et très belle pièce en quatre planches. *N. Cochin fecit. A Paris chez N. Berey, enlumineur du roi, proche les Augustins avec privil.* (3975).

Très belle épreuve. Très rare.

1507. « La Magnifique entrée du Roi et de la Royne dans leur bonne ville de Paris, le 26 aoust 1660. » Deux compositions différentes par Gabriel Ladame et un artiste anonyme.

Très belles épreuves.

1508. « Ingresso solene in Parigi del Re, e Regina di Francia il di 26 di agosto 1660. » Gravure au burin anonyme (4001).

Très belle épreuve avec une grande marge.

1509. « L'Orgueil espagnol surmonté par le luxe françois. » *L. Tettelin in. A Paris, chez P. Ferdinand, rue de Seine....* Pièce facétieuse (4025).

Très belle épreuve avec toute sa marge.

16 - 1510. Tableau des âges de la vie humaine,— Advis salutaire et exemplaire, Credit est mort. Deux pièces intéressantes comme costumes.

Très belles épreuves.

30 - 1511. « Les Gentilhômes, les Dames, les Vieillards. » *Moncornet avec privilege du Roy.* Belle pièce à costumes.

Très belle épreuve.

80 - 1512. Le Triomphe bachique, — le Cadet Lustucru, — le Maréchal, — les Proverbes joyeux, — Combat des femmes à qui aura le haut de chausses, — l'Apothicaire, — Histoire d'un boulanger et d'une meunière, — le Crieur de Suresnes, etc. Dix-sept pièces facétieuses.

Très belles épreuves.

40 - × 1513. Partie supérieure d'un almanach pour l'année 1661 : « la Magnifique réception faite à Monseigneur le duc de Grammont par le Roy, la Reyne et l'infante d'Espagne. » *B. ht*

Très belle épreuve.

71 - × 1514. Almanach pour l'année 1661 ; au milieu de la partie supérieure, la France et l'Espagne réconcilliées se donnent la main ; de chaque côté assis sur leurs trônes, Louis XIV et Anne d'Autriche ; Philippe IV et l'infante Marie-Thérèse. « *L'Almanach de la cour se vend à Paris, chez la veuve Joron, rue Saint-Jacques.* » *B. gth*

Très belle épreuve sans le calendrier.

1515. Renouvellement de l'ordre de Saint-Lazare, par M. le marquis de Dangeau, grand-maître dudit ordre en 1666. *N. Bocquet. J. Nolin sculp.* (4394).

Belle épreuve sans marge.

Jo

1516. « Cérémonie du baptesme de Monseigneur le Dauphin, fait à Saint-Germain-en-Laye le 24 mars 1668, par Monseigneur le cardinal Antoine Barbarin. » *Dessigné sur les lieux et gravé par R. de Hooghe* (4474).

Très belle épreuve.

Garnier

1517. « Le grand Carozel royal fait par Sa Majesté ou le Prix de course de la bague et des testes, fait les 5, 6 et 7 juin 1668. » Deux gravures anonymes à l'eau-forte (4129).

Très belles épreuves.

D.-D. ville

1518. « Vue et perspective des deux chasteaux royaux de Saint-Germain-en-Laye, où est représentée la cérémonie faite au baspteme de Monseigneur le Dauphin, dans la cour du vieux chasteau, le 24 mars 1668. » *Brissard in et sculp. J. Lagniet excudit au Fort-Leveque* (4.473).

Très belle épreuve.

Garnier

1519. « Relation du tumulte arrivé à La Haye, le samedi 20 août 1672, avec la mort de Messieurs Jean et Corneille de Witt. » *R. de Hooghe des. et sc.* 1672. Planche accompagnée d'une légende en hollandais et en français (4627).

Très belle épreuve.

Mazet

1520. Portrait de J.-B. Colbert, contrôleur général des finances, dans un médaillon ovale suspendu à un obélisque et soutenu par des génies, dans le fond la vue des Tuileries. *Nanteuil ad vium ping et sculpebat cum privil. regis.* Le fond et les accessoires sont gravés par G. Rousselet d'après le dessin de Lebrun (R. D. 73).

Superbe épreuve d'un tout premier état non décrit : tout le fond et les accessoires, œuvre de Rousselet, sont avant quelques légers travaux et avant que, dans les armes, la couronne de baron ait été remplacée par celle de marquis ; le portrait, œuvre de Nanteuil, est seulement indiqué au trait. Unique.

1521. La même estampe.

Très belle épreuve terminée.

1522. Rébus plaisants et récréatifs illustrés. Dix-huit petites pièces publiées : *A Paris, chez Ganiere, rue Saint-Jacques.*

Très belles épreuves remargées.

1523. Chasse au cerf. *B. Moncornet et Jean Sauvé.* Deux pièces, de forme ronde, faisant pendants.

Très belles épreuves.

1524. « Cérémonie du Mariage de Charles II, roy d'Espagne, avec Marie-Louise d'Orléans, fait au château royal de Fontainebleau...... le trente-uniesme d'aoust l'an 1679. » *Dessigné et gravé sur leslieux, par Brissart, etc.* (5011).

Superbe et très rare épreuve avant toute lettre, non entièrement terminée.

1525. « Pardons et Indulgences pour les seize porteurs de la châsse Madame saincte Geneviève et vingt-quatre attendans tous confrères. » *François Blanchard, Conf. dedit anno. 1679. J. Le Pautre fecit.* Planche accompagnée d'une légende en français.

Très belle épreuve.

1526. « Almanach pour l'an de bissexte MDCLXXXIV. » Dans la partie supérieure : les Heureux succès des ordres du roy et du choix de ses ministres. *A Paris, chez N. Langlois, rue Saint-Jacques, à la Victoire* (5356).

Très belle épreuve.

1527. « Représentation de la grande fête de S. A. R. Madame la princesse d'Orange, célébrée en desembre 1686, dans le salon du Bois de la Haye, à l'honneur du jour de la naissance de Monseigneur le prince d'Orange. » *Designé et gravé par D. Marot.....* Grande pièce en deux planches.

Très belle épreuve.

30 — 1528. « Grande foire de La Haye, avec les bourgeois sous les armes saluant leurs Altesses royales Monseigneur le prince et Madame la princesse d'Orange. » *D. Marot fecit.* Grande pièce en deux planches.

Très belle épreuve.

10 — 1529. « Dessein d'une Chapelle royale en pyramide pour être élevée au milieu du Louvre, présenté au roy.... en 1683. » *François Dubois invent. avec privilege du roy.*

Très belle épreuve.

11 1530. « Decoratione fatta per la ricuperata salute del Re christianissimo Luigi magno il di 14 aprile 1687, dell' Academia del arti che sua majesta maintiene in Roma. » Grande gravure en hauteur à l'eau-forte.

Très belle épreuve.

21 1531. « Arlequin grand-visir, comédie nouvelle représentée par la troupe des Italiens. » Grande planche anonyme.

Très belle épreuve.

16 — 1532. Statue de Louis XIV, faite et fondue par Ant Coysevox, placée sous un portique surmonté des armes du roy. *Dessiné et gravé par Pierre Lepautre...* « La ville de Paris a fait dresser ce monument... dans cet hôtel public de ses assemblées, le 14 juillet 1689, pour conserver la mémoire de l'honneur que luy fit Louis le Grand le 30ᵉ jour de janvier 1687 y dînant avec toute la maison royale, servi par le Prevost des marchands, eschevins, » etc. (5709).

Très belle épreuve avec marge.

3900 1533. Les Appartements du roi. Suite de six très belles pièces en largeur, des plus intéressantes et comme costumes et comme portraits. *Gravées par A. Trouvain, rue Saint-Jacques, au Grand-Monarque,*

attenant les Mathurins, avec privil. du roy. 1694.
(6064, 66, 67, 320, 321, 416.)

*Premier appartement : Monsieur le duc d'An-
jou, le duc de Berry, le prince et le comte de
Brionne jouant aux billes.*

*Second appartement : Monseigneur, Madame
la princesse de Conty, douairière, Monsieur le
duc de Bourbon, Madame la duchesse de Bourbon et M. de Vendôme, Grand Prieur de France,
jouant aux cartes.*

*Troisième appartement : le Roy, Monsieur,
Monsieur le duc de Chartres, Monsieur le comte
de Thoulouze, Monsieur le duc de Vendôme, Monsieur d'Armagnac,' et Monsieur de Chamillart,
jouant au billard.*

*Quatrième chambre des appartements : Monsei-
gneur le duc de Bourgogne, Madame la duchesse
de Chartres, Monseigneur le duc de Chartres,
Mademoiselle, Madame la duchesse du Maine,
Madame la princesse de Conty, au théâtre.*

*Cinquième appartement : les Princes et les
Princesses au concert.*

Sixième appartement : le Buffet.

Superbes épreuves ayant, moins une (le second appartement), de
grandes marges. Excessivement rares.

1534. La Famille de Lorraine : Monseigneur le duc de
Lorraine né en 1679, Madame la duchesse de Lorraine née en 1676, mariée le 20 septembre 1698,
le prince Charles esvêque d'Onasbruck, né en 1680,
le prince Joseph né en 1685, le Prince François né
en 1689. *P. Grafait pinxit. Se vend à Paris,
chez Trouvain, rue Saint-Jacques...* (6490).

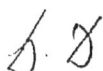

Très belle épreuve. Excessivement rare.

95 1535. Le Roy, — la Reyne, — Monseigneur le Dauphin, — Madame la Dauphine, — Monsieur, — Madame. Suite de six portraits en pied, d'après J. de Saint-Jean, 1660.

Très belles épreuves.

29 1536. Portrait en pied de Louis, dauphin, fils de Louis le Grand. *Gravé par Trouvain et se vend à Paris, rue Saint-Jacques...* 1694.

Très belle épreuve. Rare.

18 1537. Portrait de Marie-Anne-Victoire de Bavière, dauphine de France, en pied, assise sur un fauteuil et tenant un chien dans ses bras. Gravure à l'eau-forte anonyme (5774)

Très belle épreuve. Rare.

4 50 1538. Louis le Grand, roy de France et de Navarre, — Marie-Thérèse d'Autriche, reine de France, — Louis, dauphin de France, — Marie-Anne-Victoire de Bavière, dauphine de France, — Philippe, Monsieur, duc d'Orléans, frère unique du roy, — Elisabeth-Charlotte de Bavière, Madame. Suite de six portraits équestres, gravés par *N. Bazin,* d'après *J. B. Martin.*

Très belles épreuves sans marges. Rares.

2175. 1539. Femmes de qualité goûtant, — Femme de qualité solicitant un juge, — Femme de qualité à sa toilette, — Femme de qualité déshabillée pour le bain, 1685, — Femme de qualité en déshabillé reposant sur un lit d'ange, 1686, — Femme de qualité en déshabillé sortant du lit, — Femme à la mode. Sept pièces des plus intéressantes, comme costumes et comme intérieurs, d'après *J.-D. de Saint-Jean.*

Très belles épreuves.

1540. Femme de qualité en déshabillé sortant du lit, — Femme de qualité reposant sur un lit d'ange, — Femme de qualité en déshabillé. Trois pièces d'après *D. de Saint-Jean*.

Très belles épreuves.

1541. « L'Auguste Procession de la chasse de Sainte-Geneviève, en l'église de Notre-Dame, le 27 may 1694, pour obtenir de Dieu, par l'intercession de cette grande sainte, le temps propre pour les biens de la terre et pour les autres besoins de l'Église et de l'Etat. » Grande pièce en largeur anonyme.

Très belle épreuve. Très rare.

1542. L'Apothéose d'Isis. *S. Le Clerc in. et f.*

Deux épreuves, dont l'une, très belle et très rare, est avant toutes lettres, avant beaucoup de travaux et avant de nombreux changements dans la composition.

1543. Louis XIV visitant l'Observatoire, — Cérémonie de la prestation de serment de fidélité, entre les mains du roy, dans la chapelle de Versailles, par M. le marquis de Dangeau.... 1695. Deux pièces dessinées et gravées par *S. Le Clerc.*

Très belles épreuves.

1544. Représentation des machines qui ont servi à eslever les deux grandes pierres qui couvrent le fronton de la principale entrée du Louvre. *S. Le Clerc fec.*

Très belle épreuve.

1545. Vue de la place des Victoires, où Monseigneur le mareschal duc de la Feuillade a dressé un monument public à la gloire de Louis le Grand, de la statue de ce monarque couronné par la Victoire.... *N. Guérard del. et sculp. Se vend à Paris, chez J. Nolin*, etc. (5484).

Très belle épreuve.

21-
1546. La représentation de la marche et cérémonies faites le 26 mars 1686, pour l'élévation de la statue du roy de France Louis XIV..... sur la place des Victoires, à Paris, — Marche des corps de la ville de Paris pour l'érection de la statue équestre du roy dans la place Louis-le-Grand, le 13 aoust 1699, — Figure équestre de Louis XIV.... dans la place Louis-le-Grand en 1699. Trois pièces.

D. D. ville

Très belles épreuves.

20 - 1547. La foire de Bezons? Très curieuse et très jolie pièce anonyme.

D. D. ville

Très belle épreuve.

8. 1548. Le Confessional, — la Communion. Deux pièces avec légendes. *A Paris, chez Bouché, rue Saint-Jacques...*

D. D. ville

Très belles épreuves.

16-

10-

1549. La cérémonie du mariage de Monseigneur le duc de Lorraine avec S. A. R. Mademoiselle... fait à Fontainebleau le 20 octobre 1698, — Marche et cérémonie observée à la proclamation de Monseigneur le duc d'Anjou, roy d'Espagne, sous le nom de Philippe V, à Madrid le 24 novembre 1700, — la Magnifique entrée du grand connétable de Castille auprès du roy de France.... fait à Paris le 13 mars 1701. Trois pièces.

D. D. ville
D. D. ville

Très belles épreuves.

46
1550. Carême. *P. C. inv. et fecit. A Paris, chez P. Landry, rue Saint-Jacques...* 1703. Pièce très curieuse à compartiments (6815).

D. D. ville

Très belle épreuve. Très rare.

1551. Festin donné à Paris, par le duc d'Albe, en l'honneur de la naissance du prince des Asturies. *M. Desmaretz delin. G. J. B. Scotin major sculp.* (7146).

Très belle épreuve avec marge.

30

1552. Le Secours du potage, — Distribution du pain du Roy au Louvre, — Protogalle d'un Damoiseau, — Marchands ambulants. Quatre pièces.

Très belles épreuves.

40

1553. Feu de Joye commandé par Mgr l'ambassadeur de Venise et représenté à Paris devant la maison de Son Excellence le 14 septembre 1656, — Illumination des galleries du Louvre pour la naissance de Mgr le duc de Bourgogne le 25 aoust 1632, — Feux d'artifices tirés à cette occasion, — Feu d'artifice en 1688, au collège d'Écosse, en l'honneur de la naissance du prince de Galles, — Feux d'artifices tirés sur la Seyne pour l'érection de la statue équestre de Louis le Grand, pour la naissance du duc de Bretagne, etc. Quinze pièces très rares.

Très belles épreuves.

36

1554. La Publication de la paix entre la France et l'Espagne faite à Paris le 5 novembre, — la Marche et cérémonie observée à la publication de la paix conclue entre les puissances et monarchie de France, d'Angleterre, de Portugal.... publiée à Paris le may 1713. Deux pièces.

Très belles épreuves.

10

1555. Audience solennelle donnée par le roy de Siam à M. le Chevalier de Chaumont.... le 18 du mois d'octobre 1685. *A Paris chez Nolin,* — Audience magnifique donnée par le Roy à l'ambassadeur du roy de Perse à Versailles le 14 février 1715. *A Paris, chez Langlois.* Deux pièces.

Très belles épreuves.

1556. La Chambre du trépas de Louis XIV, roy de France, décédé à Versailles le 1er septembre 1715, — Marche du convoye du corps du roy Louis XIVe du nom, roy de France et de Navarre.... *A Paris, chez Langlois.* — Marche et convoye funèbre de Louis le Grand, roy de France et de Navarre, de Versailles à Saint-Denis. *Chez J. Chiquet à Paris.* Représentation de l'endroit où a été déposé le corps de Louis XIV...., dans l'église de Saint-Denis le 9 septembre 1715. *A Paris chez H. Maillot....* Quatre pièces.
Très belles épreuves.

1557. Mausolée fait pour le service de la Reyne dans l'église de Saint-Germain-des-Prez le 15 septembre 1683, *Marot fec.*, — la Pompe du convoye de Mademoiselle de Montpensier le 5 avril 1693, — les Pompes funèbres de Louis, dauphin de France, et de Marie Adélaïde de Savoye, son épouse, faites à Saint-Denis le 23 février 1712. — Pompe funèbre du duc de Berry, 15 mai 1714. — Pompe funèbre de N. S. P. Clément XI, le 19 mars 1721. — A la mémoire du duc de Choiseul, etc. Huit pièces.
Très belles épreuves.

1558. Le roy Louis XVe du nom, ... partit le 12 septembre 1715, de Vincennes, pour venir au parlement tenir son lit de justice, deux compositions diffférentes publiées : *à Paris, chez Langlois et chez Guérard,* — le Roi entre au parlement pour y tenir son lit de justice.... *A Paris, chez Maillot.* Trois pièces.
Très belles épreuves avec marges.

1559. Tableau de la salle de la grande Chambre du Parlement de Paris et de l'ordre de la séance tenue le 12 septembre 1715 ..... *Gravé par de Berey le fils.* — Ordre de la séance du lit de justice tenu par le roy Louis XV, à sa majorité, le 22 février 1723, eauforte anonyme. Deux pièces.
Très belles épreuves.

36 -

1560. Le roy Louis XV tenant son lit de justice pour la première fois en son Parlement, à Paris le 12 septembre 1715. *Dessinée sur le lieu par F. Delamonce. De Poilly fec.* (7653).

Très belle épreuve avec marge.

100

1561. Malversations punies par la chambre de justice de Paris, 1716, — Loterie royale, 1717. Deux gravures, à l'eau-forte, anonymes.

Très belles épreuves.

51 -

1562. Concert de musique, — Jeu d'ombre et jeu de pied de bœuf. *Se vendent à Paris chez les frères de Poilly, rue Saint-Jacques, à la Belle image.* Deux grandes et très jolies pièces, très intéressante comme costumes, faisant pendants.

Très belles épreuves. Rares.

50 -

1563. Almanach de la fortune ou Agenda de la rue Quinquempoix. *Renard inv. scul. par permission*, 1720 (7.754).

Très belle épreuve avec marge. Rare.

28

1564. Hôtel de Soissons établie pour le commerce de papier en 1720. *A. Humblot invenit. A Paris, chez F. Gérard Jollain* (7.776).

Très belle et rare épreuve avant la lettre. Marge.

19 -

1565. Assemblée des francs-maçons pour la réception des apprentifs et des maîtres. Suite de sept pièces. *Dessiné par Madame la Marquise de *** et gravé par Mademoiselle ****.

Très belles épreuves avec toutes leurs marges.

50 -

1566. Entrée de Mehemet Effendi, ambassadeur des Turcs, à Paris, le 16 mars 1721, trois compositions différentes. — Audience donnée par le Roy à Mehemet Effendi le 21 mars 1721, deux compositions différentes, — Repas de Son Excellence Mehemet-Effendi. Ensemble, six pièces.

Très belles épreuves avec marges.

(0 - 1567. L'entrée de Marie-Anne Victoire, infante d'Espagne, à Paris le 2 mars 1722. Grande pièce en largeur publiée : *A Paris, chez J. Maillot, rue Saint-Jacques* (7.889).

Très belle épreuve.

60 - 1568. La superbe entrée de la sérénissime Marie Anne Victoire, infante d'Espagne, dans la ville de Paris le 2 mars 1722. *Chez Jollain* (7.888).

Très belle épreuve avec toute sa marge,

50 1569. La magnifique entrée de l'infante d'Espagne, future reyne de France, à Paris le 2 mars 1722, trois compositions différentes publiées : *A Paris chez Chiquet et chez C. Guérard*, — les Compliments faits à Marie-Anne Victoire, infante d'Espagne, dans les appartements du Louvre. Quatre pièces.

Très belles épreuves avec de très grandes marges.

22 - 1570. Voyage et route du Roy à Reims pour son sacre. *Chez Chiquet, rue Saint-Jacques*, — Réception faite à Sa Majesté très chrétienne à son arrivée à Reims le … octobre 1722, par les magistrats…. *A Paris chez C. Guérard….*, — Marche magnifique quand l'abbé de Saint-Remy apporte la Sainte Ampoule à Notre-Dame, cathédrale de Reims. *A Paris chez C. Guérard….* Trois pièces.

Très belles épreuves avec de grandes marges.

13 - 1571. L'Auguste cérémonie du couronnement de Louis XV, roy de France et de Navarre, faite à Reims le 27 octobre 1722, — l'Auguste cérémonie du sacre et du couronnement de Louis XV, roy, faite en l'église métropole de Nostre-Dame de Reims, le 26 octobre 1722. Deux pièces publiées à Paris, *chez Jollain.*

Très belles épreuves avec de très grandes marges.

1572. Le Sacre de Louis XV, roy de France et de Navarre. *A Paris, chez Chiquet.* Pièce accompagnée de deux feuilles de texte : *Lettre au roy Louis XV au sujet de son sacre. A Paris, chez Louis Coignard....*

1573. Le Sacre de Louis XV, roy de France et de Navarre. Six compositions différentes publiées *à Paris, chez Chiquet, Guérard, Landry et Radigues.*

Très belles épreuves avec toutes leurs marges.

1574. Le Sacre et couronnement de Sa Majesté Louis quinzième du nom, roy de France et de Navarre, fait à Reims par l'archevêque duc de Reims, le 25 octobre 1723. *A Paris, chez Maillot...* Grande pièce dont le sujet principal représentant le couronnement du roi est entouré de huit autres plus petits retraçant les différentes scènes de la cérémonie (7.902).

Très belle épreuve avec marge.

1575. Le Magnifique ballet du roi Louis XV donné à Chantilly pour le plaisir de Sa Majesté, 1722. Gravure à l'eau-forte anonyme.

Très belle épreuve. Rare.

1576. Louis XV, roy de France et de Navarre, tenant son lit de justice pour sa majorité, avec les événements les plus remarquables arrivés dans l'Europe pendant l'année 1723. *A Paris, chez Demortain sur le pont Notre-Dame,* 1723 (7.952).

Très belle épreuve.

1577. L'Auguste cérémonie faite en la grande chambre du Parlement, Sa Majesté Louis quinzième du nom..... ordonne la déclaration de sa majorité, le 22 février 1723. *A Paris, chez A. Maillot....* Grande pièce en largeur (7.933).

Très belle épreuve.

61

1578. Voyage et route de Marie Leckzinska... partant de Strasbourg, pour venir à Fontainebleau épouser Louis XV..., le 5 septembre 1725, — l'Auguste réjouissance de Fontainebleau faite à l'occasion du mariage du Roy et de la princesse Marie, — l'Auguste cérémonie du mariage de Louis XV.... avec Marie Leckzinski, faite par Mgr le cardinal de Rohan.... le septembre 1725. Quatre pièces publiées *chez Chereau, chez Chiquet et chez Maillot.*

Très belles épreuves avec marges.

28

1579. Cérémonie du mariage du Roy et de la Reyne à Fontaibleau, le v septembre M. DCC. XXV. *A Paris, chez Spé, rue St-Jacques, à la Visitation.*

Très belle épreuve avec marge.

90

1580. Représentation de la chasse royale où la Reine c'est trouvé pour la première fois avec le Roy, et l'explication d'un cerf que l'on y pris. *A Paris, chez Garnier....*

Très belle épreuve avec toute sa marge.

145

1581. Les Vœux de la France exausées par l'Auguste naissance de Mgr le Dauphin né à Versailles le 4 septembre 1729. *A Paris, chez G. Jollain,* — l'Auguste naissance de Mgr le Dauphin.... *A Paris, rue Saint-Jacques, au Grand Saint Remy,* — Naissance de Mesdames de France à Versailles, le 14 aoust 1727. Trois pièces. ✕

Très belles épreuves avec marges.

20

1582. Vie du diacre Paris. Suite de seize pièces.

Très belles épreuves avec toutes leurs marges.

6

1583. La Glorieuse entrée du Nonce à Paris au mois d'aoust 1732. Pièce satirique gravée à l'eau-forte (8.176).

Belle épreuve.

1584. Distribution de toutes modes par ma mie Margot aux environs de la ville de Paris en 1735, — Crédit est mort, les mauvais payeurs l'ont tué. Deux pièces satiriques publiées : *chez Chartier et chez Daumont.*

Très belles épreuves. ╳

1585. Mascarade chinoise faite à Rome, le carnaval de l'année 1735. *Pierre sculp*.

Très belle épreuve.

1586. Louis Basile Carré de Montgeron présentant à Louis XV son livre sur « la Vérité des miracles opérés par l'intervention du diacre Paris, le 29 juillet 1737. » Gravure au burin anonyme (8.256).

Très belle épreuve avec marge.

1587. L'Auguste cérémonie des fiançailles de Madame Louise Élisabeth .... avec le prince don Philippe II .... en présence du Roy, de la Reyne, des Princes du sang, à Versailles, le aoust 1739. *A Paris chez Crépy....*

Très belle épreuve.

1588. Perspective de la salle du bal donné à l'occasion du mariage de Madame Première de France et dom Philippe deuzième infant d'Espagne pendant la prévôté de M. Turgot.... 30 aoust 1739. *Laurent archit. delineavit.*

Très belle épreuve.

1589. Plan de la foire Saint-Germain pris à vol d'oiseau. Gravure anonyme.

Très belle épreuve collée en plein. Rare.

1590. Entrée à Paris de Zaid Effendi, ambassadeur des Turcs, le 7 janvier 1742, — Audience donnée par le Roy à Versailles, au dit ambassadeur, le 11 janvier 1742. Six pièces publiées chez divers éditeurs.

Très belles épreuves avec marges.

1591. Les Hommages rendus à Sa Majesté Louis XV le bien-aimé sur son heureuse arrivée à Paris, le 13 novembre 1744, — les Réjouissances de Messieurs les maîtres passeurs qui ont tiré l'oison sur la rivière à la convalescence de Sa Majesté. *A Paris chez F. Guérard*.... Deux pièces.

Très belles épreuves.

1592. Description de la fête et du feu d'artifice tiré sur la Seine... le 24 août 1730, — la Cérémonie de l'ordre et la marche de la publication de la paix devant l'Hôtel de Ville et le château des Tuileries en may 1739, — Feux d'artifices tirés en cette occasion, — Illumination exécutée le 29 août 1739, rue de la Ferronerie, — Illumination de la rue de la Ferronerie le 8 septembre 1745, etc. Huit pièces.

Très belles épreuves.

1593. Naissance du duc de Bourgogne né à Versailles la nuit du 13 septembre 1750.... *A Paris, chez Pasquier*..., — l'Heureux accouchement de Madame la Dauphine et la naissance d'un duc de Berry, né à Versailles ce 23 aoust 1754, deux compositions différentes publiées : *A Paris, chez Basset*. Trois pièces.

Très belle épreuve.

1594. La Maquerelle punie, avec la vue de l'Hôtel de Ville de Paris et de la place de Grève, 1756. Gravé par L. Burin (8.809).

Très belle épreuve avec marge.

1595. Le Vigneron achalandé ou Ramponneau en fortune. *E. B. fecit.* (Bericourt.) Gravure à l'eau-forte.

Epreuve coloriée. Très rare.

1596. Rendez-vous Bacchique chez Ramponneau. *Paris, chez Basset le jeune.*

Très belle épreuve. Très rare.

1597. Phénomène de la basse Courtille, Ramponneau cabaretier à la mode. *A Paris, chez Basset, rue Saint-
Jacques.*

Belle épreuve. Très rare.

100.

1598. Le Cabaret de Monsieur et de Madame Ramponneau.
Deux pièces, gravées à l'eau-forte, publiées chez
Parvillé et chez *Mové.*

Très belles épreuves avec les vers et avant la retouche des planches.

90 ~

1599. Les mêmes estampes.

Très belles épreuves dont une, celle du « Cabaret de Mme Ramponneau », est avec les vers effacés.

17~

1600. Bal donné par Mardy-Gras à l'occasion de son alliance
avec Mlle Goulu, fille de M. Vade la Geule, — le
Tombeau de Mardy-Gras. Deux pièces facétieuses :
A Paris, chez Décaché....

64~

1601. Bal de Saint-Cloud. *S. Poussin pinx. St. Fessard
sculp.* 1760.

Belle épreuve.

1602. La Boutique du perruquier, — la Boutique du chape-
lier. Deux gravures anonymes faisant pendants.

Très belles épreuves.

28~

1603. Emmanuel Jean de la Coste, au carcan, — le Grand
Thomas arrachant des dents sur le Pont-Neuf, — la
Figure véritable du superbe bonnet du Grand Thomas,
opérateur sans pareil, — l'Ordre et la marche du
Grand Thomas pour aller à Versailles, avec l'explica-
tion de sa figure et de sa suite. Quatre pièces.

18~

1604. Fondation pour marier dix filles, renouvelée en 1764
par les soins de Monsieur le marquis de l'Hôpital.
H. Gravelot del. I. M. Moreau aqua for.

Très belle épreuve.

11- 1605. Inauguration de la statue équestre de Louis XV, le 20 juin 1763. *H. Gravelot invenit. Aug. Saint-Aubin sculpsit*, 1766 (9157).

Très belle épreuve avant la lettre.

1606. Liste des maîstres maçons, jurez et non jurez de la ville et fauxbourgs de Paris, année M. DCC. XLIV. *De l'Imprimerie de Thiboust, imprimeur du Roy, place de Cambray, à la Renommée.* 1744. Grande feuille de texte surmontée des armes du roi entourées de figures allégoriques. *B. a*

Très rare.

1607. Vue perspective des illuminations de la rue de la Ferronnerie..... en 1745, — Incendie de la foire Saint-Germain à Paris, arrivé la nuit du 16 au 17 mars 1762, — Vue du feu pris à la salle de l'Opéra de Paris, le 6 avril 1763. Trois vues d'optique coloriées.

1608. Fêtes et cérémonies qui ont eu lieu, à Amsterdam, en l'honneur du mariage de Guillaume, prince d'Orange et de Nassau, avec Frédérique Sophie Wilhelmine, princesse de Prusse, aux mois de mai et de juin de l'année 1768. *S. Fokke, ad viv. del. et fecit.* Quinze pièces.

Très belles épreuves avec toutes leurs marges.

1609. Calendrier en deux feuilles pour l'année 1769. La partie supérieure représente l'Arrivée de don Quichotte et de Sancho dans une fête champêtre.

Épreuve coloriée.

1610. Vue de la promenade du boulevard du côté de la porte du Temple à Paris, — Grand concert extraordinaire exécuté.... au café des Aveugles, à la Foire St-Ovide, au mois de septembre 1771, — les Nouvellistes ou l'Arbre de Cracovie. Trois pièces.

Très belles épreuves.

30

1611. Le Vice forcé dans ses retranchements, 1778, — la Désolation des filles de Joye. Deux pièces à l'eau-forte publiées : *A Paris, chez Naudet*.... (9712-9713).

Très belles épreuves.

G.D.V.

16

1612. Les Médecins botaniste et minéralogiste écrasés par le médecin à la mode. *A Paris, chez Le Perc et Avaulez*.

Très belle épreuve avec une grande marge.

Calame

17

1613. Grande chasse donnée au Baerensée près de Stuttgard, en présence de S. A. S. Mgr le grand-duc de toutes les Russies, etc., etc., etc., au mois d'octobre 1782. *Dessiné par V. Heideloff, peintre de la cour de Wurtemberg*. Grande pièce en largeur.

Très belle épreuve. Rare.

G. Meyer

14

1614. Vue perspective de la décoration et du feu d'artifice tiré à l'Hôtel de Ville de Paris.... à l'occasion de la naissance de Mgr le Dauphin, le 21 janvier 1782. *D. Desrais del., Voisard scul.*, — Vue extérieure, et perspective de la salle préparée par la ville de Paris pour le festin donné à Leurs Majestés.... le 21 janvier 1782, deux compositions différentes. Ensemble trois pièces.

Très belles épreuves.

21

1615. Vue de la procession des États généraux à Versailles le 4 may 1789, — la Journée à jamais mémorable aux Français où Louis XVI.... se rendit à l'Hôtel de Ville le 17 du mois de juillet 1789. Deux pièces gravées à la manière du lavis.

Très belles épreuves en bistre.

Rapilly

30

1616. Soirée du 30 juin 1789 : les Gardes-françaises délivrés de la prison de l'abbaye Saint-Germain, et le peuple, fraternisent au Palais-Royal. Gravure anonyme.

Épreuve coloriée.

Carnieu

10 1617. La Galerie historique ou tableaux des événements de la Révolution française. *I. Chataigner ed. I. Maillard scul.* Seize médaillons sur une même feuille.
Très belle épreuve.

27. 1618. Le Roi esclave ou les sujets rois, pièce satirique sur le voyage des Parisiennes à Versailles le 5 octobre 1789, — Entrée du Roy à Paris le 6 octobre 1789. *Dessigné sur les lieux par un amateur distingué.* Deux grandes pièces en largeur publiées à Londres.
Épreuves coloriées.

24 1619. MM. de Launay, Flesselles, Berthier et Foulon ne pouvant passer la barque à Caron, — Exécution de M. le marquis de Favras, — Retour de Versailles des Héroïnes parisiennes, etc. Cinq pièces coloriées.

15. 1620. Avant-garde des femmes allant à Versailles, — Triomphe de l'armée parisienne, — Don patriotique des illustres Françaises, — le petit Condé sur une autruche. Cinq pièces coloriées.

4. 1621. Première attaque et prise de la Bastille. Gravure anonyme à la manière du lavis.
Très belle épreuve tirée en bistre. Marge.

36. 1622. Siège de la Bastille le 14 juillet 1789. *P. F. Germain f.*
Très belle épreuve. Rare.

13. { 1623. Vue de la place de Grève le jour de la prise de la Bastille. Grand placard sur bois publié à Orléans *chez Létourmi.*
Très belle épreuve sur papier vert.

1624. Plans de la Bastille.
Deux pièces en couleur ayant chacune une inscription manuscrite et le cachet du patriote Palloy.

28 — 1625. Vue des travaux du Champ de Mars par les patriotes. Très jolie pièce dessinée et gravée par Sergent.

Très belle épreuve coloriée.

21 1626. Vue perspective du Champ de Mars, jour du serment civique prononcé par la nation française assemblée à Paris le 14 juillet 1790. *P. par Le Roy. J. B. Chapuy scul.*

Très belle épreuve en couleur.

21 1627. Vue perspective du Champ de Mars..... le 14 juillet 1790. *Dessiné par Le Roi. Gravé par J. B. Chapuy.*

Très belle épreuve en couleur.

17 1628. Vue du Champ de Mars le 14 juillet 1790. *A Paris, chez Berthault...*

Très belle épreuve tirée en bistre. Marge.

20 1629. Confédération des Français à Paris l'an IIme de la Liberté. *Dessiné et gravé par Gentot,* — Vue générale de la Fédération française prise à vol d'oiseau au-dessus de Chaillot. *Cloquet del.* — Première et deuxième frise de l'arc de triomphe élevé au Champ de Mars pour la Fédération... *Gravé par F. Massard.* Trois pièces.

Très belles épreuves.

32 1630. Le Convoi de la royauté. Grande pièce allégorique en largeur.

Épreuve coloriée. Toute marge.

11 1631. Chevaliers du poignard désarmés par ordre du Roi, au château des Thuileries, le 28 février 1791. Grande gravure, à l'eau-forte, anonyme.

Épreuve coloriée. Toute marge.

16 1632. Arrestation du roi et sa famille désertant du royaume, — Retour de la famille royale à Paris, le 25 juin 1791. Deux gravures, anonymes, à l'eau-forte.

Très belles épreuves. Toutes marges.

41. 1633. Journée du 25 juin 1791, le Roi arrivant de Varennes à Paris. *Dessiné et gravé par P. F. Germain.*
La scène est prise au moment de l'arrivée de la famille royale sur la place Louis XV. Très jolie pièce
gravée à la manière du lavis.
Très belle épreuve avec marge.

14. 1634. Enjambée de la sainte famille des Thuileries à Mont-
médy, 1791. Pièce satirique sur la fuite du Roi à
Varennes.
Épreuve coloriée du temps. Grande marge.

41. 1635. Inauguration de Louis XVI, au temple de la Constitution : « Louis XVI à l'Assemblée nationale accepte
solennellement la Constitution le 14 septembre 1791.»
Dessiné par Le Jeune... Gravé par David...
Très belle épreuve.

20. 1636. Aux trois obstinés, — Héritiers de la Constitution, les
malheurs de la France furent leurs ouvrages. Deux
pièces satiriques gravées à la manière du lavis. La
dernière pièce, qui met en scène le duc d'Orléans,
Necker, Barnave, Target, etc., fait allusion au compte
rendu de M. de Montesquiou.
Très belles épreuves avec toutes leurs marges.

48. 1637. Constitution française. *P. P. Prud'hon invenit. Copia
sc.*
Superbe épreuve avant la lettre. Marge.

9. 1638. Manufacture nationale. Fabrication particulière de
nécessaires à barbe et de rasoirs d'acier fin. Grande
adresse, illustrée, avec emblèmes révolutionnaires.
Très belle épreuve.

31. 1639. Portrait de la princesse de Lamballe, en buste et vue
de profil. *Dessiné par Danloux en 1791, gravé par
Ruotte.*
Très belle épreuve en couleur.

10. 1640. Garre aux faux pas. Pièce satirique, très bien gravée à la manière noire, sur Petion, Bailly et La Fayette.

- Très belle épreuve avec marge.

80- ╳1641. Almanach, pour la présente année 1792. Au milieu Louis XVI, à l'Assemblée nationale, accepte la Constitution ; tout autour et formant encadrement, les portraits de Pethion, La Fayette, Chabot, Lacépède, etc. *A Paris, chez Basset, marchand...*

Très belle épreuve sans le calendrier. Toute marge.

42- 1642. Jeu de la Révolution française. Cette estampe présente les dispositions adoptées du jeu d'oye : soixante-deux casiers où sont représentés les principaux événements de la Révolution, numérotés de 1 à 62 et conduisant au n° 63, représentant l'Assemblée nationale ou palladium de la Liberté.

Très belle épreuve en couleur. Rare.

10 1643. Lettre du roi et réglement pour la convocation des États généraux à Versailles, le 27 avril 1789, — le Coup de Jarnac, — Loi donnée le 17 août 1792, l'an quatrième de la Liberté. Trois imprimés curieux.

10- 1644. La Véritable Guillotine ordinaere, ah ! le bon soutien pour la liberté !

Très belle épreuve avec marge. Très rare.

20- 1645. Aristocrates soyez tranquilles sur la santé du traître Louis XVI, il boit comme un templier en attendant... *A Paris, chez Villeneuve....* Pièce gravée à la manière du lavis, représentant Louis XVI en pied, coiffé d'un bonnet vert et se versant du vin dans un verre qu'il tient à la main.

Très belle épreuve coloriée. Très rare.

10- 1646. Les Animaux rares ou la Translation de la ménagerie royale au Temple, le 20 aoust 1792, 4me de la Liberté et 1re de l'Égalité. Gravure au lavis où le roi, la reine et la famille royale sont représentés en dindon, en louve et en louveteaux.

Très belle épreuve. Rare.

5- 1647. Louis seize, roi des Français, en buste, coiffé d'un bonnet rouge orné d'une cocarde tricolore. On lit au bas de la planche, au dessous de l'inscription : « Bonnet de la liberté présenté au roi par le peuple français le 20 juin 1792. »

Très belle épreuve. Rare.

160 1648. Le Traître Louis XVI, — la Panthère autrichienne. Deux pièces in-4, au lavis, représentant les portraits de Louis XVI et de Marie-Antoinette dans des lanternes. *A Paris, chez Villeneuve.*

Superbes épreuves avec toutes leurs marges. Très rares.

4(- 1649. Louis le traître, lis ta sentence. *A Paris, chez Villeneuve...* Pièce très rare et très curieuse, gravée à la manière du lavis, représentant un bras mystérieux qui traverse une muraille et qui trace avec une plume l'inscription rapportée ci-dessus ; au bas, dans la marge, une guillotine.

Très belle épreuve avec toute sa marge.

16- 1650. Vue des différentes stations de la fête de l'Unité et de l'Indivisibilité de la République. *A Paris, chez Villeneuve....* Six médaillons ronds, sur une même feuille, dans lesquels sont représentés différents projets de monuments à élever, à la gloire de la Révolution, sur six places de Paris. Très jolie pièce gravée à la manière du lavis.

Très belle épreuve avec marge. Très rare.

6- 1651. Seconde moitié d'un petit calendrier, illustré, pour l'année 1769, — Première moitié d'un petit calendrier, illustré, pour l'année 1793. Deux pièces.

1652. Les adiêux de Louis XVI à sa famille. Gravure av burin anonyme.

Très belle épreuve avant le fond.

20.- 1653. Louis XVI avec son confesseur Edgeworth un instant avant sa mort. *Benazech pinx. Cazenave scul.* Grande pièce en largeur.

Belle épreuve coloriée.

180 1654. Exécution de Louis XVIme du nom le 21 janvier 1793. *A Paris chez Basset, rue Saint-Jacques...*

Épreuve coloriée du temps. Cette pièce, une des plus importantes sur la mort du roi, est aussi une des plus authentiques; elle est excessivement rare.

15.- 1655. Matière a reflection pour les Jongleurs couronnés. *A Paris chez Villeneuve...* Pièce très rare, gravée à la manière du lavis, représentant la tête coupée de Louis XVI présentée au peuple.

Très belle épreuve.

84- 1656. Jugement de Marie-Antoinette d'Autriche au tribunal révolutionnaire. *Bouillon del*, 1794. *Cazenave scul.* Grande pièce, en largeur, gravée au pointillé.

Ancienne et très belle épreuve coloriée.

201. 1657. Exécution de Marie-Antoinette sur la place de la Révolution. Gravure à l'eau forte anonyme.

Épreuve coloriée du temps. Très rare.

34 1658. *Louis XVI King of France, attempting to adress the Populace... Jan. 21st 1793. — The death of Marie-Antoniette queen of France and Navarre.* Deux pièces, à la manière noire, publiées en janvier 1794. *Chez R. Sayer à Londres.*

Très belles épreuves coloriées.

22. 1659. Fin tragique de Louis XVI. *Dessiné d'après nature par Gioux.* — Dernières paroles de Louis XVI un instant avant sa mort, le 21 janvier 1793. *A Lille chez Zevort.* — Fin tragique de Marie-Antoinette, exécutée le 16 octobre 1793. Trois pièces.

30 1660. Vue de la Prison du Temple, dans une bordure ovale formée par une chaîne. Grande pièce anonyme à l'aqua-tinte. — Petite réduction, presque au trait, de la même estampe. Deux pièces.

Très belles épreuves.

20. 1661. Louis XVI et Marie-Antoinette en silhouettes, — Testament de Louis XVI, — Marquis de Favras, Brissot. — M. de Necker. Dix portraits in-8 et in-4.

10 ✗ 1662. Marie Anne Charlotte Corday, ci-devant Darmans, agée de vingt-cinq ans, assassin de Marat, écrivant sa dernière lettre à son père. Gravure anonyme en manière noire. *Hou. h.*

Très belle épreuve coloriée.

22. 1663. A la gloire immortelle de Marat, l'ami du peuple, — N'ayant pu me corrompre ils m'ont assassiné. Deux pièces, gravées à la manière du lavis, publiées : *A Paris chez Villeneuve...* Elles représentent toutes deux le tombeau de Marat.

Très belles épreuves avec toutes leurs marges. Très rares.

1664. Portrait de J.-Paul Marat mort, en buste. *Dessiné d'après nature le samedy 19 juillet 1793.* In-8.

Très belle épreuve en bistre.

1665. Exposition du corps de M. Lepelletier sur le piédestal de la ci-devant statue de Louis XIV. — Acte de justice du 9 au 10 Thermidor (allégorie sur la mort de Robespierre). — le Triomphe de la République, grande pièce allégorique, en hauteur, gravée en couleur par Alix. Trois pièces.

1666. Arrestation des Chevaliers du Poignard, — Monument élevé à Marat sur la place du Carrousel, — Le May des Français ou les entrées libres etc. Huit pièces.

1667. Trophées républicains : « Unité individisilité de la République. Liberté, Egalité, Fraternité ou la mort. » Trois très curieux placards dans des bordures ornées de trophées et d'emblèmes révolutionnaires. *A Paris chez Chereau, Basset et Tremblay.*

Épreuves coloriées. Très rares.

1668. Egalité (septembre 1793). « Les porteurs de charbon comme les chevaliers de Saint-Louis sont tenus de déposer au secrétariat de la municipalité le signe distinctif qu'ils tiennent de l'ancien régime. » *Se vend à Paris... chez le citoyen Queverdo.*

Très belle épreuve avec toute sa marge.

1669. « Chanson historique sur la conjuration de l'Infame Robespierre et de ses complices assassins de la République. ». Feuille volante criée dans les rues ; au milieu et entourée par les couplets de la chanson, une vignette, gravée sur bois, représente la tête coupée de Robespierre présentée au peuple ; au-dessous ces deux vers : *J'ai joué les Français et la Divinité. Je meurs sur l'échafaud, je l'ai bien mérité. Se trouve chez Prévot, rue Jacques, 195...*

Pièce des plus curieuses. Excessivement rare.

1670. Confédération des Français, — Statue de la Liberté, — les Formes acerbes, etc. Dix pièces.

1671. La Fête de la vieillesse. *P. A. Wille fils inv et del. 1795. Duplessis Bertaux, aqua-forti.*

Très rare épreuve à l'état d'eau-forte.

1672. La Chose impossible ou la Commission des finances telle qu'il la faudrait pour les bien restaurer. *Bamberg del. Ruotte scul.* Pièce satirique publiée chez Depeuille.

Très belle épreuve. Rare.

6- 1673. Portrait de La Reveillère Lepaux? en buste, vu de profil. *Prud'hon del. Copia sculp.*

Très belle épreuve. Sans marge.

22- 1674. Bonne bière de Mars. Affiche illustrée représentant des Incroyables et des Merveilleuses trinquant ensemble.

Épreuve coloriée. Très rare.

11 1675. Le Serment du Jeu de Paume, — Assassinat des Plénipotentiaires français à Radstat, 11 avril 1799. Deux pièces dessinées *par Monet et gravées par Duclos et Helman.*

Très rares épreuves à l'état d'eau-forte.

22- 1676. Vue perspective de l'Intérieur de la salle des Anciens, de chaque côté et formant encadrement les costumes des Représentants du peuple français et fonctionnaires publics. *A Paris chez Augrand.*

Très belle épreuve en couleur.

140- 1677. Collection des membres composant le Corps législatif en l'an VII. Suite complète de cent portraits, dans des petits médaillons ronds sur fonds marbrés, tirés à vingt sur la feuille. Pièces très bien gravées à l'aqua-tinte.

Très belles épreuves. Excessivement rares.

48- 1678. Portraits de Charette et de Stofflet, en bustes, dans des médaillons ovales. *P. C... S.* Gravures a l'aquatinte.

Superbes épreuves, avant toutes lettres, avec toutes leurs marges. Très rares.

18-

1679. Vue de la grande Parade donnée par le premier Consul tous les quinze de chaque mois dans la cour du palais des Thuilleries. *Dessiné par Nodet. Gravé par Legrand.*

Très belle épreuve.

Garnier

20-

1680. Vue du Louvre pendant l'exposition des produits de l'industrie française dans les jours complémentaires de l'an IX. *Baltard del. et scul.*

Belle épreuve, avant la lettre, tirée en bistre. Doublée.

Deprez

20

1681. Petit almanach illustré, en deux feuilles, pour l'année 1812, 8ᵐᵉ de l'Empire. *A Paris chez Montaudon...*

1682. Journée du Champ de Mai, année 1815. *Girardet scul.*

Deux très belles épreuves dont l'une est avant toutes lettres et l'autre coloriée.

Chauvet

16

1683. Départ du roi le 20 mars 1815, — Retour du roi le 8 juillet 1815. Deux pièces faisant pendants. *Martinet del. Alix sculp.*

Très belles épreuves en couleur.

Deprez

ŒUVRES

DE

CHARLET, GAVARNI, CARLE ET HORACE VERNET

ET ESTAMPES PUBLIÉES PAR SUITES

1684. BELLANGÉ (H). Croquis lithographiques par Bellangé. 1828. Vingt-quatre pièces.

Fantaisies, par Bellangé. 1829, 1830 et 1831. Trente pièces.

Albums lithographiques par H. Bellangé. 1830, 1831 et 1832. Trente pièces.

Album lithographique. Treize pièces : en tout quatre-vingt dix-sept pièces, reliées en huit vol. grand in-4 demi. rel. mar. bleu ; un est cartonné.

1685. L'Ecole du soldat, recueil de costumes militaires dessinés par H. Bellangé. Suite de quinze pièces avec titre. 1 vol. in-4, demi rel. mar. bleu.

1686. Uniformes de l'armée française depuis 1815 jusqu'à ce jour, par H^{te} Bellange. A Paris chez Gihaut. Cent quinze pièces et un titre, coloriées. Manquent les N°s 26 et 111. Un vol. grand in-4 demi-rel. mar. bleu.

1687. CHARLET (Nicolas-Toussaint). Son œuvre lithographique, ainsi composé : Portraits de Charlet, — Portraits de personnages divers, par Charlet, — Pièces imprimées chez Lasteyrie, — Pièces imprimées chez Motte, — Diverses suites de costumes militaires, imprimées chez Lasteyrie, Delpech, Motte et Villain, — Pièces détachées, terminées, avec ou sans texte, sortant de diverses imprimeries, pour la plupart de celle de Villain, 1821 à 1844, — Griffonnements, pièces diverses non terminées 1817, à 1840, — Pièces faites avec le concours d'autres artistes, — Pièces tirées de divers recueils, ou faites dans un but spécial, — Pièces insérées dans divers journaux, — Recueil des albums, fantaisies, croquis etc., parus par suites depuis 1822 jusqu'en 1846, — Croquis à la manière noire, sujets philosophiques, populaires, moraux, politiques, critiques, civils, religieux et militaires, — Suite de dessins, à la plume, eaux-fortes, pièces au vernis mou et sujets divers, etc., etc.

Cet œuvre un des plus beaux connus, a été formé par Gihaut, éditeur des œuvres de Charlet ; il est composé de treize cents pièces et de quelques lettres autographes, renfermées en trente-six volumes, demi rel. mar. rouge, dos et coins. (Onze vol. gr. in-fol. et vingt-cinq vol. gr. in-4.) Les épreuves sont toutes de premier tirage et choisies avec le plus grand soin. Elles sont classées suivant le Catalogue de l'œuvre, publié par le colonel de la Combe.

138

1688. DUNKER. Esquisses pour les artistes et amateurs des arts, sur Paris. Nonante et six figures gravées à l'eau-forte, dont l'explication se trouve dans le *tableau de Paris*, par Mercier. Un vol. in-4 obl. cart.

Superbe exemplaire à toute marge ; les planches imprimées à deux sur chaque feuille ; tirage hors texte, contenant 92 planches.

200–

1689. DAUMIER (H). Actualités, — l'Annonce et la réclame, — les Baigneurs, — les Bas-bleus, — les Beaux jours de la vie, — Bohémiens de Paris, — les bons Bourgeois, — la Chasse, — Émotions parisiennes, etc., etc. Deux cents pièces, en portefeuille.

1690. DAUMIER (H.). Histoire ancienne. Suite de cinquante pièces. Un vol. in-fol. cart.

1691. Mœurs conjugales. Suite de soixante pièces. Un vol. in-fol. cart.

1692. GAUTIER-DAGOTY, Galerie universelle contenant les portraits des personnes célèbres de tout pays, actuellement vivantes, gravés en couleurs par MM. Gautier Dagoty père, et fils aîné ; avec des notices historiques relatives à chaque portrait, par une société, de gens de lettres. Ouvrage proposé par souscription. A Paris, de l'Imprimerie de Philippe-Denis Pierres, 1772. Un vol. in-fol. veau marbré, fig. en couleur.

De cet ouvrage, il n'a paru que les deux premières livraisons, contenant les portraits suivants réunis ici, avec le texte correspondant à chaque portrait.

Premier cahier. *Louis XV*, surnommé le Bien-aimé, — Frédéric II, roy de Prusse, — *Maupeou*, chancelier de France et garde des sceaux. — *Arouet de Voltaire.*

Deuxième cahier. *Marie-Thérèse*, impératrice, reine de Hongrie et de Bohême, — *Charles-Emmanuel*, roi de Sardaigne, — *La Vrillière* (le duc de), — Dalembert (J.), de l'Académie française.

Superbes épreuves. Très rares.

1693. GAVARNI (Sulpice Chevalier, dit). Son œuvre, composé de deux mille cent quatre-vingt-dix pièces reliées en 16 vol. grand in-4, demi rel. mar. rouge, dos et coins ; provient de la collection His de la Salle. Ci-après nous donnons le détail des pièces composant cet œuvre :

Portrait de Gavarni, lithographié par Lafosse. 1867. Epreuve sur chine.
Notice sur la vie et les œuvres de Gavarni.
Madame la duchesse d'Abrantès. (Catalogue de l'œuvre de Gavarni, par MM. J. Mahérault et E. Bocher, n° 1.) Deuxième état.

Arnal ,du théâtre du Vaudeville (7). Premier état, sur chine.

Mme Cénau, du théâtre de la Porte-Saint-Martin (15). Deux épreuves, dont une du premier état, avant toutes lettres.

Quatre-vingt-dix ans (Chevalier, père de Gavarni) (19). Deuxième état.

Mlle Jenny Colon, rôle de Sarah (20). Deuxième état.

Mlle Déjazet, rôle de la Périchole (21). Épreuve sur chine.

E. Dupaty, de l'Académie française (22).

S. M. l'impératrice Eugénie (25).

Gavarni (34). Deux épreuves. Deuxième et quatrième états.

Gusikow. Musicien (38).

Pauvre Mère, 4e acte. Adolphe Laferrière, rôle de Georges (41). Épreuve du premier état, tirée avec cache-lettres.

S. A. I. Mme la princesse Mathilde (48). Épreuve sur chine.

Mélingue (49). Premier état, avant la lettre, sur chine.

H. Monnier (52). Deuxième état.

Mme Montigny (53 rrr). Avant la lettre, sur chine.

Mlle Nourtier (55). Premier état, avant toutes lettres.

M. et Mme Taigny, artistes du Vaudeville (63). Premier état, avant toutes lettres.

Mme Anna Thillon (66). — Alcide Tousez (67). — S. M. la reine Victoria (69).

Gulnare (Mlle Waldor) (72). Épreuve de premier état, sur chine.

Mlle Willmen (rôle de Ruben, dans la *Vallée aux Fleurs*) (73). Premier état, avant la lettre.

Alfred de Musset (79). Épreuve du deuxième état.

Messieurs du feuilleton. Suite de neuf pièces (81-89). Épreuves du deuxième état, sur chine.

A bas les médecins! (90 rr). Deuxième état, avant la lettre, sur chine.

L'Albanaise (91). Deuxième état, avant la lettre, sur chine.

Amour pour amour (93). Premier et deuxième états, sur chine.

Les Cellariennes (99 r). Deuxième état, avant la lettre, sur chine.

La Cloche (101). Premier état, avant la lettre, sur chine.

Le Cœur du Marin (102). Deuxième état. — L'Eau merveilleuse (104). Deuxième état.

Les Enfants terribles (105 rr). Premier état, avant la lettre.

Les Feuilles et le serment (107).

Fleurs d'Orient (108). Premier état, avant la lettre, sur chine.

Mais pourquoi pleurer? (113). Deuxième état, avant la lettre, sur chine.

Où vas tu si matin? (119 rr). Premier état.

Premier amour (121 rrr). Deuxième état.

Sans amour (125 r). Premier état, sur chine.

La Sérénade (127 rr). Premier état, sur chine.

S'il vous souvient du mal d'amour (128). Premier état, sur chine.

Les lis et les roses. Suite de six pièces dont nous ne possédons que cinq, y compris le titre qui est très rare (140-144). Epreuves du deuxième état, sur chine.

Mélodies de Mme Gavarni. Suite de dix pièces (146-155). Épreuves du deuxième état, sur chine, plus une pièce double, le n° 5 de la suite en épreuve du premier état.

L'*Artiste*. Soixante neuf lithographies, dont plusieurs doubles en premier état, faisant partie d'une suite de pièces dessinées par divers artistes, pour l'*Artiste*, journal de la littérature et des beaux-arts (156-213).

Le Verre d'eau. — La Robe de chambre (217-218). Deux pièces pour *Bagatelle*, journal littéraire.

Le Commentaire. — Pepa. — La Captive. — Projets de bonheur. — Avenir et souvenir. Cinq pièces faisant partie d'une suite, dessinées par divers artistes pour *les Beaux-Arts*. Paris, Curmer. 1843-1844. (220-224). La pièce décrite sous le n° 220 est d'un état antérieur au premier décrit. Les n°s 222 et 224 sont du premier état, avant la lettre.

La Procession du diable, grande pièce en deux morceaux. — Suite de la Procession du diable. — Mlle Monarchie (Félicité-Désirée). Quatre pièces faisant partie d'une suite de deux cent cinquante dessinées par divers artistes et publiées hors texte dans le journal *la Caricature* (227-230).

Les Actrices. Suite de quatorze pièces (231-244). Épreuves du deuxième état.

Les Fantaisies (245). — L'Atelier du lithographe (246). — Bal masqué (247). — Ruse et confiance (248). — Les Parasols (249). Sept pièces, dont deux doubles, en épreuves de premier état.

Des phrases! (264, 265, 266). — Le Dimanche (268-272). — Industrie des enfants (285). — Les Médaillons à la mode (286). — Les Muses (288-290). — On ne dort pas les uns sans les autres (291), premier et deuxième états. — Fantaisies (296). — Plaisirs champêtres (300). — Revers des médailles (301-302). — Rien n'est bien (303-304). — Secret de toilette approuvé par la chimie (305), premier et deuxième états. — Souvenirs du carnaval (307-309). Vingt-cinq pièces dont trois doubles.

Un Congé de semestre (310). — Un Enfant terrible (311). — Va, enfant! (312). — Janvier. Les Étrennes (318). Quatre pièces.

L'Argent (329-331). Trois pièces.

Les Artistes. Suite de seize pièces (332-345).

Bal de la Renaissance (346).

La Boîte aux lettres. Suite de trente-quatre pièces, dont les douze premières ont été publiées antérieurement. Manquent deux pièces pour que la suite soit complète. Plusieurs pièces sont du premier état, avant la lettre, et quelques doubles en couleur. Quarante-deux pièces.

Les Bosses (370, 373, 374). Trois pièces.

Le Carnaval. Suite de vingt-sept pièces (375-397). Neuf pièces sont doubles, coloriées.

Le Carnaval à Paris (398-422 et n°s 251-257 et 1703-1704). Suite de quarante pièces dont nous ne possédons que trente-quatre (manquent les n°s 24, 25, 31 et 32), plus dix-sept pièces doubles dont huit avant la lettre et neuf coloriées.

Le Chevalier de Nogaroulet. Suite de six pièces dont nous n'avons que cinq (423-428).

Clichy. Suite de vingt et une pièces (429-448), plus huit pièces doubles, coloriées.

Les Coulisses. Suite de trente et une pièces (449-479), plus sept pièces doubles, coloriées.

Croquis fantastiques. Suite de six pièces (480-485).

Les Débardeurs. Suite de soixante-six pièces (486-542). Le n° 523 est double, avant la lettre.

Le Diable hors barrière (543).

Éloquence de la chair. Suite de vingt et une pièces (544-564), plus deux pièces doubles, coloriées.

Frontispice de la suite des Enfants terribles (565). Deux épreuves avant la lettre, dont une toute première avec de nombreux essais de crayon lithographique dans les marges.

Les Enfants terribles. Suite de quarante-neuf pièces (566-613), plus six pièces doubles, coloriées.

Les Étudiants de Paris. Suite de soixante pièces dont nous n'avons ici que quarante-neuf, les onze pièces manquant ayant été publiées dans d'autres suites, s'y trouvent réunies (614-661). Onze pièces sont doubles, en épreuves coloriées.

Fourberies de femmes (2e série). Suite de cinquante-deux pièces (662-702), plus dix-huit pièces doubles, dont quinze coloriées et trois avant la lettre.

Impressions de ménage (1re série). Suite de trente-six pièces (704-739), plus neuf pièces doubles, coloriées.

Industries faciles (740). Deux épreuves, dont une du premier état avant la lettre, et l'autre coloriée.

Leçons et conseils. Suite de vingt ièces (741-760), plus six doubles, coloriées.

Les Lorettes. Suite de soixante-dix-neuf pièces (763-841), dont nous ne possédons que soixante-quinze ; manquent les nos 5, 7 et 8. Trente et une pièces sont doubles, en épreuves coloriées, et une avant la lettre.

Les Maris vengés. Suite de dix-huit-pièces (842-861).

Les Martyrs. Suite de huit pièces (862-869), plus quatre pièces doubles, coloriées.

Monsieur Loyal. Suite de cinq pièces (872-876), plus deux pièces doubles coloriées.

Nuances de sentiment. Suite de vingt-cinq pièces (877-901), plus deux doubles, en épreuves coloriées.

Paris le matin. Suite de douze pièces (902-913), plus quatre doubles, en épreuves coloriées.

Paris le soir. Suite de vingt-cinq pièces (914-933), plus cinq doubles, coloriées.

Les Petits malheurs du bonheur. Suite de douze pièces (936-947). Le n° 936 est double, avant la lettre.

Le comte de T. et sa famille (952).

Traductions en langue vulgaire. Suite de cinq pièces (953-957), plus deux doubles, coloriées.

Transactions. Suite de sept pièces (958-964), plus une double en épreuve coloriée.

Un Couplet de vaudeville. Suite de six pièces (965-970).

La Vie de jeune homme. Suite de trente-six pièces (971-997). Les nos 25,

26 et 27 sont classés dans une autre série. Cinq pièces sont doubles, coloriées.

Affiches illustrées. Suite de six pièces (998-1003).

Balivernes parisiennes. Suite de vingt-quatre pièces (1004-1023). Le n° 20 est double, avant la lettre.

Carnaval. Suite de cinquante pièces (1024-1068), plus dix pièces doubles, dont huit avant la lettre et deux coloriées.

Chemin de Toulon. Suite de dix pièces (1069-1075). Le n° 9 est double avant la lettre.

Les Mères de famille. Suite de cinq pièces (1076-1080).

Faits et gestes du propriétaire. Suite de six pièces (1081-1086). Les n°s 4 et 6 sont doubles, avant la lettre.

Gentilshommes bourgeois. Suite de trois pièces (1087-1089). Le n° 1 est double, avant la lettre.

Impressions de ménage. Suite de trente-neuf pièces (1091-1128), plus six pièces doubles, avant la lettre, et une épreuve coloriée.

Les Parents terribles (1129). Deux épreuves, dont une coloriée.

Le Parfait créancier. Suite de dix pièces (1130-1139).

Les Patrons. Suite de deux pièces (1140-1141). Le n° 2 est double, avant la lettre.

Grand-papa Four (1143). — Le Petit orateur (1145).

Manière de voir des voyageurs. Suite de dix pièces (1148-1152).

Le Manteau d'Arlequin. Suite de douze pièces (1152-1163). — Figaro trouvera toujours du bois vert (1165).

Interjections. Suite de quatre pièces (1166-1169). — Marie Remond (1170).

La Politique. Suite de neuf pièces (1171-1179).

Politique des femmes. Suite de vingt pièces (1180-1197), plus cinq pièces doubles, coloriées.

Les Rêves. Suite de six pièces (1198-1203).

Le Salon. Deux pièces (1204-1205).

Théâtre du Vaudeville. *Le Plastron* (1206). — Voilà pourtant comme je serai dimanche! premier et deuxième état (1207). — Voyez le restant de la vente... (1208). Trois pièces.

Journal des gens du monde. Vingt-trois pièces de cette suite (1212-1216). — *Album des jeunes personnes, le Monde dramatique,* etc. Onze pièces.

Masques et visages. Les Anglais chez eux. Suite de vingt pièces (1239-1256).

Bohêmes. Suite de vingt pièces (1257-1276).

Ce qui se fait dans les meilleures sociétés. Suite de dix pièces (1277).

L'Ecole des pierrots. Suite de dix pièces (1278-1281 et 1766-1771). Le n° 10 est double, en épreuve d'essai.

Etudes d'androgynes. Suite de dix pièces (1282-1291). — La Foire aux amours (1292-1301). Dix pièces. — Histoire d'en dire deux (1302-1311). Dix pièces. Le n° 2 est double, en épreuve d'essai.

Masques et visages. Histoire de politiquer. — Les Invalides du sentiment. — Les Lorettes vieillies. — Les Maris me font toujours rire (1312-1419. Cent vingt-trois pièces, dont trois doubles en épreuves d'essai.

Masques et visages. Les Parents terribles. — Les Partageuses. — Les Petits mordent. — Piano. — Les Propos de Thomas Vireloque (1420-1509). Cent pièces.

D'après nature. Suite de quarante pièces (1589-1628). Manquent les n°s 7, 15 et 37. Les n°s 14, 23 et 25 sont avant la lettre.

Itha (1583). — Revue des peintres (1510), premier état. — Musiciens comiques et pittoresques. Suite de vingt-huit pièces (1512-1539).

Physionomie des chanteurs. Suite de dix-sept pièces (1540-1556). Sept pièces publiées dans la *Revue et Gazette musicale* (1557-1563). — *Contes du chanoine Schmid* (1578-1580 et 1582). Trois pièces.

Album de l'infini (1649-1654). Six pièces. — Amours (1656-1667). Douze pièces. — Les Artistes anciens et modernes (1669-1674). Six pièces. — Les Artistes contemporains (1675-1679). Cinq pièces. Epreuves avant la lettre.

Balivernes parisiennes (1682). Epreuve avant la lettre. — Caractères (1697-1702 rrr). Six pièces. Epreuves avant toutes lettres sur chine. — Etudes d'enfants. Suite de douze pièces (1716-1725). Epreuves du deuxième état, sur chine.

Fourberies de femmes. Suite de douze pièces (1728-1739) dont nous n'avons que neuf. Le n° 7 est avant la lettre. — Causerie (1740). — La Littérature illustrée. Suite de douze pièces (1742-1753).

Masques et visages, nouvelle série. Par ci par là. Suite de cinquante pièces (1800-1849), dont nous ne possédons que quarante et une. Trente pièces sont avant la lettre, sur chine, et onze avec la lettre, sur blanc.

Physionomies parisiennes. Suite de cinquante pièces (1850-1899). Epreuves en partie avant la lettre.

Miscellanea (1900-1901-1903). Trois pièces, dont deux avant la lettre, sur chine.

Les Misères. Suite de six pièces (1907-1912 r). Epreuves rognées au trait carré.

Paris au dix-neuvième siècle. Suite de six pièces (1922-1927). Les n°s 1 et 4 sont du premier état.

Les Petits Bonheurs des demoiselles (1966-1973), n°s 1-4 et 7 de la suite; le n° 7 est avant la lettre.

Les Petits Jeux de société. Suite de six pièces (1974-1979).

Petits métiers (1980-1982). Trois pièces.

Petites Scènes diaboliques (1984 rrr).

Le Revers des médailles (1993-1994). Deux pièces.

Scènes de la vie intime. Suite de douze pièces (2001-2013 rrr).

Tireuse de cartes. — Pudeur perdue (2014-2015). Epreuves de premier état.

Souvenirs de carnaval. Suite de six pièces (2016-2022).

Les Toquades. Suite de vingt lithographies inédites, dont nous ne possédons que quinze (2029-2048). Epreuves sur chine.

Types contemporains (2049-2053). Suite de cinq pièces dont nous n'avons que quatre. Epreuves du deuxième état.

Pièces parues isolément (décrites dans le catalogue, du n° 2054 au n° 2190, rrr). Nous avons trente-neuf pièces de cette série.

L'Abeille impériale. Suite de sept pièces (2191-2197). Epreuves sur chine.

Quatre pièces publiées dans le journal *l'Artiste* (2198, 2199, 2200, 2202) Deux sont avant la lettre.

Les Bals masqués. Trois pièces.

Souvenirs du bal Chicard. Suite de vingt pièces (2272-2291).

Costumes de chasse (2344). Premier état. — Fashionables (2354). — Travestissements originaux (2355). Epreuves coloriées. Trois pièces.

Le Monde dramatique (2405-2406). Deux pièces, dont une avant toute lettre.

Nouveaux travestissements. Suite de soixante-dix-huit pièces, dont nous ne possédons que cinquante et une, plus douze pièces doubles, la plupart avant la lettre, sur blanc et sur chine.

Travestissements. Suite de douze pièces (2627-2639). Epreuves du troisième état.

Travestissements originaux (2646 rrr).

Différents travestissements (2663 rrr).

Lithographies et gravures d'après Gavarni. Trente-quatre pièces, avant la lettre, et eaux-fortes.

1694. GÉRICAULT Etudes de chevaux, par Géricault. Suite de douze planches et un titre, imprimées par Villain, publiées par Gihaut en 1822 (74-86). Un vol. infol. cart.

1695. GRANVILLE (Isidore). Le Dimanche d'un bon bourgeois, ou les Tribulations de la petite propriété, par Isidore Granville. Paris, Gihaut, s. d. Suite de douze pièces coloriées et un titre. Un vol. gr. in-4 obl. demi-rel. mar. rouge, dos et coins.

1696. Les Métamorphoses du jour. Suite complète de soixante-treize planches coloriées. Un vol. grand in-4 oblong demi-rel. mar. vert.

Très bel exemplaire.

1697. Voyage pour l'éternité. Service général des Omnibus accélérés. Départ à toute heure et de tous les points du globe... par J. Granville. Chez Bulla et Aubert. s. d. Suite de neuf pièces et un titre. Un volume grand in-4 cart.

1698. LAMI (Eugène). Les Contretems. Recueil de vingt-quatre lithographies coloriées et dessinées par Eug. Lami, 1824. Paris, de l'Imprimerie de Vilain. Un vol. in-4, demi-rel. mar. vert, dos et coins.

1699. Souvenirs de Londres, 1826. Paris, Lami-Denozan. Suite de douze pièces coloriées avec la couverture de publication. Un vol. grand in-4, demi-rel. mar. vert, dos et coins.

1700. La Vie de château. Première et deuxième séries. Deux suites, de dix planches chacune, coloriées, et un titre, A Paris, chez Gihaut, s. d. Un vol. grand in-4, demi rel. mar. violet.

1701. La Vie de château, suite de dix pièces coloriées, — Scènes de mœurs, par Gavarni, Daumier, etc. Vingt-huit pièces en un vol. grand in-4 cart.

1702. Voyage en Angleterre, par Eug. Lami et Henri Monnier. Paris et Londres, 1830. Un vol. in-fol. cart., avec texte.

Très rare exemplaire contenant 28 planches, au lieu de 24 comme l'indique le texte.

1703. Recueil de voitures françaises, dessinées par Eugène Lami. Paris, Delpech. Suite de douze pièces coloriées, avec la couverture de publication. Un vol. grand in-4, demi-rel. mar. vert, dos et coins.

1704. LEPRINCE (X). Les Inconvénients d'un voyage en diligence. Suite de douze pièces coloriées. Un vol. grand in-4, demi-rel. mar. vert, dos et coins.

1705. LEPRINCE (X). Les Inconvénients d'un voyage en diligence. Suite de douze pièces coloriées.
LAMI (Eugène). Inconvénients de voitures, suite de six pièces coloriées. — Six quartiers de Paris, suite de six pièces coloriées.

Ces trois suites en un volume grand in-4, demi-rel. mar. vert, dos et coins.

13

1706. LEWIS (J.-F.). Six studies of wild animals, drawn
and engraved from the life, by. J-F. Lewis. Lon-
don, 1825. In-fol. cart.

Epreuves sur papier de chine.

1/8.

1707. LŒILLOT (Karl). Les Nouvelles voitures publiques
de Paris, dessinées d'après nature par Karl Lœillot.
Chez Gihaut. Cuite de seize pièces coloriées et le titre.
1 vol. grand in-4 demi-rel. mar. vert. dos et coins.

7—
3f.

1708. MONNIER (H.). Costumes d'acteurs, théâtre des
Variétés, Gymnase, Vaudeville, etc. Dix-sept pièces
coloriées, en feuilles.

191

1709. Galerie théâtrale. Suite de vingt-quatre pièces coloriées. Un vol. grand in-4, demi-rel. mar. vert, dos et
coins.

45—

1710. Album Henri Monnier, vingt lithographies. Paris
L. Pannier et Cⁱᵉ, 1843. Impressions de voyage, six
pièces. — Récréations, six pièces. — Les gens sans
façon, cinq pièces.— Petites misères, deux pièces.—
Scènes populaires, une pièce. En tout vingt pièces
en un vol. in-4 obl., demi-rel. mar. vert, dos et coins.

289

1711. Jadis et aujourd'hui, par Henri Monnier, 1829. Paris,
Delpech. Suite de dix-huit pièces coloriées et un
titre. Un vol. grand in-4 obl., demi-rel. mar. vert,
dos et coins.

146-

1712. Mœurs administratives, dessinées d'après nature, par
Henri Monnier. Paris, Delpech, 1828. Première et
deuxième séries. Un vol in-fol., demi-rel. mar. vert,
dos et coins.

Très bel exemplaire contenant les deux suites, première en hauteur, six
pièces, seconde en largeur, douze pièces, et les deux titres, coloriées.

70

1713. Mœurs parisiennes. Suite de dix pièces publiées chez
Gihaut, coloriées, en feuilles.

1714. MONNIER (H.). Les Petites misères humaines, par Henry Monnier. Paris, Delpech, s. d. Suite de dix pièces coloriées et un titre. Un vol. grand in-4, demi-rel. mar. vert, dos et coins.

1715. La même suite. Dix pièces coloriées, sans titre, en feuilles.

1716. Rencontres parisiennes. Macédoine pittoresque croquée d'après nature au sein des plaisirs, des modes, de l'activité, des occupations, du désœuvrement, des travers, des vices, des misères, du luxe, des prodigalités des habitants de la capitale dans tous les rangs et dans toutes les classes de la société, par Henry Monnier. A Paris chez Gihaut, s. d. Suite de quarante planches coloriées. Un vol. in-4 obl. cart.

1717. Scènes de mœurs, — Récréations, — Grisettes, etc. Trente-deux pièces coloriées en un vol. in-8 obl. cart.

1718. Six quartiers de Paris, par Henry Monnier, 1828. Paris, Delpech. Suite de six pièces et un titre, en feuilles.

1719. PHILIPON. *La Caricature*, revue morale, judiciaire, littéraire, artistique, fashionable et scénique. (Année 1840.) Un vol. in-fol., demi-rel. bas.

1720. *Galerie de la presse, de la littérature et des beaux-arts*. Directeur des dessins : M. Charles Philipon ; rédacteur en chef : M. Louis Huart. Paris, 1834-1841. Trois vol. in-4 cart. non rognés.

1721. *Le Musée pour rire*, dessins par tous les caricaturistes de Paris ; texte par MM. Maurice Alhori, Louis Huart et Ch. Philipon. Paris, chez Aubert, 1839-1840. Trois vol. in-4 cart.

145

1722. PIGAL, PAJOU et ARAGO. Proverbes, scènes de société, scènes populaires, etc. Suite de cinquante pièces coloriées. Un vol. grand in-4 cart.

820

1723. SERGENT. Portraits des grands hommes, femmes illustres et sujets mémorables de France, gravés et imprimés en couleurs, dédiés au Roi. A Paris chez Blin, maître imprimeur en taille-douce. 1776-1792. Trois vol. in-4 veau mar.

Très précieux exemplaire, contenant 192 planches et le titre, ainsi qu'un titre prospectus à chaque volume, imprimé sur papier bleu.

On a ajouté à cet exemplaire 35 dessins originaux de Sergent, dont 1° le dessin du titre, à la sépia, 2° 33 portraits, dessinés aux crayons de couleur ou à l'aquarelle, 3° le sujet historique représentant : le Combat du vaisseau *Le Tonnant*.

A la fin du troisième volume se trouve : Mémorial pittoresque de la France, ou Recueil de toutes les belles actions, traits de courage, de bienfaisance, de patriotisme et d'humanité, arrivés depuis le règne de Henri IV jusqu'à nos jours, par M. L. B., avec des planches gravées en couleurs par M. de Machy, d'après les dessins de plusieurs célèbres artistes. Ouvrage proposé par souscription et dédié à M. le vicomte de Vaudreuil, grand fauconnier de France. A Paris, de l'imprimerie de Monsieur, 1786.

Suite de dix pièces en couleur avec texte correspondant à chaque sujet.

1905

1724. VERNET (CARLE). Son œuvre. Lithographies originales et estampes d'après lui, comprenant deux cent quarante pièces reliées en deux vol. grand in-fol., demi-rel. mar. rouge, dos et coins. Ci-après le détail sommaire.

Morgand

1er vol. Portraits de l'artiste, études de chevaux, sujets de chasse, etc., lithographies originales par le maître. 115 pièces.

2e vol. Album lithographique, 1821. — Divers croquis de chevaux et autres sujets lithographiés par le maître.

Les Chasses du duc de Berry. Suite de 4 pièces en double état, noir e coloriées.

Les pièces suivantes en couleur gravées par Debucourt, d'après Vernet : Inutile précaution, — Chacun son tour, — la Toilette d'un clerc de procureur, — la Marchande de saucisses, — le Jour de barbe d'un charbonnier, en noir et en couleur, — Route de Poissy, — Route de poste, — Route de Saint-Cloud, — Route du marché, — Retour des champs, — Route de Naples, — Marchand de vin des environs de Rome, — Marche d'officiers anglais, — Promenade anglaise, — Anglais en habit habillé, — Mameluck porte-étendard, — Chevaux au verd, — Chevaux au pré, — Chevaux à l'abreuvoir, — le Retour du chasseur, — Exercices de Franconi, — Fin de la course, etc. Les sujets suivants, gravés par Levachez et Jazet : la Chasse au renard, — les Chiens à la découverte, — le Renard pris, — Différentes suites de chevaux, — la Chasse au cerf, — Chasseur aux écoutes, — Amazone égarée, — Chiens en défaut, — Jockai emporté par ses chevaux, — le Repos du chasseur, — Barrière franchie, — la Course au premier tournant, — Cheval de course au moment du départ, — la Chasse, — les Apprêts d'une course, — les Jockeys montés, — le Cavalier démonté, — Napoléon à cheval, gravé par Schenker, avant la lettre, — Buonaparte, général en chef de l'armée d'Italie, gravé par Darcis, etc. 126 pièces.

1725. VERNET (HORACE). Son œuvre lithographique, composé de cent quatorze pièces, en premières épreuves réhaussées de blanc et en grande partie imprimées sur papier teinté. Il s'y trouve un dessin représentant une femme assise, en grande toilette normande, au lavis de sépia. On lit à gauche : *H. Vernet à son ami Charles*. Un vol. grand in-fol. bas.

DESSINS

DE L'ÉCOLE FRANÇAISE DU XVIIIᵉ SIÈCLE

ANONYMES

1726. Emblème; en haut cette devise : *Patris ad exem-plum.*

Aquarelle, sur vélin.

1727. Suite de treize sujets, pour le *Traité d'escrime* de Saint-Dinier.

A la plume.

AUBERT-PARENT

1728. Derniers adieux de Louis XVI à sa famille. Deux compositions différentes, dont une est accompagnée de la gravure coloriée.

A la plume et lavis d'aquarelle. Signés et datés 1792 et 1793.
Haut., 21 cent.; larg., 25 cent.

1729. A la mémoire des quatre victimes de la famille R. des Bourbons. Tombeau entouré d'arbres; sur la façade une plaque de marbre, où sont représentés les bustes de Louis XVI, Marie-Antoinette et de Madame Élisabeth.

A la plume et lavis d'aquarelle. Signé et daté 1795.
Haut., 29 cent.; larg., 20 cent.

BAADER (J.-M.)

1730. La Prudence; statue debout sur un piédestal.

Au crayon noir.
Haut., 36 cent.; larg., 23 cent.

BAADER (J.-M.)

1731. Frédéric-Auguste, prince d'Anhalt-Zerbst. (Caricature avec légende.)

> Aquarelle.
> Haut., 19 cent.; larg., 14 cent.

BAHERMET

2- 1732. Un Oriental debout, appuyé sur une table.

> A la sanguine. Signé.
> Haut., 29 cent.; larg., 19 cent.

BAUDOUIN (P.-A.)

26- 1733. La Sentinelle en défaut. Première pensée pour la composition gravée.

> Au lavis de sépia.
> Haut., 32 cent.; larg., 25 cent.

BÉRICOURT

26- 1734. Le Singe savant. Scène prise dans un faubourg de Paris pendant la Révolution. Composition de vingt-six figures.

> Au lavis d'encre de Chine et d'aquarelle.
> Haut., 32 cent.; larg., 47 cent.

10- 1735. Cabaret dans un souterrain.

> A la plume et lavis d'aquarelle.
> Haut., 21 cent.; larg., 33 cent.

1736. Baptême dans une église de village. Composition en largeur, avec légende en bas.

> Au lavis d'aquarelle.
> Haut., 19 cent.; larg., 25 cent.

BERTAUX (J.)

1- 1737. Charlatans sur une place publique.

> Au lavis d'encre de Chine et de sépia.
> Haut., 16 cent.; larg., 16 cent.

BOISSIEU (J.-J. DE)

180

1738. Paysage d'Italie. Sur le devant une petite rivière que traverse un pont de pierre; à gauche, un mendiant demandant l'aumône à deux cavaliers; à droite, un très grand arbre.

Au lavis d'encre de Chine. Signé et daté 1792
Haut., 41 cent.; larg., 31 cent.

40.

1739. Vieux berger assis sur une motte de terre, vu de dos.

A la plume et lavis d'encre de Chine.
Haut., 18 cent.; larg., 11 cent.

1740. Croquis. Études d'hommes, de femmes et d'enfants dans différentes positions, animaux, etc. Trente-quatre figures sur deux feuilles.

A la plume et lavis de bistre.
Haut., 18 cent.; larg., 24 cent.

BONNET (L.)

1741. La Fleuriste au repos.

A la sanguine. Signé.
Haut., 21 cent.; larg., 25 cent.

BONNINGTON (R.-P.)

1742. Plages à marée basse, pêcheurs sur le devant.

Deux dessins au lavis de sépia.

BOSIO (D.)

41

1743. Le déjeuner. Composition de six figures, ayant été gravée.

A la plume et lavis de bistre.
Haut., 21 cent.; larg., 31 cent.

22.

1744. Modèles pour costumes, Mannequins et poupées.

Nombreux croquis sur une même feuille, à la plume et lavis de sépia.
Haut., 27 cent.; larg., 28 cent.

BOSIO (D.)

1745. Personnages grotesques. Six croquis sur une même feuille, avec légende au bas de chaque figure.

A la plume.
Haut., 20 cent.; larg., 32 cent.

BOUCHARDON (E.)

1746. Minerve couronnant le buste de Louis XV. — Trésor royal, 1740.

Deux dessins de forme ronde à la sanguine.
Diamètre, 23 cent. et 21 cent.

1747. Alliance de Mars et de Minerve.

A la sanguine, de forme ronde, pour jeton extraordinaire des guerres.
1723.
Diamètre, 14 cent.

1748. Mascaron, avec grands cheveux enroulés ayant la forme de serpents.

A la sanguine.
Haut., 19 cent.; larg., 20 cent.

BOUCHER (F.)

1749. La Récureuse. Jeune mère avec deux jeunes enfants, debout et récurant un objet de cuisine posé sur un tonneau.

Aux trois crayons, sur papier teinté.
Haut., 31 cent.; larg., 24 cent.

1750. Jeune femme debout, les jupes relevées, sortant des cabinets.

Aux crayons noir et blanc, sur papier bleu.
Haut., 33 cent.; larg., 23 cent.

1751. Têtes d'anges sortant d'un nuage.

Aux trois crayons.
Haut., 32 cent.; larg., 23 cent.

BOUCHER (F.)

1752. Tête d'Ange.

A la sanguine.
Haut., 13 cent.; larg., 15 cent.

1753. Groupe d'Amours.

A la sanguine, de forme ovale.
Haut., 32 cent.; larg., 29 cent.

1754. Amour sur des nuages.

A la sanguine.
Haut., 23 cent.; larg., 13 cent.

1755. Tête de Satyre, — Tête de vieillard, — Têtes de vieil-lard et d'une jeune fille.

Trois dessins à la sanguine.

1756. Le Triomphe de Neptune et de Vénus.

A la plume et lavis de sépia.
Haut., 29 cent.; larg., 21 cent.

BOURDON (S.)

1757. Groupe de Bohémiens.

Aux crayons noir et blanc.
Haut., 13 cent.; larg., 17 cent.

CALLOT (J.)

1758. Croquis.

Deux dessins à la plume.

CHARDIN (J.-B.-S.)

1759. Une Vente de tableaux.

A la plume et lavis d'encre de Chine.
Haut., 18 cent.; larg., 28 cent.

CHARLET (N.-T.)

1760. Sapeur à la tête de son régiment.

Aquarelle. Collection His de Lasalle.
Haut., 23 cent.; larg., 21 cent.

CLERISSEAU (Ch.-L.)

10 1761. Ruines de monuments antiques.

> A la plume et lavis d'aquarelle, de forme ovale.
> Haut., 43 cent.; larg., 36 cent.

COCHIN (C.-N.)

325 1762. Le Pont de la Concorde projeté et fête sur la Seine pour son inauguration.

> A la sanguine.
> Haut., 36 cent.; larg., 49 cent.

69 1763. Allégorie. Jeune enfant nu, debout, foulant aux pieds la Discorde, il est entouré d'autres enfants qui lui remettent des couronnes.

> A la sanguine. Signé.
> Diamètre, 16 cent.

27 1764. Louis XV arme Mgrle Dauphin au camp de Fontenoy, 1745.

> A la plume et lavis d'encre de Chine. La gravure, par Cochin, accompagne le dessin.
> Haut., 8 cent.; larg., 11 cent.

23 1765. Alzire, scène de tragédie.

> A la sanguine. Signé.
> Haut., 21 cent.; larg., 15 cent.

5 1766. Études d'une jeune femme assise dans un fauteuil.

> Au crayon noir.
> Haut., 18 cent.; larg., 31 cent.

COURTOIS (J. dit Le Bourguignon)

8 1767. Officiers généraux visitant un champ de bataille.

> A la plume et lavis de sépia.
> Haut., 19 cent.; larg., 28 cent.

DEBUCOURT (P.-L.)

1768. Un Incroyable, vu de face et marchant.

Au crayon noir.
Haut., 19 cent.; larg., 11 cent.

1769. Un Bal public.

A la plume. A été gravé.
Haut., 14 cent.; larg., 24 cent.

DELORGE

100

1770. Allégorie. La Sagesse rassemblant les médaillons de Mgr le Dauphin et de Madame la Dauphine, devant le Génie de l'Hymen qui les enchaîne de fleurs.

A la sanguine.
Haut., 40 cent.; larg., 27 cent.

DEMARTEAU

11-

1771. L'Amour se reposant.

Aux trois crayons.
Haut., 25 cent.; larg., 17 cent.

DENON (le Baron)

150

1772. Portraits d'hommes et de femmes de la *haute société napolitaine*, dont les noms suivent, reliés dans un vol. in-fol. veau marbré.

Denon (le baron), — *Colicchi* (D. Stephano), — *Salandra* (le duc della), — *Triqueros* (le baron), — *Guimps* (le baron de), — *Riario* (le commandeur), — *Grimaldi* (D. Salvator), — *La Haye* (M. de), — *Pignatelli* (D. Diego), — *Sarnelli* (Mme), — *Grimaldi* (Benedetto), — *Galla* (marquis de), — *Monroi* (l'abbé), — *Sa* (le commandeur de), — *Gennaro* (D. Giuseppe de), — l'Auditeur du Pape, — *Fragnito* (le duc), — *André*, agent de Suède, — *Gualingo* (M.), — *Palma* (la duchesse di), — *Gatti* (docteur),

— *Camerana,* — *Tschoudy* (le maréchal), — *Culo* fils, — *Bolza* (le comte), — *Noja* (la duchesse di), — *Gianni* (l'abbé), — *Cardito* (le prince), — *Lalconessa* (D. Pasquale), — *Ceppagato,* — *Caraffa* (le chevalier), — *Ferolito* (princesse), — *Garofalo* (D. Alfonso), — *Ferolito* (Prince), — *Castelpagano,* — *Pignatelli* (le chevalier), — *Candito* (le prince), — *Noja* (le duc de), — *Ponteney* (Mme de), — *Callonicetto* (M.), — *Callonicetto* (Mme), etc.

Le baron Denon a dessiné ce recueil vers la fin du dix-huitième siècle, lors de son voyage à Naples comme secrétaire de M. de Talleyrand ambassadeur de France. Ce fut probablement à cette époque qu'il exécuta cette série de portraits de la société napolitaine.

Le recueil se compose de 43 portraits dessinés au crayon, avec lavis d'encre de Chine. Le premier, représentant l'auteur, est au lavis d'aquarelle.

1774. Portrait d'Actrice en caricature.

> A la plume avec lavis d'encre de Chine, et sanguine.
> Haut., 47 cent.; larg., 36 cent.

DEPAIN

1775. Coiffures et costumes de 1774 à 1790.

> Treize charmants dessins pour un almanach de poche. A la plume et lavis de sépia.
> Haut., 8 cent.; larg., 5 cent.

DESPORTES (A.-F.)

1776. Nature morte.

> Croquis au crayon noir rehaussé de blanc.
> Haut., 44 cent.; larg., 23 cent.

DESRAIS (C.-L.)

1777. Costumes et modes des années 1797-1799.

> Cent quarante-quatre dessins à la plume et lavis de sépia, ayant servi pour les premiers numéros gravés du *Costume parisien,* publié par Lamesangère en 1797. Collection très précieuse reliée en deux volumes in-4, demi-rel. cuir de Russie.

DESRAIS (C.-L.)

42

1778. Costumes d'hommes et de femmes. Six sujets sur une même feuille.

A la plume et lavis de sépia.
Haut., 17 cent.; larg., 25 cent.

Lacroix

1779. Costumes d'Incroyables, hommes et femmes. Six sujets sur une même feuille.

A la plume et lavis de sépia.
Haut., 18 cent.; larg., 17 cent.

220

1780. Fêtes républicaines dans les jardins et sur les places publiques de Paris. Huit compositions différentes sur deux feuilles, très intéressantes comme costumes de l'époque.

A la plume et lavis de bistre.
Haut., 21 cent.; larg., 29 cent.

Lacroix

36

1781. Le Clergé à la Constituante. Composition d'un grand nombre de figures, où le clergé est représenté faisant abandon de tous ses privilèges.

A la plume et lavis de sépia.
Haut., 22 cent.; larg., 34 cent.

D. D. vils

9

1782. La France prêtant serment à la Constitution.

Dessin de forme ronde, au lavis d'encre de Chine.
Diamètre, 15 cent.

J. Meyer

150

1783. Les Portraits à la mode, — Démolition d'une statue dans le jardin des Tuileries. Deux dessins de scènes révolutionnaires, faisant pendant.

A la plume et lavis d'encre de Chine.
Haut., 20 cent.; larg., 15 cent.

D.-D. vils

41

1784. Établissement de la nouvelle philosophie (Intérieur du café Procope).

A la plume et lavis d'aquarelle.
Haut., 16 cent.; larg., 11 cent.

Guppe

DESRAIS (C.-L.)

1785. Incroyables à la promenade aux Champs-Élysées. Composition de six figures.

> A la plume et lavis d'encre de Chine.
> Haut., 23 cent.; largeur, 19 cent.

1786. Porte-Drapeau.

> A la plume et lavis d'encre de Chine, signé et daté 1772.
> Haut., 23 cent.; larg., 17 cent.

1787. Cérémonie du mariage de Louis XVI et de Marie-Antoinette, dans la chapelle du château de Versailles, le 16 mai 1770. Composition très importante pour un almanach de l'année 1771, avec emplacement pour le calendrier.

> A la plume et lavis d'encre de Chine.
> Haut., 74 cent.; larg., 48 cent.

DESRAIS et BOUCHARDON

1788. Fête de la Fédération, — Extraordinaire des guerres, 1775.

> Deux dessins de forme ronde. A la plume et lavis d'encre de Chine et de sépia.
> Diamètre, 18 cent.

DUCHÉ DE VANCY

1789. Le Coup de vent.

> A la plume, signé et daté 1776.
> Haut., 9 cent.; larg., 17 cent.

DUGOURE (D.)

1790. L'Amour au couvent.

> A la plume et lavis d'aquarelle.
> Haut., 23 cent.; larg., 17 cent.

DUPLESSIS-BERTAUX

41- ✕ 1791. Départ d'un prince dans une calèche attelée de huit chevaux. *Am. 9. m Gut*

Dessin de forme ronde, au lavis de bistre.
Diamètre, 8 cent.

Grippe

31- 1792. Scènes de théâtre et costumes d'acteurs dans divers rôles de comédie.

Quatre dessins, au crayon, mine de plomb et lavis d'encre de Chine et d'aquarelle.

Delaforse

ÉCOLE FRANÇAISE DU XVIIIe SIÈCLE

12. 1793. Leçon d'équitation devant un palais.

A la sépia, rehaussé de blanc.
Haut., 20 cent.; larg., 35 cent.

Legrand

27- 1794. Intérieur de parc orné de vases et statues, avec personnages sur le devant.

A la plume et lavis d'encre de Chine.
Haut., 15 cent.; larg., 22 cent.

1795. Entrée du château de Madame de Baunay; le devant animé de nombreuses figures.

Dessin de forme ovale au lavis d'encre de Chine.
Haut., 24 cent.; larg., 32 cent.

1796. Intérieur d'un salon avec personnages sur le devant.

A la plume et lavis d'encre de Chine.
Haut., 19 cent.; larg., 27 cent.

ÉCOLE ITALIENNE

1797. La Barca di Caronte.

A la plume.
Haut., 21 cent.; larg., 30 cent.

EISEN (Ch.)

36 ✕ 1798. Militaire représenté battant du tambour. *Mil. it*

A la sanguine.
Haut., 23 cent.; larg., 24 cent.

J. Meyer

FRAGONARD (H.)

28/ 1799. Entrée d'un parc. Au milieu, un grand arbre, avec statues et personnages sur le devant.

Au lavis de sépia.
Haut., 16 cent.; larg., 22 cent,

62. 1800. Jeune artiste assis dans la campagne.

Au crayon noir.
Haut., 15 cent.; larg., 19 cent.

1801. Les Élements. Quatre dessins de forme ronde.

Au crayon noir et sanguine.
Diamètre, 17 cent.

FRAGONARD (d'après H.)

16- 1802. Les Colombes chéries.

Au lavis d'aquarelle.
Haut., 22 cent.; larg., 18 cent.

GAVARNI

78- 1803. Entrée au bal Chicard.

A la mine de plomb et lavis d'aquarelle, signé. (Collection His de la Salle.)
Haut., 23 cent.; larg., 17 cent.

1804. Un habitué de l'Hôtel des ventes, — Jeune fille endormie.

Deux dessins faisant pendants, à la plume et lavis d'encre de Chine.
Haut., 18 cent.; larg., 13 cent.

GÉRARD (Mlle)

10- 1805. Le Coin du feu. Composition de cinq figures; au verso, une étude pour un portrait de femme.

Au crayon noir et mine de plomb.
Haut., 15 cent.; larg., 17 cent.

44- 1806. L'Amant entreprenant, — l'Heureux instant. Deux dessins faisant pendants.

Au crayon noir et mine de plomb.
Haut., 15 cent.; larg., 19 cent.

GÉRARD (Mlle)

69 — 1807. L'Oiseau en cage, — l'Oiseau envolé. Deux dessins faisant pendants.

> Au crayon noir et mine de plomb.
> Haut., 15 cent.; larg., 19 cent.

GÉRICAULT (J.-L.-A.-Th.)

90 1808. Un Chariot à charbon attelé de quatre chevaux.

> A la plume et lavis d'encre de Chine. Etude pour la composition lithographiée par le maître. (Collection His de la Salle.)
> Haut., 21 cent; larg., 28 cent.

70 1809. Trois Enfants jouant avec un âne, près d'une fontaine.

> A la plume. (Collection His de la Salle.) A été reproduit par le maître.
> Haut., 22 cent.; larg., 35 cent.

5 — 1810. Croquis. Groupe et tête de cheval.

> A la plume et crayon noir.
> Haut., 16 cent.; larg., 14 cent.

24 — 1811. Le Factionnaire suisse au Louvre.

> Croquis au crayon noir de la composition lithographiée par Géricault; au recto, un croquis de la même composition.
> Haut., 39 cent.; larg., 30 cent.

GILLOT (Cl.)

14 — 1812. Scène de comédie, à deux personnages.

> A la sanguine et crayon noir.
> Haut., 21 cent.; larg., 16 cent.

19 — 1813. Costume de médecin de la Comédie-Italienne.

> A la sanguine.
> Haut., 17 cent.; larg., 8 cent.

1814. Polichinelle dansant.

> Aux crayons noir et blanc, sur papier teinté.
> Haut., 21 cent.; larg., 13 cent.

5 — 1815. Fête de campagne autour d'un may.

> A la plume et lavis de sépia.
> Haut., 14 cent.; larg., 23 cent.

GIRODET

1816. Études de deux hommes nus en prière. Au verso, divers croquis pour Andromaque.

Au crayon noir rehaussé de blanc, sur papier teinté.
Haut., 37 cent.; larg., 45 cent.

GOYA (F.)

1817. Portrait de femme. Elle est représentée assise sur un banc de pierre, la tête recouverte d'une grande mantille.

A la plume et lavis d'encre de Chine.
Haut., 34 cent.; larg., 24 cent.

GRANVILLE (J.-J.)

1818. Un Bal de barrière, à Paris.

A la plume et lavis de sépia. (Collection His de la Salle.)
Haut., 15 cent.; larg., 24 cent.

1819. Un Cabinet de lecture.

A la plume et lavis d'aquarelle, signé.
Haut., 18 cent.; larg., 19 cent.

1820. Scène de somnambulisme.

A la plume et lavis d'encre de Chine, signé.
Haut., 16 cent.; larg., 13 cent.

1821. Croquis. Le président Girod de l'Ain, représenté assis dans un fauteuil posé sur un bureau où est enfermé le règlement, porté par deux porteurs. A été gravé dans le journal *la Caricature*, sous le titre de : « *Te Deum* à l'Hôtel de la Paix ».

A la plume et crayon noir.

1822. Croquis. Musiciens jouant de divers instruments. Au verso, croquis et études de têtes à la plume.

Au crayon noir. (Collection His de la Salle.)
Haut., 22 cent.; larg., 27 cent.

GRAVELOT (H.)

1823. La Leçon d'écriture. Petite fille debout, auprès d'une table, prend une leçon que lui donnent ses parents assis à ses côtés.

A la sanguine.
Haut., 25 cent.; larg., 21 cent.

1824. Scène de comédie : *la Prude*, acte III, scène 4.

A la plume et lavis de bistre. A été gravé.
Haut., 18 cent.; larg., 13 cent.

1825. Scène de tragédie : *Mérope*, acte III, scène 4.

A la plume et lavis de sépia, signé.
Haut., 19 cent.; larg., 14 cent.

1826. Scène de tragédie : *King Richard III*, acte III, scène 8.

A la plume et lavis de sépia.
Haut., 22 cent.; larg., 15 cent.

1827. Frontispice du discours officiel de la fondation des Arts-et-Métiers.

A la plume et lavis de sépia. A été gravé.
Haut., 18 cent.; larg., 13 cent.

1828. View in St-James Park. La promenade du roi.

A la plume et lavis d'encre de Chine.
Haut., 11 cent.; larg., 21 cent.

GUASPRE-POUSSIN

1829. Vue d'une fontaine, dans un parc en Italie.

A la plume et lavis d'encre de Chine.
Haut., 27 cent.; larg., 17 cent.

GUERAIN

1830. Le Trente et un, à la maison de jeu du Palais-Royal, n° 113. Composition de treize figures; a été gravée par Darcis.

A la plume et lavis de bistre.
Haut., 23 cent.; larg., 37 cent.

HOFFMAN (genre d')

1831. Soldats habillés selon les nouveaux uniformes avec lesquels ils passèrent la revue du Roy, en 1762.

Quatre dessins à l'aquarelle, avec bordures au lavis d'encre de Chine.
Haut., 34 cent.; larg., 20 cent.

HUBERT-ROBERT

1832. Vue du Campo-Vaccino, à Rome.

A la plume et lavis de sépia, signé et daté 1790.
Haut., 25 cent.; larg., 35 cent.

1833. Ruines d'un palais, sur une rivière, avec promeneurs dans des bateaux et gondoles.

A la plume et lavis d'aquarelle.
Haut., 46 cent; larg., 63 cent.

HUET (J.-B.)

1834. Parc traversé par une rivière sur laquelle est un pont de bateaux.

A la plume et lavis d'aquarelle, signé et daté 1778.
Haut., 21 cent.; larg., 52 cent.

1835. Intérieur de chaumière.

A la plume et lavis d'encre de Chine et d'aquarelle.
Haut., 15 cent.; larg., 17 cent.

1836. Chèvre debout.

A la plume et crayon noir sur papier bleu.
Haut., 24 cent.; larg., 32 cent.

1837. Moutons au pâturage.

A la plume, rehaussé de blanc, signé.
Haut., 15 cent.; larg., 18 cent.

JAZET (J.-P.-M.)

1838. L'empereur Napoléon, entouré des princes et princesses de la famille impériale, recevant un ambassadeur. Composition de onze figures sur deux feuilles.

Au crayon noir et mine de plomb.

JOLY ᴇᴛ FAVART

9 — 1839. *Joly*, rôle du sénéchal dans *Jeanne d'Arc*. — Madame Joly Saint-Aubin, de l'Opéra-Comique, dans *Ambroise*.

Deux dessins à l'aquarelle.

LAGRENÉE (L.-J.-F.)

5 — 1840. Étude d'une tête de jeune fille.

A la sanguine.
Haut., 36 cent.; larg., 25 cent.

LALLEMAND (J.-B.)

§2 — 1841. Vues des environs de Paris. Deux dessins faisant pendants; l'un représente *la Place d'un marché*, et l'autre *Une Porte d'auberge*, les deux animés de nombreuses figures.

A la plume et lavis d'encre de Chine et d'aquarelle.
Haut., 21 cent.; larg., 34 cent.

13 — 1842. Charlatan sur la place du Vieux-Châtelet, à Paris.

Au lavis d'encre de Chine.
Haut., 25 cent.; larg., 38 cent.

LAMI (Eugène)

1843. Militaire au port d'arme.

Aquarelle et encre de Chine. Au verso, croquis d'un militaire à cheval.
Haut., 23 cent.; larg., 16 cent.

LANCRET (N.)

100 1844. Les Remois, pour les Contes de La Fontaine.

Aux trois crayons.
Haut., 25 cent.; larg., 56 cent.

99 — 1845. Etude de jeune femme en pied, les mains derrière le dos.

A la sanguine et crayon noir.
Haut., 40 cent.; larg., 24 cent.

LANCRET (N.)

20. 1846. Etude de deux hommes debout.

> A la sanguine.
> Haut., 17 cent; larg., 17 cent.

LA RUE (De)

1847. Danse d'amours.

> A la plume et lavis d'encre de Chine.
> Haut., 17 cent.; larg., 26 cent.

LAZERGE (H.)

1848. Saint en extase.

> Au crayon noir rehaussé de blanc, sur papier teinté. Signé.
> Haut., 33 cent.; larg., 24 cent.

LEBRUN (Ch,)

1849. Caractère des passions (l'Horreur).

> A la sanguine.
> Haut., 26 cent.; larg., 21 cent.

LECLERC (S.) Fils

24 1850. Vénus couchée sur des draperies, recevant la pomme des mains de l'Amour.

> A la sanguine, rehaussé de blanc.
> Haut., 25 cent.; larg., 41 cent.

LEMOINE (F.)

6 1851. Bethsabée au bain.

> A la sanguine.
> Haut., 35 cent.; larg., 23 cent.

LÉPICIÉ (N.-B.)

10 1852. Portrait de jeune femme, vue de face, à mi-corps.

> A la sanguine.
> Haut., 21 cent.; larg., 14 cent.

LIOTARD (J.-E.)

1853. A french Lady receving her viel from her Slave.
Aux trois crayons; a été gravé.
Haut., 20 cent.; larg., 23 cent.

LOUTHERBOURG (P.-J. DE)

1854. Croquis. Etudes de têtes d'hommes, de femmes et
d'animaux, et une petite vue de la place Louis XV.
Vingt-quatre croquis sur une même feuille.
A la plume et lavis d'encre de Chine.
Haut., 23 cent.; larg., 38 cent.

MARILHAT (P.)

1855. Scène orientale.
A la plume, signé : P. Marilhat, boulevard Poissonnière, n° 12. (Collection His de la Salle.)
Haut., 12 cent.; larg., 17 cent.

MARTIN (J.-B.)

1856. Cavalier vu de dos, sur un cheval qui se cabre.
A la sanguine.
Haut., 38 cent; larg., 31 cent.

MARTINET

1857. Le double piège. Composition de sept figures.
Au crayon et aquarelle; a été gravé.
Haut., 21 cent.; larg., 29 cent.

METZU (G.)

1858. Jeune femme assise, cousant.
Au crayon noir rehaussé de blanc, sur papier teinté.
Haut., 20 cent.; larg., 13 cent.

MONNET (C.)

1859. Diplôme de franc-maçonnerie de la Loge des Neuf-Sœurs.

A droite, un temple ; à gauche, les Muses auxquelles Apollon, dans le haut, sur des nuages apparaît.

A la plume et lavis d'encre de Chine ; a été gravé par Choffart.
Haut., 19 cent.; larg., 31 cent.

MOREAU (J.-M., le jeune)

1860. La pêche. Réunion d'une élégante société, au bord d'une rivière, les uns jouent de la musique et d'autres se livrent au plaisir de la pêche ; à gauche, un bateau aux armes du Roi.

A la plume et lavis de sépia, signé et daté 1771.
Haut., 18 cent.; larg., 24 cent.

1861. Le Déjeuné en famille. Au milieu, le chef de famille verse le café et le donne aux personnes qui l'entourent. Composition de sept figures.

A la plume et lavis de sépia.
Haut., 17 cent.; larg., 14 cent.

1862. Fontaine monumentale, dans un parc, avec personnages sur le devant.

A la plume et lavis d'aquarelle, signé et daté 1774.
Haut., 16 cent.; larg., 36 cent.

NATOIRE (C.)

1863. Trois enfants faisant de la musique.

A la sanguine.
Haut., 29 cent.; largeur, 21 cent.

NORBLIN (J.-B.)

1864. Marchande de poisson, sous une tente ; vue de Paris, effet de nuit.

Au crayon noir et lavis d'encre de Chine.
Haut., 15 cent.; larg., 23 cent.

NORBLIN (J.-B.)

1865. Marché aux chevaux.

Composition au recto et au verso. A la plume et lavis de sépia
Haut., 21 cent.; larg., 34 cent.

OLIVIER (M.-B.)

1866. Jeune femme vue de dos, avec robe à paniers.

A la sanguine.
Haut., 30 cent.; larg., 21 cent.

1867. Jeune femme en grande toilette ; elle paraît être assise à terre.

A la sanguine.
Haut., 27 cent.; larg. 29 cent.

1868. Jeune femme assise sur une chaise à haut dossier.

A la sanguine.
Haut., 22 cent.; larg., 20 cent.

1869. Jeune femme vue de dos, le bras gauche étendu.

A la sanguine.
Haut., 23 cent.; larg., 16 cent.

1870. Jeune femme assise, presque vue de face.

A la sanguine.
Haut., 21 cent.; larg. 19 cent.

1871. Jeune femme vue de dos, avec une robe à grande traîne.

A la sanguine.
Haut., 25 cent.; larg., 18 cent.

1872. Costume de Scapin.

A la sanguine.
Haut., 22 cent.; larg., 15 cent.

1873. Etudes d'hommes dans différentes positions.

Quatre dessins à la sanguine.

1874. Etudes et croquis divers des personnages représentés dans ses tableaux : les fêtes données au prince de Conti.

Six dessins à la sanguine.

OSTADE (A. Van)

1875. Homme en manteau court et chapeau à larges bords.

Au lavis d'encre de Chine.
Haut., 19 cent.; larg., 15 cent.

PARROCEL (J.)

1876. Chef d'armée commandant sur un champ de bataille. Composition pour un almanach ; en bas, un emplacement pour le calendrier.

A la plume et lavis d'encre de Chine, rehaussé de blanc.
Haut., 40 cent.; larg., 27 cent.

1877. Deux chefs d'armées visitant un champ de bataille.

A la sanguine.
Haut., 18 cent.; larg., 29 cent.

1878. Militaire assis, — Trois militaires en marche, chargés de leurs matériaux de campement.

Deux dessins au crayon noir.

1879. Exercices et costumes militaires, cavalier, tambour, fusilier, hallebardier.

Quatre dessins aux crayons de couleur.

1880. Costumes militaires, cavaliers.

Six dessins à la plume et lavis d'encre de Chine.
Haut., 11 cent.; larg., 9 cent.

1881. Noce de Margo avec Pierre de Saint-Ouen, surnommés les Grands-Nez.

A la plume et sanguine.
Haut., 16 cent.; larg., 29 cent.

PICART (B.)

1882. Le Confessionnal. Le prêtre assis dans un confessionnal est entouré de nombreux pénitents.

A la plume.
Haut., 15 cent.; larg., 21 cent.

PILLEMENT (J.)

199

1883. Divinité chinoise portée par quatre esclaves.

A la plume.
Haut., 20 cent.; larg., 25 cent.

PERNET

1884. Ruines romaines. Deux dessins de forme ovale faisant
pendants.

A la plume et lavis d'aquarelle; ont été gravés.
Haut., 29 cent.; larg., 23 cent.

PIGALLE (J.-B.)

125 ✗ 1885. Statue de Louis XV, érigée à Reims.

A la plume et lavis de sépia; a été gravé par Cochin.
Haut., 13 cent.; larg., 7 cent.

PINELLI

1886. La Discussion au cabaret, — le Théâtre des Marion-
nettes. Deux compositions faisant pendants.

Aquarelles.
Haut., 21 cent.; larg., 28 cent.

10- 1887. Femina Romana accompagnata dal suo Amante bal-
lando nel ritorno dalla vendemmia octobre.

Aquarelle, signée et datée 1814.
Haut., 22 cent.; larg., 25 cent.

PORTAIL (J. A.)

106- 1888. Portrait d'homme. Il est représenté en pied, dirigé à
droite, la main gauche appuyée sur une canne. Vers
le milieu, une étude pour cette main.

A la sanguine.
Haut., 24 cent.; larg., 16 cent.

28- 1889. Étude d'homme assis près d'une table.

A la sanguine et crayon noir.
Haut., 14 cent.; larg., 13 cent.

PRIEUR

36- 1890. Vue du Palais des Études, au Muséum de Naples, avec les transports des statues et antiquités d'Herculanum.

A la plume et lavis d'encre de Chine et d'aquarelle.
Haut., 22 cent.; larg., 36 cent.

QUEVERDO (d'après)

95- 1891. Le Sommeil interrompu.

Au lavis d'encre de Chine et mine de plomb, de forme ovale.
Haut., 20 cent.; larg., 17 cent.

RADEL

11- 1892. Entrée d'un palais, en Italie.

A la plume et lavis d'encre de Chine, signé et daté 1767.
Haut., 47 cent.; larg., 36 cent.

RANSONETTE (N.)

15- 1893. Intérieur de chambre à coucher. Au milieu, le lit dans lequel est une jeune femme couchée. A droite, une autre femme semble conduire se coucher un jeune homme en costume de nuit. Dans le fond, à gauche, une femme et un homme debout.

Au lavis d'encre de Chine et d'aquarelle.
Haut., 37 cent.; larg., 31 cent.

6- 1894. La Chute des anges rebelles.

A la plume et lavis de sépia.
Haut., 14 cent.; larg., 20 cent.

ROWLANDSON

24- 1895. First stage from Dover. Composition en largeur ayant été gravée.

A la plume et lavis d'aquarelle et encre de Chine.
Haut., 33 cent.: larg., 54 cent.

SAINT-AUBIN (G. DE)

1896. En soirée. Dans un salon, une société de personnes assises ou debout; vers le milieu, la maîtresse de la maison assise à une table, se dispose à offrir le thé.

Esquisse peinte en grisaille, sur papier. *Hd. it*
Haut., 20 cent.; larg., 31 cent.

1897. L'Heureuse famille.

Composition de quatre figures, au crayon noir rehaussé de blanc.
Haut., 25 cent.; larg., 22 cent.

1898. L'Amateur de tableaux. A gauche, un gros financier regardant un portrait de femme que lui présente un peintre.

Au crayon noir.
Haut., 20 cent.; larg., 27 cent.

SAINT-AUBIN (AUG. DE)

1899. Promenade dans les jardins de Versailles. Deux dessins faisant pendants, en forme de frises. Dans l'un, on voit les ambassadeurs de Turquie et de nombreux personnages. Dans l'autre, on voit, arrivant de la gauche, la reine Marie-Antoinette avec ses enfants, suivie des dames et seigneurs de la cour.

A la plume et crayon noir.
Haut., 14 cent.; larg., 31 cent.

1900. Valet dans un intérieur, portant un plat.

A la sanguine.
Haut., 17 cent.; larg., 13 cent.

SAINT-QUENTIN

1901. La Cueillette des fleurs.

Au crayon noir rehaussé de blanc, sur papier teinté, signé et daté 1761.
Haut., 46 cent.; larg., 29 cent.

SANTERRE (J.-B.)

1902. Croquis et études pour portraits de femmes et sujets.

Quatre dessins au crayon noir et mine de plomb.

SAVERY (Roland)

1903. Étude de paysans assis et debout.

A la plume.
Haut., 16 cent.; larg., 19 cent.

SCHENAU

1904. La Cuisinière. — Portrait de femme assise.

Deux dessins au lavis d'encre de Chine.

SERGENT (A.-F.)

1905. Scènes du *Mariage de Figaro*.

Deux dessins à la plume et lavis d'encre de Chine.
Haut., 10 cent.; larg., 14 cent.

1906. Necker fait prendre par un homme du tiers la mesure de nouveaux habits pour la France.

Composition de forme ronde, à la plume et lavis d'aquarelle.
Diamètre, 6 cent.

SLODTZ (M.-A.)

1907. Dîner donné par l'ambassadeur d'Espagne à l'occasion de la fête du Roi.

Au crayon noir.
Haut., 35 cent.; larg., 57 cent.

SUBLEYRAS (P.)

1908. L'Assomption de la Vierge.

Au crayon noir rehaussé de blanc, sur papier bleu.
Haut., 8 cent.; larg., 6 cent.

VELASQUEZ

1909. Portrait d'un prince espagnol, à cheval.

A la plume et lavis de sépia.
Haut., 23 cent.; larg., 19 cent.

17

VERNET (J.)

S. Meyer

1/- 1910. Costumes des ports de France. Sept figures dessinées sur deux feuilles.

> Au crayon noir et mine de plomb.
> Haut., 16 cent.; larg., 29 cent.

VERNET (C.)

Morgand

7/6- 1911. Costumes russes et anglais. Paris, 1814-1815. Composition en largeur de dix figures, ayant été gravée.

> A la plume et lavis d'aquarelle.
> Haut., 36 cent.; larg., 57 cent.

Lacroix

130 1912. Le Départ pour la chasse. Paysage d'une vaste étendue traversé par une route sur laquelle galopent quatre cavaliers.

> A la plume et lavis d'encre de Chine.
> Haut., 25 cent.; larg., 39 cent.

Giat

13. 1913. Soldats faisant l'exercice, commandés par un officier.

> Au lavis d'encre de Chine. L'officier et les soldats ont un parapluie au bout de leurs fusils.
> Haut., 21 cent.; larg., 27 cent.

Giat

21 1914. Marche de deux Incroyables, homme et femme.

> A la plume et sanguine.
> Haut., 26 cent.; larg., 18 cent.

1915. Conventions de mariage. Composition de trois figures, ayant été gravée.

> Au lavis de sépia.
> Haut., 28 cent.; larg., 33 cent.

VERNET (H.)

S. Meyer

2/- 1916. Costumes de femmes.

> Deux dessins au lavis d'aquarelle, ayant été gravés dans la suite des Costumes publiés par Lamésangère.

VICTOIRE (H.)

1917. Quel est le plus heureux ? An X. 1802, — le Pauvre jeune homme. Deux compositions de chacune sept figures, faisant pendants ; ont été gravées par Mme Lefebvre.

Au lavis d'encre de Chine.
Haut., 24 cent.; larg., 33 cent.

VIEN (J.-M.)

1918. Judith remettant la tête d'Holopherme à sa servante.

Au crayon noir rehaussé de blanc, sur papier bleu.
Haut., 39 cent.; larg., 29 cent.

VINCENT ET SAINT-AUBIN

1919. Costumes et exercices militaires.

Quatre dessins à la sanguine et crayon noir.

VOUET (SIMON)

1920. Muse et amours soutenant un globe.

Au crayon noir rehaussé de blanc, sur papier teinté.
Haut., 28 cent.; larg., 38 cent.

WAEL (CORNEILLE DE)

1921. Départ de l'enfant prodigue, — l'Enfant prodigue gardant les pourceaux. Deux dessins faisant pendants, à la plume.

Haut., 14 cent.; larg., 22 cent.

1922. Fête de village.

A la plume.
Haut., 20 cent.; larg., 29 cent.

WAEL (L. DE)

1923. Un marché.

A la plume et lavis d'encre de Chine.
Haut., 11 cent.; larg., 15 cent.

WATTEAU (Ant.)

1050

1924. *Figures de modes :*

La Femme assise.

Promeneur vu de face, la main dans son pour-
point, coiffé d'un chapeau.

La Pèlerine.

Le Promeneur vu de face une main passée dans sa
veste et l'autre dans son gousset.

Promeneur se dirigeant à droite, une canne à la
main.

Le Promeneur vu de profil, la tête couverte d'un
chapeau à plumes.

Ces six précieux dessins à la sanguine ont été gravés dans l'œuvre
du maitre, et trois l'ont été par lui-même.
Haut., 11 cent.; larg., 7 cent.

480

1925. Études de têtes, de bras et de mains, sur une même
feuille.

Aux trois crayons.
Haut., 21 cent.; larg., 25 cent.

WATTEAU (L.)

50

1926. Partie de campagne : le Déjeuner sur l'herbe au bord
d'une rivière.

A la plume et lavis d'encre de Chine.
Haut., 29 cent.; larg., 44 cent.

10-

1927. Un Bal ; danse du menuet.

A la plume et lavis de sépia.
Haut., 24 cent.; larg., 18 cent.

WAUTHIER

14-

1928. Le Chat favori.

Dessin de forme ovale à la mine de plomb, signé et daté 1790.
Haut., 13 cent.; larg.; 10 cent.

1929

WICK (Tʜ.)

1929. La Sacristia de San Pietro Vaticano.

A la plume et lavis d'encre de Chine.
Haut., 19 cent ; larg., 30 cent.

WILE (J.-G.)

1930. L'Écrivain public, — Vieillard debout ôtant son chapeau, — Job sur son fumier.

Trois dessins à la plume et lavis de sépia.

WILLE (P.-A.)

1931. Portrait d'un jeune garçon. Vu presque de face,
dirigé à gauche, de forme ovale.

Aux trois crayons, signé et daté 1765.
Haut., 13 cent.; larg., 11 cent.

1932. Quatre études de têtes, sur une même feuille, — Fête
sur une place publique.

Deux dessins au crayon et lavis de sépia, signés.

1933. Les Jeunes artistes.

A la sauguine et crayon noir.
Haut., 17 cent.; larg., 22 cent.

WILLE (L.)

1934. Concert dans un salon. A droite, les spectateurs ; à
gauche, les exécutants. Composition de dix-neuf
figures en largeur.

Au crayon noir et mine de plomb, signé.
Haut., 39 cent.; larg., 51 cent.

DESSINS

1935. Dessins divers, par de Lafage, Fragonard, Saint-
Aubin, Bouchardon, etc., costumes militaires, Dix-
sept dessins.

FIN

PARIS

IMPRIMERIE D. DUMOULIN ET Cie

5, rue des Grands-Augustins, 5

Cabinet des modes

13e cahier 2eme année

Chambre de Mme la Comtesse de

18e cahier 2e année déjeuné à l'angaise

www.ingramcontent.com/pod-product-compliance
Lightning Source LLC
Chambersburg PA
CBHW070453030726
47503CB00004B/1017